CONTRETEMPS

Roman

Pascal Fleury

CHAPITRE 1
VENU AU JOUR

Se rendre au cimetière. Une fête, un événement devenu rare, une raison de vivre. Chacun avait choisi sa tenue de deuil avec un soin méticuleux. On ne pouvait se rendre sur une tombe sans prouver aux parents et amis que l'on tenait ce moment pour le commencement de toute chose.

La mode funéraire était ethnologique, anthropologique, historique. Le noir se portait bien, à condition qu'on se pare de voilettes, de redingotes et de chapeaux haut de forme qui rappelaient le dandysme et Courbet. Mais le goût avait largement évolué vers le blanc et les tenues asiatiques plus gracieuses et légères que les lourds effluves du romantisme. Les tuniques vietnamiennes, la soie légère des ao dai permettait aux jeunes femmes de se prévaloir de leur minceur. On osait aussi le rouge et des brocards permettaient à de moins belles d'enturbanner des formes moins avenantes. Les hommes n'hésitaient plus à chercher dans les toges et les tenues médiévales des preuves de notabilité et de noblesse. De grisonnants papys venaient aux funérailles en tenues de croisés, célébrant l'événement comme la prise de Jérusalem. Le comble du mauvais goût venait des vingtenaires et même des trentenaires qui exhibaient des tenues amazoniennes, indonésiennes aux arrogants étuis péniens ponctuant une nudité peinturlurée.

La foule des obsèques affichait sa bigarrure avec une fierté compassée qu'imposait l'obligation de silence nécessaire à la cérémonie. Assemblé autour de la tombe, du caveau, du mausolée, le groupe hétéroclite arrivait de bon matin et s'entreregardait en quête de retrouvailles ou de surprise. Pour peu qu'il plût, et il pleut souvent sur les cimetières, cela faisait un troupeau de parapluies et de pénombre qui obligeait à scruter les visages, à distinguer une silhouette vue trop peu souvent pour qu'on la remette facilement. Les retardataires, se pressant dans leur accoutrement, arrivaient en courant entre les allées, offrant le spectacle de leur tenue de deuil à un public sourcilleux.

« Il portait déjà un Baudelaire la dernière fois !
- On voit bien que la vie ne lui sourit pas !
- Je crois qu'il a de moins en moins de respect pour sa famille
- À son âge, il pourrait quand même porter des vêtements plus clairs
- Heureusement qu'il ne vient plus en toge ! Cela avait de l'allure quand ses cheveux grisonnaient.
- Ça ne lui coûterait pas beaucoup plus de se mettre en bantou… »

L'arrivée solennelle d'un beau couple de cinquantenaires au deuil flamboyant faisait murmurer d'aise l'assistance qui ouvrait sa presse pour dégager un passage jusqu'au bord de la tombe aux élégants triomphants qui s'avançaient sereinement en distribuant des saluts souverains à gauche et à droite et se tenir en silence devant la pierre immobile.
Alors commençait l'attente.

Nul ne pouvait prévoir la durée de la cérémonie. Si la date souffrait peu d'erreurs, l'heure, elle était très incertaine. Arriver très tôt prévenait presque à coup sûr les prématurés. Mais on avait vu des groupes attendre de longues heures le moment espéré.
C'est bien pour cela que, discrètement, sous le couvert des amples manteaux ou des robes aux plis généreux, circulaient des flasques d'alcool fort, des friandises, voire de gourmandes collations. Certains groupes, de peu de tenue, il faut dire, finissaient par pique niquer sans vergogne quand le soir tombait et que le défunt ne s'était pas manifesté.
Même si l'attente devait être longue, il eût été très inconvenant de s'absenter pour se sustenter. Les groupes se formaient et attendaient comme des meutes à l'affût.
Chacun rêvait que tout se passe au grand midi. Mais il était malheureusement fréquent que tout se passe sous la chape grise d'un crépuscule pluvieux.

Les cimetières étaient, en général, de vastes jardins soigneusement entretenus. Si l'usage et la décence interdisaient que des commerces et des buvettes s'y installassent, tout autour prospéraient de nombreuses enseignes prêtes à satisfaire les besoins les plus divers. Les fleuristes exposaient des gerbes et des couronnes chatoyantes, ornées de messages de bienvenue. Des sociétés de pompes funèbres proposaient à la fois des bras et des services d'entretien des tombes qui se devaient d'être accueillant au moment de la venue au jour. Des hôtels et des sociétés de location de corbillards se faisaient une âpre concurrence. Leurs enseignes

lumineuses égayaient la nuit cour. Les Cadillac noir corbeau faisaient concurrence à des aux couleurs criardes et aux décorations extravagantes. La tienne avait donné naissance à des véhicules dorés en forme de
La chaîne d'hôtels Wellcome oois des chambres, des fêtes, un service de corbillards et une sénilité entièrement équipée.
Des cabinets d'avocats, de psychiatres et de notaires proposaient leurs services par des plaques de bronze aux litanies de diplômes et de savoir faire. Les allées du cimetière étaient sillonnées d'agents de ces officines qui, sous leurs manteaux respectables dissimilaient d'alléchantes brochures. « Que ferez-vous de lui », « assurez son futur », « aujourd'hui et chaque jour » disaient les plus soignées. Certains assureurs faisaient leur miel autour de l'argument « et si c'était un assassin », « que ferez-vous s'il est fou ? ».
On dit même que, par les soirs brumeux, erraient des ombres grises proposant des solutions aux arrivées trop intempestives.
Pour certains retardataires imprévoyants, des boutiques de mode proposaient des tenues de deuil. Des classiques, bien sûr, mais de plus en plus aussi, des magasins aux décors provocants, parfois morbides, parfois exotiques aux parfums de musc, de gingembre et de santal.

De fait, le cimetière lui-même était un espace de calme et de tranquillité. Au milieu des pelouses et des bosquets se déroulaient des allées bordées de tombes harmonieusement disposées. Aucune tombe n'eût été négligée car un fond commun d'entretien permettait de prendre soin des sépultures oubliées. Nul n'eût su, en outre, si, de tel tombeau décati et misérable ne viendrait pas, un jour, un prince ou un messie... Par précaution, on entretenait tout.

Chaque jour, des congrégations familiales se présentaient et passaient de longues heures près d'une tombe, ce qui faisait de chaque cimetière, un des lieux les plus cosmopolites et peuplé de la ville. Une venue au jour occasionnait souvent des ovations et une animation considérables.
Aux familles et aux cercles d'amis se joignait souvent une faune étrange d'opportunistes, de solitaires et de prostituées. Vêtus de façon très convenable, avec une sobre élégance, et connaissant chaque rituel, ces gens se faisaient rarement exclure des assistances. Tantôt ils permettaient de faire nombre dans un groupe clairsemé, de faire riche dans un groupe démuni, tantôt on ne les remarquait pas. Certains savaient aussi, qu'ainsi, des rencontres et des aventures pouvaient avoir lieu.

Un beau soleil faisait de l'événement une joie sans partage.

Le cimetière de Montmartre, plus encore que le célèbre Père-Lachaise ou le cimetière du Montparnasse, malheureusement coupé en deux par une rue malencontreuse, était un site touristique de première importance. Niché sous la rue Caulaincourt, pris en tenaille par les hôtels et le boulevard de Clichy, il avait rapidement cessé de grandir et conservait une dimension intime et chaleureuse. C'était un vrai bonheur de venir au jour en un tel endroit. Rien à voir avec ces grands cimetières de banlieue qui manquaient tant de distinction. Ces cimetières tentaculaires et anonymes étaient autant de cités où l'on pouvait se perdre et venir au jour au milieu du vide, comme n'importe qui. Au cimetière de Montmartre, la vie venait déjà coiffée de la couronne du privilège. Le destin prenait là une tournure favorable. On ne venait pas au monde à cet endroit sans être déjà, a priori, quelqu'un de particulier, peut-être exceptionnel. Et comme le lieu était si limité, les venues au jour y étaient plus rares qu'ailleurs, plus recherchées, plus raffinées, plus chics.

Ce qui n'était pas sans quelques inconvénients. Les autocars de touristes prenaient en bloc alentour, formant un rempart souvent infranchissable. Les familles devaient se faufiler entre les bandes de japonais, d'américains et d'allemands qui considéraient ce lieu comme le plus essentiel à visiter à Paris. La foule s'agglutinait, se mêlait aux familles et déparait le décor à coup de casquettes, de sacs à dos et de gobelets en carton. Les gardiens faisaient ce qu'ils pouvaient pour conserver la dignité de l'endroit. Mais ils pouvaient peu contre le rêve que beaucoup partageaient d'assister à l'apparition d'un nouveau Napoléon ou d'un Victor Hugo tout neuf, ou encore d'un De Gaulle II, voire, on s'en serait contenté, d'un Mitterrand second. Au cimetière de Montmartre, la gloire pouvait surgir n'importe quand,, n'importe où. Depuis longtemps, les peintres avaient déserté en masse la place du Tertre pour se disséminer au fil des allées et proposer, avec des talents divers, des images suggestives de venues au monde glorieuses. Les familles, quoique gênées, parfois exaspérées d'attendre leur parent entre deux siroteurs de soda, n'en concevaient pas moins une certaine vanité à se trouver là.

Wilfrid J. vint au jour en pleine nuit dans un cimetière éloigné, dans une banlieue sans grâce, encombrée d'autoroutes et de bâtiments industriels. Rien que l'idée de se retrouver là faisait regretter à l'assistance que tout le monde ne pût venir au jour au cimetière de Montmartre, ou, à tout le moins à celui du Trocadéro, voire même, celui de Bagneux, banlieusard, mais encore accessible.

Il avait fallu organiser les voitures, se donner rendez-vous dans une gare éloignée, tout prévoir et se perdre dans les innombrables allées qui se ressemblaient toutes, au milieu de gens qu'on n'avait pas forcément envie de fréquenter.

Sa famille l'avait attendu en grelottant toute une longue journée de novembre sous la bruine et le vent. Pour un peu, chose exceptionnelle, l'assemblée se résignait à remettre la cérémonie au lendemain quand une oreille fine distingua le bruit caractéristique du crépitement de la pluie et de la bourrasque blême. Les papiers gras jonchaient le sol et des bouteilles vides tintaient lugubrement aux pieds d'une assistance enrhumée et transie.
Les invités et la famille lointaine avaient depuis longtemps renoncé et les parasites divers s'étaient envolés, au grand dam de quelques jeunes gens en quête d'aventure et de canailleries. Il ne restait que la famille et les proches dont l'absence se fût remarquée.
Les enseignes, autour du cimetière, commençaient à s'éteindre, plongeant le lieu dans une nuit devenue lugubre. Le vent et la pluie assourdissaient la rumeur de la ville. Le cimetière devenait presque un lieu de mort.

On ne fut vraiment sûrs que cela allait se produire après que le grattement se fut reproduit plusieurs fois et que de sages cinquantenaires eussent confirmé de leur ouïe sagace qu'il se passait vraiment quelque chose, là, juste en dessous.
L'oncle Michael, que nul n'eut osé contredire, déclara d'une voix forte qu'il fallait commencer tout en rajustant son lourd manteau écarlate.
Les fossoyeurs, un peu ivres, manquèrent de briser la pierre en la renversant à grand bruit sur la tombe voisine. Ils titubèrent vers l'arrière, laissant la foule contempler le trou obscur et malodorant qui se fondait dans la nuit opaque.
« Pour une venue au jour, c'est une venue au jour !
- Je déteste qu'ils arrivent comme ça.
- Ça me fait penser à un vampire.
- Quand ils arrivent de nuit, ils mettent un temps fou à se faire à l'existence.
- Oui, souvent, ce sont des caractères difficiles.
- Tu ne penses pas que ce sera un assassin ?

- Mais non, pourquoi ? Il n'y peut rien, ce ne sont que des superstitions. On arrive quand on arrive, c'est tout.
- Il n'empêche que ces venues au jour de nuit, en hiver et sous la pluie, ne sont pas très gaies.
- Si ça se trouve, il sera adorable.
- Moi je crois qu'il sera triste et ennuyeux... »
Et l'assemblée resta ainsi à conjecturer pendant que rien ne semblait se passer. Wilfrid J. n'eut pas une venue au jour trépidante. On se mit à craindre qu'il ne fût mort mort. Cela se produisait parfois, au grand désespoir de l'assistance qui rentrait bredouille et déçue. Un mort mort, c'était une déception, c'était des frais inutiles, c'était une fête ratée, c'était une famille qui ne se recréait pas, c'était tout un destin qui restait dans la terre.

Mais non, au bout d'un interminable moment, on le vit se dresser ou, du moins, vit-on émerger le sommet d'un chapeau claque tout crotté.
On descendit l'échelle dans la fosse et des mains secourables aidèrent Wilfrid J. à gravir les échelons qui conduisaient à la vie.
Il se tint là, hagard et bredouillant, les yeux vagues face à la foule silencieuse et dubitative. Pour un mort, il n'était pas très vivant.
Il était vêtu d'un Lautréamont, un vrai, ce qui disait qu'il venait d'il y a bien longtemps. Une redingote grise et toute tachée, un pantalon à carreaux et des bottines pointues et éculées.
Ses jambes tremblotaient et son visage tout fripé, tout gris disparaissait sous son chapeau trop large.

La tante Germaine, qui était charitable, déclara :
« Non seulement il me semble tout ce qu'il y a de plus Alzheimer, mais en plus il doit être pauvre. Non, mais regardez, on dirait qu'il s'est fait dessus».

Le petit vieillard tout grêle bavait un peu, ses mains en papier mâché, sortant de manchettes pisseuses, palpaient le vide. Il tentait de se tenir droit sur un corps d'une maigreur extrême qui faisait flotter sa redingote que retenaient des boutons décousus.
D'une main à la fois charitable et dégoûtée, deux bonnes âmes aidèrent Wilfrid J. à rester debout et à avancer d'un pas chancelant entre les gens qui s'écartaient sans grande compassion.

« Finalement, c'est un peu toujours la même chose au début. On devrait s'extasier, mais ces petits vieux sont tous semblables et pas très ragoûtants.
- J'en ai quand même vu de plus flamboyants.
- Plus ils sont vieux, plus ils vivront longtemps !
- On s'en serait douté !
- Imagine qu'il soit gâteux pendant vingt ans !
- Ne parle pas de malheur ! Moi je te dis qu'ils sont presque toujours un peu dans le vague au début.
- On ne sait jamais ce qu'ils vont devenir.
- En tout cas, nous avons un oncle de plus ! »

Il était d'usage d'accueillir un venu au jour par son nom et une solennelle bienvenue. Il était tout autant d'usage que ce dernier ne réponde que par un vagissement plus ou moins ténébreux. Wilfrid J. n'eut rien à dire parce que personne ne lui dit rien. Il se trouvait au milieu d'une assemblée bigarrée et répugnée, absolument seul parmi les siens.
Et la troupe se mit en mouvement vers la sortie du cimetière. En dehors des deux bonnes âmes qui l'aidaient à tituber à petits pas, le reste des gens sortit de là comme on quittait le métro, en s'ébrouant et en hâte, avide de se trouver ailleurs.

La fête à l'hospice était certainement compromise, mais on ramenait quand même un ancêtre. On mena, à petits pas, Wilfrid J. jusqu'au corbillard tout chamarré. On étendit Wilfrid J. qui sombra immédiatement dans le sommeil, chacun put contempler le nouveau venu dans la lumière vive du véhicule et se conforter dans ses a priori. Dans l'ensemble, l'ancêtre manquait de panache. Enfin chacun regagna sa voiture pour se rendre à la sénilité en cortège. On évita de klaxonner car il était fort tard.
La sénilité était brillamment éclairée, mais cela était sans rapport avec l'arrivée de Wilfrid J. Toutes les sénilités se doivent de conserver leurs lumières toute la nuit.

On confia Wilfrid J. aux sages-femmes qui feraient sa toilette, lui feraient prendre son premier repas et le coucheraient dans un lit douillet pour sa première nuit. De vraies couveuses à petits vieux, elles le contempleraient avec des yeux compétents et prendraient soin de ses premiers jours au milieu d'une colonie de petits séniles vagissants qui se tiendraient debout et parleraient bientôt.

La famille, elle, se dirigea vers la salle des fêtes que l'on avait éteinte et ou l'attendaient des canapés racornis et du champagne tiède.
Ce fut le moment de s'examiner et de commenter les tenues de chacun. De s'extasier sur un costume de fourrure chamarré qui avait au moins eu le mérite de tenir un couple de cousins éloignés au chaud le jour durant. C'était le deuil boyard, une idée inspirée d'Ivan le Terrible et qui serait sûrement la tendance de l'hiver. Un jeune bouffi de vanité payait chèrement de s'être mis en deuil Jivaro, de jeunes blondes malveillantes s'interrogeaient ouvertement sur ce que devait contenir son étui pénien. Lui se réconfortait au whisky et cherchait à dissimuler les premiers symptômes de sa pneumonie naissante.

Et puis, comme à toutes les funérailles, chacun alla de ses anecdotes et de ses obsèques d'exception. Les vingtenaires en avaient beaucoup vu et abreuvaient l'assistance de détails et d'exploits que les plus âgés écoutaient avec une réserve, souvent une désapprobation gênées.
Personne, ce n'était pas l'usage, et peu aurait pu prétendre s'en souvenir, ne racontait sa propre venue au jour. Il était bien rare qu'on puisse se prévaloir de cet instant qui se perdait dans la nuit des souvenirs. Sa propre venue au jour, c'était l'affaire des autres avant tout.

Curieusement, une certaine pudeur voulait qu'on n'évoquât pas non plus la venue au jour de ceux qui étaient présents. C'eût été, pour beaucoup, un rappel assez humiliant d'un épisode peu glorieux. Si quelqu'un s'avisait de raconter les funérailles d'un autre qui était présent, il s'exposait aux représailles de sa propre misère au moment de ses propres obsèques. Par prudence, on parlait des autres, de ceux qui n'étaient pas là pour rétorquer.
Au fond, une famille, un cercle d'amis, c'était avant tout un ensemble de funérailles auxquelles nul ne pouvait rien. Être de « grandes funérailles » n'était pas donné à toutes les familles. On préférait donc évoquer ce qui se passait chez les autres, ce qui ne prêtait pas à risque et alimentait une source de malveillances inépuisable.
Une grande venue au jour pouvait justifier une certaine fierté. Ne disait-on pas de quelqu'un « tout ce qui est bon en vous est sous terre ».

Tout le monde se rappelait, notamment, l'arrivée de la Grand-mère qui avait jailli du tombeau, la bouche pleine de terre et d'invectives et que l'on n'avait pas pu coucher. Elle avait braillé le jour durant et n'avait pu dormir que fin saoule et encore couverte de terre et de moisissures. Son

mauvais caractère ne s'était jamais démenti. Elle régnait sur une grande maisonnée qu'elle ne quittait jamais. Elle n'avait pas daigné se déplacer pour ce cousin dont elle affirmait au clairon qu'elle n'en avait pas besoin pour se faire une vie.
« Amenez-moi donc un époux. Ça, je saurais quoi en faire ! » ite missa est.
Cela faisait dix ans que la Grand-mère hurlait pour un époux. Chacun se doutait bien qu'elle continuerait de hurler après, après lui. Personne ne se pressait de lui en trouver un.
On causa, on but, on grignota sans grands festoiements puis, épuisés, grippés et pas mal déçus, on se dirigea, qui chez soi, qui à l'hôtel.

Chacun emporta avec lui un sentiment de tristesse et de frustration. Le goût de la terre et des sandwiches cartonneux, les chambres vides privées des fantasmes déçus, des nez qui coulaient, des contenances et des costumes défraîchis. On avait même oublié de parler de Wilfrid J., autant dire, qu'une fois loin de là, personne n'aurait à cœur de se souvenir de lui.
Le lendemain, toute cette famille s'égayerait pour ne se retrouver que, dans des mois, à la venue au jour d'un cousin dont on disait qu'il serait un grand artiste. Ce serait en mai, il ferait beau et la nuit serait longue à venir.

CHAPITRE 2
L'ÉVEIL

Wilfrid J. se réveilla dans un lit étroit, entre deux autres lits pleins de petits vieux comme lui. Par la vitre, en face de lui, il entrevoyait les visages d'inconnus souriants qui ne le regardaient que pour regarder ailleurs.
Il avait très chaud, et comme les autres vieillards, il tentait de repousser les draps et les couvertures pour découvrir que son seul vêtement était une couche et un bracelet.
Instinctivement, ce qu'il vit, sa nudité lui répugna. Il y avait quelque chose de mort, de rance, de moisi dans sa personne. Il parcourut son corps, du regard et de la main. Il lui semblait, sans qu'il puisse faire, de fait, la comparaison, que sa peau entière était une plaine limoneuse desséchée, couverte de rides profondes, de plaques durcies, de taches brunâtres sur un relief mou aux teintes blêmes. Tout en lui se répugnait, dégageait un remugle limoneux et ranci. Au loin, ses jambes maigres et noueuses s'achevaient par le pic de ses pieds, une sorte de saillie grotesque qui ne servait à rien.
S'il avait pu le concevoir, il se serait comparé au Sahel, au Bangladesh, à une misère tellurique qui se refusait à la vie. La blancheur du lit contrastait cruellement avec sa biologie hésitante.

Des mots innés se promenaient dans sa tête, mais cela ne formait pas des phrases. Il ne savait pas si c'étaient des mots. Il ne savait même pas que c'était des mots. Il vagissait son dégoût de lui-même. Il exprimait au vide, au plafond uniformément blanc, la diversité des besoins organiques qu'engendrait l'étendue chaotique de cette chose vivante qui s'étalait devant lui.
Toutes ses pensées, un fatras gémissant sans ordre, sans but, sans idée, s'égaraient dans un concert de bruits de vieux, une rumeur pleine de stridulences et de bruits répugnants.

Une femme opulente en tablier bleu sur sa blouse blanche arpentait ce dortoir infect et pourtant immaculé. Elle marchait d'un pas martial, la

poitrine en avant, la coiffe dressée comme une crête. Elle s'arrêtait de temps à autre sur un vieillard dont elle corrigeait la mise d'un geste efficace et sans grande tendresse. Elle exprimait le savoir faire, l'autorité et l'orgueil absolus de se trouver capitaine d'un vaisseau de grabataires. À son regard vigilant n'échappait aucun manquement à l'ordonnancement de son empire.
« Allons Monsieur Gaspard, vous nous avez encore fait des saletés, retournez-vous... »
Et de nettoyer le sieur Gaspard en deux temps trois mouvements.
« Alors Monsieur Albert, vous montrez tout aujourd'hui ! »
Et de reculotter l'indécent un petit rien égrillard.
« Regardez donc, Monsieur Bernard, votre famille vous regarde »
Et d'asseoir le papy en lui faisant agiter la main au bracelet...
Elle passa plusieurs fois devant Wilfrid J. sans vraiment le voir. En fait, elle le voyait très bien, mais elle n'avait rien à lui faire, rien à lui faire faire. Et Wilfrid J. se rendit compte qu'il comptait ses va et vient et que cela trompait un sentiment d'ennui que les heures qui passaient rendaient de plus en plus profond.

De temps à autre, elle levait un des petits vieux, lui passait un peignoir blanc qu'elle ajustait avec soin et menait le bonhomme, à travers l'interminable dortoir, jusqu'à une porte que Wilfrid J. ne pouvait pas voir. Mais peu après, il entrevoyait, par la vitre, une famille en effusion autour de son papy tout neuf. Cela durait un moment puis, par le même chemin, l'infirmière ramenait le vieillard trottinant vers son lit dans lequel il se remettait à végéter calmement. Wilfrid J. eut ainsi l'occasion, pendant cette première journée, d'observer inlassablement ce manège. L'épaisseur de la vitre le privait des mots et des effusions verbales, mais il ne manquait aucune des embrassades, aucun des sourires épanouis.
Chaque vieillard revenu de ces visites arborait un sourire béat qui ne le quittait pas pendant des heures. Sa famille restait longtemps à le contempler et à échanger avec lui des gestes babilleurs, des bisous et des cajoleries d'une mièvrerie absolue.

À intervalles réguliers, mais Wilfrid J. n'aurait pu mesurer ou expliquer ces intervalles, une cohorte de jeunes femmes envahissait la salle, avec des bols emplis d'une bouillie claire et parfumée. Dans chaque bol était plongée une cuiller en plastique bleu. L'odeur de la nourriture stimulait une grande excitation dans toute la pièce qui exhalait le lait, les carottes et le rôti de bœuf haché. Si quelques vieux se débrouillaient seuls, ne répandant qu'une part raisonnable de leur pitance dans les draps, la grande majorité attendait patiemment qu'une des jeunes femmes en uniforme les redresse, s'asseye au bord de leur lit et les nourrissent d'un geste précis et patient. Wilfrid J. fut ainsi gavé par une brune un peu métisse qui lui plongeait la cuiller dans la bouche pendant que lui-même lui plongeait le regard dans le décolleté. Il n'eût pu dire quelle émotion cela lui procurait, mais c'était bon.

À la fin de la journée, Wilfrid J. se trouva environné de papys en extase et d'une foule de parents en masse compacte, pressée contre la vitre, agitant les mains. Il était l'un des seuls à ne pas avoir bénéficié de cette fusion magique entre les deux parois de l'aquarium.
Triomphante, l'infirmière se promenait la poitrine en avant et clamant :
« Allons, allons messieurs, on se calme, n'oubliez pas que vous êtes dans une grande sénilité ».
Elle s'arrêta devant un lit ou sémillait un petit bonhomme aux cheveux de neige. Elle le borda avec un soin définitif avant de lui dire assez fort pour que la chambrée entière en profitât :
« Allons, Monsieur Fulbert, demain vous nous quittez, vous allez entrer dans la vraie vie, il faut que vous vous reposiez bien pour être en pleine forme. Alors, dormez vite ! »
L'ancêtre, gavé de promesses, d'espoir et d'avenir s'endormit aussitôt, sans demander son reste.
La lumière se réduisit à des veilleuses qui donnaient à la salle un aspect de sous-marin et un régiment de vieillard se plongea dans concert de ronflements et de grognements aussi disgracieux qu'assoupi.

Wilfrid J. ne s'endormit pas, taraudé qu'il était par des questions essentielles : que faisait-il là ? Il ne se souvenait absolument pas être jamais arrivé en ce lieu. Pourquoi n'était-il pas sorti de la salle pour échanger des câlins et des effusions avec les gens de l'autre côté de la vitre ? Il n'en était pas sûr, mais il lui semblait bien être le seul auquel cela n'était pas arrivé. Non, peut-être le gros bonhomme là las, il ne se souvenait pas l'avoir vu se lever. Quel nom portait-il ? La grosse infirmière ne l'avait à aucun moment interpellé. Pas de « allons monsieur... », Monsieur qui ? Certainement pas Monsieur 6583a comme il était marqué sur son bracelet.
D'autres questions, tout aussi essentielles lui burinaient le cerveau : depuis combien de temps était-il là ? Combien de temps restait-on dans cet endroit ? Y avait-il un monde de l'autre côté de la vitre ?

Le temps qui lui semblait avoir passé en ce lieu sécrétait déjà dans son esprit un irrépressible ennui, une inquiétude qu'il ne s'expliquait pas. Il n'avait pas sommeil, mais il avait envie de pleurer. Pourquoi, il n'aurait pas su le dire.

Quand Wilfrid J. se réveilla le lendemain, il découvrit qu'il se trouvait dans une grande salle, pleine de lits avec des vieillards dedans. Il avait chaud et il repoussa ses draps pour découvrir qu'il ne portait qu'une couche et un bracelet au poignet droit.

Il contempla son corps et constata qu'il était maigre, flasque, interminablement inutile. Il se demanda pourquoi cette chose sans force et mal fichue était à lui. Il se demanda pourquoi il ne pouvait avoir, comme la jolie infirmière, un corps tout lisse, tout ferme, tout coloré. Il ne savait vraiment pas quoi faire de ce désordre de peau et d'os. Cet effort l'assoupit, puis le réveilla en sursaut : oui son corps était toujours là, toujours aussi moche et inerte. Allait-on lui en donner un autre ? Puis il demeura dans le rien, entre la rêvasserie et le vide complet, flottant sur le temps qui passait.

Il découvrit à nouveau des visages contre la vitre, vit passer et repasser l'infirmière, assista au manège des petits vieux de l'autre côté, constata que le gros monsieur ne sortait pas. À intervalle régulier, la même jolie métisse lui plongea la cuiller dans la bouche pendant qu'il plongeait son regard dans son giron. Il se retrouva, la nuit tombée, avec les mêmes questions, la même absence de sommeil engluée dans une somnolence achronique, la même inquiétude.

L'ennui fit partie de sa vie. L'ennui n'était pas un sujet d'inquiétude. Wilfrid J. ne se posa pas la question de rompre l'ennui. Le rythme monotone des petits événements biologiques de son existence. Il ne se prenait même pas à attendre : les choses se suivaient en se contentant d'arriver. Si le sentiment d'ennui incommensurable l'habitait sournoisement, il ne pouvait en aucune manière le comparer à l'absence d'ennui qu'il ne pouvait pas imaginer, qu'il n'avait jamais vécu. Alors, il se contenta de se trouver là où il se trouvait.

Il commença à se souvenir qu'il était dans une grande sénilité. Cela ajouta à sa liste de question celle de savoir ce que pouvait être une grande sénilité. Cette question se répétait chaque jour, sans jamais progresser, sans jamais insister plus, d'un jour sur l'autre. Sans s'en rendre compte,

Wilfrid J. se mit peu à peu à accumuler des questions sans réponses qui eurent le mérite de meubler peu à peu son ennui.
Sa docilité presque parfaite et sa calme solitude le privèrent de l'information la plus absolument essentielle : son nom.

La toilette venait ponctuer la lancinante monotonie de l'immobilité. L'infirmière débarquait dans la salle, accompagnée d'un bataillon d'aides en tablier bleu qui charriaient des bassines, des serviettes et du linge de rechange. Les femmes, aux mains rosies par l'eau et le savon, briquaient les vieillards sans trop de ménagement. On leur changeait leurs couches en les couchant sur le ventre et leur talquant l'arrière-train. On badigeonnait les escarres et, au bout du compte, on recouchait l'ancêtre sur son lit qui sentait vaguement la javel.
Les plus fringants, ceux qui ne portaient pas de couches, qui se tenaient debout, qui sortaient de la salle pour aller de l'autre côté de la vitre, qui allaient partir, qui parlaient et râlaient bien fort, ceux-là se dirigeaient avec des pas de sénateur vers la salle de bain et s'occupaient eux-mêmes de leur sénile personne.
Wilfrid J. les observait comme une vache contemple les trains. Il n'était pas mécontent de se faire récurer par des mains expertes qui lui donnaient des sensations.

Au fil des jours, il ne les comptait pas car il ne savait ni compter ni que l'on pouvait compter les jours, il se familiarisa avec ce corps qui prenait forme sous ses yeux. C'était toujours une chose molle et décolorée, c'était toujours un désordre de rides et de cavités. Mais c'était à lui et quand on le touchait, il sentait bien que c'était son corps à lui que l'on touchait, que l'on palpait, grattait, badigeonnait, briquait, caressait même parfois. Son corps n'était pas tout à fait mauvais. Il n'avait plus besoin d'en changer. Il en vint même à comprendre que les deux machins, là, au bout, devaient peut-être servir pour se mettre debout et marcher.

Ce qui échappa totalement à Wilfrid J., c'est que ce rituel se reproduisit exactement mille quatre cent trente sept fois avant qu'un événement décisif ne vînt rompre brutalement l'ordonnancement inexorable de sa vie.
L'infirmière chef, l'ordre immanent de cet espace de sénilités mouvantes avait perdu en poids ce qu'elle avait gagné en confiance et en autorité. Sa forte poitrine avançait devant un corps moins massif, sans pour autant que son caporalisme ne fut en rien affecté.

« Allons, Monsieur Wilfrid, il y a quelqu'un qui vous attend ».
Les mots magiques prirent un certain temps à traverser le réseau confus de sa conscience. Puis il se sentit nu, étrangement humilié par sa condition. L'idée de clopiner vers l'autre côté du miroir le dissuada de bouger. Sur son lit, il n'était qu'une pensée assoupie, un ego à zéro. Wilfrid J. éprouva le sentiment qu'un autre être humain le contemplait, quelqu'un qu'il ne connaissait pas, quelqu'un qui pourrait lui apporter des réponses à ses questions. Mais aussi quelqu'un qui risquait de poser des questions sur ce qu'il semblait être.
Malgré son désir d'ouvrir sa conscience, son existence sur ce monde qu'il imaginait exister, Wilfrid J. se cramponna à son matelas, pleurant et gémissant.
Il resta ainsi prostré dans sa bulle et la solitude rance de son dortoir sous le regard embué de larmes d'une femme qu'il lui semblait connaître.

Désormais, il existait donc un désormais, un temps avant et un temps après. Désormais il savait qu'il répondait au nom de Wilfrid J. Désormais, le rituel quotidien était parfois ponctué par l'injonction de l'infirmière. Il commença de se rendre compte qu'il y avait des jours avec et des jours sans cet événement.
« Allons, Monsieur Wilfrid, il y a quelqu'un qui vous attend ».
L'infirmière resta campée devant son lit.
« Allons, Monsieur Wilfrid, il y a quelqu'un qui vous attend ».
L'infirmière se répétait, mais elle changeait de ton. L'information se transformait en injonction. Puis l'injonction devint une exclamation indignée.
« Elle m'engueule, se dit-il, c'est drôle, elle m'engueule ». Lui qui se sentait protégé par sa docilité, que sa conduite lisse et silencieuse avait planté là comme une plante verte au milieu du lit, du dortoir, du monde, il éprouva une soudaine excitation, un picotement partout. Cela le fit tout simplement bander. Il se laissa bercer par sa jouissance. Pour autant, il ne songea pas un instant à quitter son lit.
Les jours suivants, il attendit avec impatience de se faire engueuler à nouveau.
Il remarqua peu à peu que le même phénomène, quoique très atténué, se produisait quand il mangeait, les yeux plongés dans le corsage de l'infirmière métisse.
« Ah ça, quel vieux cochon ! Monsieur Wilfrid, vous vous débrouillerez tout seul, maintenant ! » Wilfrid constata encore une fois que les

engueulades le faisaient jouir. Peut-être aussi, le fait d'avoir posé la main sur la poitrine toute proche de la jeune femme.
Il la vit s'entretenir avec l'infirmière qui lui jeta un regard sévère.
« Ils finissent tous par faire ça. Le mâle pointe son nez sous le vieillard. Vous devrez faire attention car il recommencera. Si vous voulez, je le confierai à une autre. Mais je préfère que vous vous habituiez car ça fait partie de votre travail. »
Le lendemain, il fut nourri par une sexagénaire boutonnée jusqu'au cou et sèche comme une trique. Cette dernière mit fin à ses émois sexuels avec efficacité et indifférence. Tout en elle était tendu, raide, tiré. Son chignon gris, son visage, sa bouche mince, ses yeux de cendre. Elle portait le même corsage que la belle métisse, mais le sien semblait amidonné et rigide. Il n'y avait pas de corps en dessous, pas de parfum qui s'exhalait des profondeurs cuivrées qui incitaient au voyage.
Wilfrid J. se rendit compte qu'il s'ennuyait énormément.

Les engueulades répétées de l'infirmière cessèrent de provoquer chez lui la moindre sensation de plaisir. Elles devinrent même la source d'un curieux sentiment d'humiliation. Il en vint à craindre ce moment, à espérer les jours où personne ne venait demander après lui.
Le gros monsieur passa devant lui, marchant d'un pas lourd et chaloupé. Un cargo dans une rade, surmonté d'une tête minuscule, rose et blanche. Une cheminée qui fume... Le gros monsieur partait en voyage de l'autre côté de la vitre.
Lui, il demeurait à quai, en train, lentement de rouiller, de pourrir, de sombrer peu à peu dans la vase de la monotonie.
« Allons, Monsieur Wilfrid, il y a quelqu'un qui vous attend ».
Il se redressa et tenta de s'asseoir sur le bord du lit. Il ne s'était jamais assis. Ses pieds n'avaient jamais éprouvé la froide dureté du carrelage. Avait-il même jamais regardé le carrelage ? En tout cas, il découvrit soudain qu'il allait devoir affronter la verticalité sur ce quadrillage rigide et froid. Lui, qui ne pouvait se rappeler que le monde mou de son lit, fut bien tenté d'y chavirer derechef.
Mais l'infirmière l'avait déjà soulevé comme un fétu de paille et avec une dextérité effrayante lui avait passé un peignoir plus gros que lui. « Elle doit avoir quatre mains, quatre bras ». Il se demanda pourquoi il ne l'avait jamais remarqué. Perdu dans ce mystère, il ne se rendit pas compte qu'on lui passait des mules en tissu-éponge et qu'on lui faisait quitter à petits pas le havre douillet de son ennui.

Il se trouvait dans l'allée centrale, entre les lits alignés, debout, chancelant, orienté vers le cap lointain d'une porte à double battants avec deux hublots qui le contemplaient, écarquillés.
Baissant les yeux, il découvrit la perspective effrayante des lignes blanches qui striaient le sol de céramique vert sombre. Combien de pas devrait-il faire pour avaler toutes ces lignes.
Les bras de catcheuse de l'infirmière le soutenaient et l'affranchissaient des dangers de la verticalité. Aussi son attention fut-elle entièrement captée par la tâche immense de ne pas toucher une seule des lignes blanches. Chaque pas devait se poser bien au milieu du carreau suivant. Combien de carreaux ? Il ne les avait pas comptés, ce qui faisait qu'il ne savait plus quand cela avait commencé et quand cela finirait.
Quand il atteignit la porte aux hublots, il était épuisé.

La porte l'avala et le projeta dans un monde de bruit et de foule. Au quadrillage géométrique et à l'alignement silencieux des lits se substitua le mouvement désordonné des corps, le déplacement des gens, des horizons ouverts, des brancards en rade et la rumeur des voix. Il faisait soudain plus sombre, la lumière semblant provenir de la vitre contre laquelle se pressaient des gens aux tenues colorées et désordonnées. Les odeurs se jetèrent dans son nez, lui qui vivait dans le rythme lent des effluves familiers. Un parfum, celui de la belle métisse, lui était une fête, un moment intense. Soudain, tout cela puait, lui-même puait. Il voyait les odeurs s'agiter, collisionner, se contorsionner et se fondre en remugles.

Il découvrit qu'en vis-à-vis de la vitre de son dortoir s'en trouvait une autre et qu'il se trouvait dans une sorte de large corridor qui ressemblait à un aquarium. La lumière venait pour une grande part des salles de l'autre côté des vitres.
Il jeta un vague coup d'œil pour découvrir, entre deux épaules, que la salle d'en face ressemblait en tous points à la sienne, à ceci près qu'elle était habitée par des vieilles.

L'infirmière le tenait debout, tout droit devant une femme qui le regardait avec des yeux humides, hoquetant d'un incompréhensible chagrin qui chahutait avec un rire aigu. À côté de cette femme se tenait une vieille revêche qui ne pleurait ni ne riait. Elle se tenait roidement derrière la femme qui pleurait et riait. Lui se sentait prisonnier dans ce triangle de trois femmes. L'infirmière qui l'exhibait tout en le retenant de tomber, la

vieille au regard sec et cette femme qui n'était ni belle ni laide, mais qui explosait dans ses émotions.
Il demeurait hagard, incapable et perdu dans cet ouragan de sensations qu'il n'arrivait pas à comprendre. Regarder les épanchements de cette femme le gênait et il tentait de regarder dans le vague, silencieux et penaud.
« Papa, papa, c'est mon père, tante Germaine, c'est mon père !
- Moi, je crois qu'il est complètement gâteux. Je l'avais bien dit. Qu'est ce que tu vas faire d'un père gâteux ? »
Il sentit bien la joie qui affrontait l'hostilité. Il eut soudain très peur que l'infirmière fut surtout du même avis de la vieille. Il eut encore plus peur qu'elle le lâche et l'abandonne dans ce désordre agressif qui lui emplissait le nez.
La femme qui pleurait le prit dans ses bras et le serra contre elle, le couvrant de baisers mouillés. Il eut l'impression d'être un pantin désarticulé aux membres inertes, sans haut, ni bas.
Il se retourna pour contempler la vitre et, entre les corps serrés et gesticulants, son monde de calme et d'ordre rassurant. Il gigota comme un chat qui fuit les caresses et faillit échapper à l'embrassade.

L'infirmière le récupéra à temps et il se sentit soudain en sécurité.
« On ne peut pas vous le laisser maintenant. Il est trop fragile. Mais je pense qu'il sera bientôt apte.
- Moi je vous dis qu'il est gâteux et qu'il le restera
- Mais non, ils sont souvent comme ça et puis ça revient.
- Je suis certaine que c'est un père magnifique
- Ça va surtout être une charge pendant des années, moi je vous le dis »
La vieille revêche semblait savoir de quoi elle parlait. L'infirmière ne semblait pas pressée de le lâcher, la femme semblait vouloir l'emmener sans attendre. C'était elle qu'il craignit le plus.
Le voyage de retour fut incroyablement long et fatigant. Mais chaque pas était un réconfort. Il exulta en s'affalant sur sa couche molle. Une fois allongé, dans la sécurité approximative de l'horizontalité, il contempla son corps, une fois de plus, avec le même désespoir. Ce corps n'avait rien à voir avec celui des gens qu'il venait de rencontrer. Ce n'était qu'une contrefaçon, une imitation grotesque des êtres qui se tenaient naturellement debout, avec des vêtements, de l'autre côté de la vitre. Ce qui sortait de sa tête et s'étirait jusqu'au bout du lit n'était qu'un désordre hâve, mou, désarticulé. C'était vieux et ça pouvait mourir à tout instant,

se diluer dans les draps, se morceler, partir en quenouille. Ce n'était pas un vrai corps. Au bout de sa vraie tête, il y avait un faux corps.
Puis il y eut un déclic, une sorte de rupture épistémologique dans le désordre filandreux de ses songeries : il n'avait que ce corps-là, c'était lui, de là où il pensait et qu'il ne pouvait voir, jusqu'aux orteils qui n'arrêtaient pas de le narguer, en passant par le ventre maigre et mou, avec ces mains pleines de taches brunes, avec ces jambes de guingois. Il allait bien falloir que ce corps se mette un jour à fonctionner.

Il prit soudainement conscience qu'il était une personne, avec une pensée, une tête et plein de corps qui allait avec. Si cette chose en vrac était à lui, alors sa tête aussi devait être dans un grand désordre. Non, de ce côté-là, cela lui semblait marcher… Peut-être fallait-il faire quelque chose pour faire fonctionner le reste. Son ontologie corporelle le fatiguait énormément. Elle le faisait somnoler et le rendait insomniaque. Comme il ponctuait ses pensées de grands cris, ses Eurêka nocturnes lui valurent nombre remontrances et pas mal de somnifères. Mais, en tout cas, il avait matière à penser.

Désormais, une nouvelle inquiétude l'habita : devoir retourner de l'autre côté de la vitre et commencer de ressembler aux gens qui se tenaient là. Une autre, plus sourde, plus lancinante, fissurait ses certitudes et lui faisait savourer l'ennui : il devrait, tôt ou tard quitter ce monde.
Wilfrid J. fut, peu à peu, persuadé d'une menace essentielle : il lui faudrait vivre.

CHAPITRE 3
LE MONDE

Comme il l'avait appréhendé, Wilfrid J. dut, à de nombreuses reprises, retourner de l'autre côté de la vitre. Ce qui le réconfortait, c'était que la vieille revêche ne revenait plus. La femme ne pleurait plus non plus. Il prit même un certain plaisir à se faire guider dans une petite pièce où on l'asseyait dans un grand fauteuil recouvert de moleskine marron.

La femme l'abreuvait de paroles auxquelles il ne comprenait pas grand-chose et qu'il n'écoutait même pas. Mais elle apportait aussi des friandises, surtout du chocolat qu'il mâchouillait. Alors, tant qu'à devoir passer de l'autre côté, à s'épuiser à une traversée interminable et se retrouver en présence de cette femme submergée d'émotions, il y avait le chocolat.
Peu à peu, cette délicieuse promesse l'aida à marcher et il n'eut finalement plus besoin de l'aide de l'infirmière qui se contentait de l'escorter en lui serrant le bras.

Sournoisement s'installèrent de nouvelles émotions. L'ennui du dortoir devenait insupportable. La sexagénaire qui le nourrissait l'irritait de plus en plus et il ne se retint pas toujours de lui renverser le bol sur les genoux. Du coup, on lui apprit à se nourrir lui-même. Ce qu'il fit sans plaisir, préférant de beaucoup mordre les tablettes que lui apportait sa fille de ses dents qui se consolidaient.
La femme, sa fille, continuait de parler et lui de ne pas écouter. Mais ce bruit de fond lui devenait agréable, presque indispensable.

Pour se rendre de l'autre côté de la vitre, il revêtait une robe de chambre et enfilait des mules. Ce simple fait avait de nombreuses conséquences. Tout d'abord, la robe de chambre habillait son corps et le faisait ressembler aux gens. Il constata, qu'avec des vêtements, il se répugnait moins, qu'il ne voyait plus sa maigreur et les plis innombrables qui le sillonnaient de haut en bas. L'habit faisait de lui une personne, pas un assemblage incertain de membres mal vissés. Les mules étaient la preuve

que ses pieds servaient à quelque chose, en particulier à marcher. Les mules étaient un symbole frappant de sa verticalité.
Dans le dortoir, il était nu, horizontal, en morceaux mal cousus, dans une enveloppe de peau molle et mal remplie. De l'autre côté, il était vêtu, vertical, tout entier et pouvait se remplir avec plaisir. Il finit par se convaincre qu'il ne désirait plus demeurer dans le dortoir.

Un jour, sa fille l'aida à se lever et à marcher lentement par les couloirs. Ils arrivèrent enfin à une grande porte qui exhalait de la fraîcheur. Il se trouva dehors.

Il y avait des arbres, des allées sablées, une belle pelouse et au fond une grille de fer au-delà de laquelle circulaient des voitures. Le long des allées circulaient des vieux qui lui ressemblaient avec des femmes qui ressemblaient à sa fille. Il vit le ciel bleu où moutonnaient quelques nuages qui masquaient, par instants, le soleil. Il avança sur le perron et se retourna pour découvrir un grand bâtiment de briques et de pierre. Au-dessus de la porte, il lut « Sénilité ».
Il se fit la réflexion que cet endroit ne sentait pas grand-chose et qu'il était plaisant de se trouver dans un endroit qui ne sentait rien. L'élégance du par et la nature florissante du printemps le laissèrent totalement indifférent. Ce qui le frappait plus que tout, c'est le vent doux qui agitait les cheveux et les plis des vêtements. Jamais il n'avait respiré ainsi.

Puis il avisa le portail. Le portail lui rappela la porte à hublots, ce qui le convainquit soudain qu'il devrait, tôt ou tard, traverser une nouvelle frontière. Alors que la première traversée l'avait empli de désarroi et d'angoisse, cette nouvelle frontière était riche de l'expérience qu'il vivait désormais. De l'autre côté du portail, il découvrirait de nouveaux chocolats. Il se prit à désirer l'évasion, il commença d'imaginer qu'au-delà de la sénilité, le monde étendait ses bras immenses.

Le retour dans le dortoir, puis tous les retours dans le dortoir, s'apparentèrent de plus en plus à un insupportable ratatinement. Cela le décida à parler avec sa fille et à développer, au fil de propos qu'il oubliait en même temps qu'ils se déroulaient, son vocabulaire.

Il renonça aux couches pour adopter bon an mal an le régime des sénateurs, se rendant à la salle de bain où il apprit à se laver seul, même, parfois à prendre une douche sans oublier de se dévêtir. Il regretta un peu les mains savonneuses des aides, mais compensa cela par un dédain appuyé des grabataires les moins vaillants. Le simple fait d'enfiler le peignoir et les savates lui procurait le trouble sentiment qu'il passait du monde des couchés à celui des debout. D'une certaine manière, il se sentait un peu plus l'égal de l'infirmière.

Il se mit à attendre, à vivre en attendant. Il avait vécu trois mille cent trois jours dans la sénilité sans rien en savoir. Il commença de compter les jours, les heures, les secondes. La pendule du dortoir devint une adversaire de chaque instant.

Il advint un jour que sa fille arriva accompagnée d'un homme qu'il n'aima pas.
Rien ne distinguait cet individu de n'importe qui. Vêtu avec soin d'un costume gris qui s'accordait à ses tempes grises proprement taillées, l'homme fit songer à Wilfrid J. « Il ressemble à un banquier ». Cela ne voulait pas dire grand chose, mais c'était sûrement insultant. Ce qui turlupinait vraiment Wilfrid J., c'était de constater que cette personne lui disputait les attentions de sa fille.
L'homme lui parla avec beaucoup de douceur et de sourires. Wilfrid J. n'écouta rien et l'ignora avec toute la superbe dont il fut capable. Il dégagea son bras avec colère quand l'autre fit mine de l'aider à marcher. « Il y a donc ça aussi de l'autre côté du portail ! ».
Il fut au comble de l'irritation quand il vit l'homme et sa fille s'éloigner en se tenant par le bras. Debout sur le perron de la sénilité, il resta longuement à contempler l'allée qu'ils avaient empruntée, cela ressemblait à une estafilade dans son avenir.

Pour la première fois, il eut du mal à s'endormir, ruminant, grognant, s'inquiétant. Wilfrid J. s'était découvert un rival. Il était mortellement jaloux. Comment aurait-il pu imaginer que sa fille, la seule femme qui soit vraiment proche de lui, qui lui donnait le chocolat, lui avait donné le jour, hors de la sénilité, ses premiers mots et ses premières idées, se partageait avec un homme qu'il ne connaissait même pas. Il n'aimait pas cet homme.

Le lendemain matin, l'infirmière vint droit vers lui, une valise à la main. Elle le fit se lever et il dut la suivre dans une salle de bain qui jouxtait le dortoir. S'il avait peu à peu appris à être propre et à se laver tout seul, justement dans cette salle de bain, quelque chose attira son attention et lui fit pressentir un changement considérable. Un costume gris, un costume qui ressemblait tout à fait à celui de l'homme de la veille pendait à un cintre, tandis que des sous-vêtements, une chemise, une cravate à rayures sombre étaient disposés sur un tabouret. Des chaussures noires étincelantes étaient posées sur le carrelage, elles étaient en travers d'une ligne blanche, ce qui l'irrita.

Depuis quelque temps, on le laissait se doucher seul, mais ce matin-là, l'infirmière resta là, à le briquer de partout. Elle lava, frotta, frictionna, inspecta les oreilles, coupa quelques poils et le brossa avec un soin pénible. Puis elle l'aida à enfiler les vêtements. Pièce après pièce, il se faisait harnacher comme un chevalier qui part au tournoi, de plus en plus couvert, de moins en moins libre de ses mouvements. Cela le serrait de partout, la chemise et la cravate l'étranglaient. Le pire fut les chaussures qui lui comprimèrent douloureusement les pieds. « Comment peut-on marcher avec ces trucs ? » Puis il s'aperçut qu'on pouvait faire sonner le talon sur le carrelage. Il aima cela.

Tout habillé, le costume lui donna une contenance, il le redressait, lui maintenait les épaules et le faisait marcher droit. Il talonna de long en large pour s'arrêter devant un miroir qui le fit sursauter. L'image que la glace reflétait était celle de l'homme d'hier. Si le cheveu était franchement très blanc et plutôt plus clairsemé, le tableau dans l'ensemble était le même. « Je ressemble à un banquier ». Cela ne voulait toujours rien dire, mais c'était un peu moins insultant.

Il ressortit de la salle de bain pour se retrouver dans le dortoir. Habillé comme il était, il réalisa tout de suite que ce lieu était devenu étranger, inhabitable, indigne de lui. Il contempla les vieux alignés sur leurs lits, leur nudité, leurs couches et leurs bracelets. Il fut parcouru d'un frisson de honte et d'horreur.
Pour rien au monde il s'abandonnerait de nouveau à une telle indignité. Il fut pressé de s'échapper de ce monde limbique de misère et d'abandon. Il traversa la salle à grands pas, faisant tonner ses talons et évitant, quand même, de poser le pied sur les lignes blanches. Il poussa des deux mains les vantaux de la porte à hublots et se retrouva dans le monde.

Sa fille l'attendait. Elle l'admira en essuyant une larme. Wilfrid J. avait, depuis longtemps, compris qu'on ne pleure pas seulement quand on est

malheureux, quand on a mal ou quand on a peur. Elle devait sûrement pleurer de joie. Sa joie, à lui, fut instantanément gâchée par la présence de l'homme.
« Tu vois, ton costume lui va très bien.
- Mais oui, j'en étais sûr »
Oh ! Non seulement elle est avec ce type, mais je porte son costume. Wilfrid J. sut immédiatement que le monde ne serait pas simple.

Wilfrid J. quitta la sénilité en marchant bien droit, indifférent aux ampoules qui florissaient dans ses richelieus trop neufs. Il ne fut fasciné que par le bruit des chaussures sur le gravier. Il éprouvait la sensation d'écraser un petit monde de victimes innocentes. Cela pouvait justifier un peu de douleur. Il ne se retourna pas pour revoir cet endroit qui avait abrité les longues premières années de sa vie. Toute son attention allait au portail et au gravier.
Il sentait la main rassurante de sa fille sur sa manche. Celle de l'homme sur l'autre manche l'énervait. Il secoua le bras et se dégagea pour bien leur montrer qu'il pouvait avancer tout seul pour pénétrer seul et digne dans le monde.
« Alexandre, laisse le marcher seul, il est grand maintenant.
- Je n'aimerais pas qu'il tombe, il ne me semble pas bien assuré.
- Il ne tombera pas. Il a déjà fait le tour de ce jardin vingt fois sans que je le tienne.
- Remarque, j'ai l'impression qu'il n'aime pas trop qu'on le tienne. »
Wilfrid J. s'abstint de lui faire remarquer qu'il n'aimait simplement pas que, lui, Alexandre, le tienne. Alors, il allongea le pas et parvint seul à la grille, s'attendant qu'elle s'ouvrit solennellement devant lui. Elle ne s'ouvrit pas et Alexandre dut la manœuvrer dans un grincement et des crissements qui fit mal aux dents à Wilfrid J.

Wilfrid J. découvrit ce qu'était une voiture.
Le fait qu'il s'agissait d'une belle voiture de luxe, une belle Mercedes anthracite avec un intérieur de cuir noir et des ornements de bois précieux et de chrome, échappa complètement à Wilfrid J. Pour lui, c'était une boîte avec des portes et des roues. Cela sentait affreusement mauvais à l'intérieur, bien plus mauvais et confiné que tout ce dont il se souvenait. Il fallut le persuader de s'installer devant, le convaincre qu'il fallait attacher la ceinture de sécurité, ne pas ouvrir la vitre pour passer la tête dehors.
« Ça pue ! j'ai mal au cœur !

- Mais nous n'avons pas encore bougé.
- Pourquoi on n'y va pas à pied ?
- Mais Papa, c'est très loin.
- Je préfère y aller à pied.
- Allons, tu regarderas le paysage.
- Je m'en fiche du paysage !
- Tu verras, c'est très beau, on va traverser des forêts.
- Je m'en fiche des forêts.
- Bon, je laisse la vitre entr'ouverte, tu auras de l'air »
Wilfrid J. ferma les yeux et la voiture démarra. Les forêts étaient vraiment très belles. Il fallut s'arrêter dans chacune pour laisser Wilfrid J. vomir en paix.
Arrivé à destination, Il avait le teint jaune, transpirait à grosses gouttes et son costume portait les traces de ses infortunes.

Il entrevit une grille, une allée de graviers contournant une pelouse, une maison de brique et de pierre avec un perron et une porte. Au-dessus de la porte, il n'était pas marqué « sénilité ». Wilfrid J. en conclut qu'ils n'étaient pas revenus à leur point de départ. De toutes manières, cette maison était notablement plus petite que celle qu'il avait quittée. Il en éprouva une certaine inquiétude. « Et si le dortoir était aussi plus petit et que tous les lits étaient collés les uns aux autres ? »

Il fut rapidement à la fois surpris et rassuré. L'intérieur de la maison ne ressemblait en rien à la sénilité. Les pièces étaient nettement plus petites, mais très propres et emplies de meubles très différents. Il n'y avait pas de longs couloirs et, surtout pas de carrelage avec des lignes blanches. Il constata qu'il n'existait pas dans la maison de corridor avec de grandes vitres donnant sur les deux dortoirs. Il en conclut qu'il ne devait pas non plus y avoir de vieux dans cette maison. Cela le réconforta grandement car il s'était dit depuis quelque temps qu'il avait horreur des vieux. Pas de vieux !
« Mais alors, si l'aquarium n'existe pas, il n'y a pas de dortoir non plus. Où est-ce que je vais dormir ? ». Était-il possible que les non-vieux ne dorme pas ? La question le tarauda violemment sous la forme d'un conflit existentiel. « Les non-vieux ne dorment pas, mais moi j'ai encore envie de dormir. Alors, c'est que je suis vieux. Mais j'ai horreur des vieux. Aurais-je horreur de moi-même ? »
Un tel flot de pensées fondamentales l'habitait, le rendant totalement indifférent à la visite du salon et de ses canapés de cuir fauve, de la salle

à manger avec sa table design, de la cuisine avec son piano en inox, de la salle de musique avec son piano à queue. « Comment je vais leur expliquer que, bien que je ne sois pas un vieux, j'ai quand même envie de dormir ? »

Ces questions se bousculaient avec une urgence grandissante. L'escalier l'effrayait un peu. La salle de bain était beaucoup plus petite que celle de la sénilité, mais elle sentait bon. « Mais qu'est-ce qu'on fait la nuit ? »

Puis sa fille ouvrit une porte, au bout d'un petit couloir. Elle le fit entrer dans une pièce qui donnait sur le jardin, derrière la maison, et dans cette pièce, il découvrit un lit.
« Tah Taaah ! Voici la chambre de mon papa ! »
Wilfrid J. était sidéré. Son dilemme s'évapora pour faire place à un nouveau : il n'y avait qu'un seul lit. Wilfrid J. n'avait jamais imaginé qu'on pût dormir seul dans un lit aussi large et couvert de couettes en couleur. Un lit, c'est petit, c'est blanc, c'est étroit, et il y en a plein tout autour. « Comment fait-on pour dormir seul, là-dedans ? »
Sa fille remarqua son désarroi. « Tu n'aimes pas ta chambre ? tu sais, on pourra la décorer comme tu voudras, plus tard… »
Wilfrid J. restait silencieux et expectatif. Comment lui expliquer qu'il ne comprenait pas comment les non-vieux faisaient pour dormir seuls ?

De telles questions sont trop importantes pour accorder de l'attention à quoi que ce soit. Il prit son dîner sans y accorder d'attention. La bouillie qu'on lui avait servie était plus savoureuse que celle de la sénilité. Il mangea plutôt proprement, ne faisant qu'un nombre limité de taches sur le set en tissu-éponge dont on avait recouvert la nappe sous son couvert.
Il fut même poli avec Alexandre, se laissant même aller à quelques bribes de conversation avec lui.
« C'est bon ?
- Oui c'est bon. »
Alexandre conçut de cet échange une satisfaction rayonnante. Wilfrid avait répondu machinalement. La perspective de la nuit le préoccupait trop pour qu'il s'émût des relations entre sa fille et ce type. Et puis, en dehors d'être un intrus, il n'était pas si désagréable que cela, ce garçon.

Il se brossa les dents comme on le lui avait appris quand des petits trucs durs avaient commencé de sortir de ses gencives. Puis il enfila un pyjama amidonné et sentant l'assouplissant, une étoffe à la fois moelleuse et bien

tenue. Puis il se dirigea comme un condamné à mort vers le lieu de sa nuit. Il tourna en rond longuement. Il contempla le trou noir du jardin. Il se coucha sans éteindre la lumière et essaya de dormir.
Mais, au bout d'un long moment à se retourner et à fermer un œil, pendant que l'autre surveillait la fenêtre, il se retrouva complètement éveillé.

Anna et Alexandre commençaient à s'endormir après s'être câlinés et avoir lus un peu. La porte de leur chambre s'ouvrit. Wilfrid J. se tenait sur le seuil, son oreiller à la main.
« Est-ce que je peux dormir avec vous ? »

CHAPITRE 4
L'ANNIVERSAIRE

Puis vint le jour où Wilfrid J. eut quatre-vingts ans.

Le certificat de venue au jour était catégorique, l'anniversaire de Wilfrid J. correspondait jour pour jour avec la venue de l'été. Un 21 juin qui garantissait un soleil radieux et une fête réussie. Les quelques mois passés dans la maison avaient habitué Wilfrid J. à toutes sortes de choses courantes et utiles qui en faisaient un membre appréciable de la famille.

Il s'était physiquement étoffé. Non pas qu'il eût vraiment grossi, car il était long et fin, mais l'enveloppe fripée de sa peau commençait à se tendre sur son organisme bien en vie, bien nourri, bien actif. Son teint s'était coloré et si les taches constellaient encore ses mains et certains recoins de son visage, un léger fard rose ornait ses pommettes, le gris et le jaunâtre avaient cédé la place aux tons d'une bonne santé affirmée. Ses vêtements l'habillaient, ils n'étaient plus un moyen de dissimuler la misère de sa carcasse disjointe. Il portait toujours les costumes d'Alexandre, ou des costumes qui leur ressemblaient. Mais il semblait mieux les habiter. Alexandre semblait raidi par la coupe stricte de ses complets, tenu en laisse par ses cravates, encartonné dans ses chemises amidonnées. Wilfrid J. portait les mêmes oripeaux sans que ces derniers ne ressemblent à des échafaudages. Cela tenait à de petits riens, un bouton laissé libre, un nœud de cravate plus lâche, un col qui se laissait un peu plus aller. Il n'empêche que Wilfrid J. avait consulté un catalogue de vente par correspondance et avait constaté qu'il pouvait s'habiller différemment d'Alexandre. Mais il n'avait pas encore pu convaincre Anna de lui commander cette veste en tweed, ce petit costume décontracté en alpaga. Anna adorait la raideur de son mari, cela faisait plus sérieux. Donc Wilfrid J. devait se contenter de se déguiser en gendre.

Seul Alexandre trouvait un peu pesant qu'on eût installé un petit lit dans leur chambre. Mais cela valait mieux qu'un vieillard dans leur lit. Le gériatre avait assuré le couple que cette situation n'était ni exceptionnelle, ni préoccupante, ni définitive. Il leur avait expliqué qu'un vieux, venant

de là d'où il venait, avait nécessairement acquis une sociabilité que l'isolement d'une chambre privative pouvait contrarier.
« Laissez-le acquérir lui-même son besoin d'autonomie. Cela viendra tôt ou tard. Mais ne le laissez pas trop longtemps s'immiscer dans votre couple. » Il avait donc recommandé d'installer un lit ressemblant à celui de la sénilité. Il avait aussi suggéré d'emplir la chambre de Wilfrid J. d'objets auxquels il s'attacherait, qui stimuleraient son intérêt pour le monde environnant et lui permettraient de construire sa propre identité.
Le jour même, ils installèrent une magnifique télévision dans la chambre de Wilfrid J.

Wilfrid J., après un court temps de méfiance et de dédain pour les images et le bruit que déversait le poste, commença de s'installer devant et de se laisser bercer par des programmes qu'il commença à connaître. Il n'eut que de la défiance pour les séries qui montraient des vieillards trop propres sur eux qui vivaient des aventures dérisoires dans des familles trop heureuses. Il préférait de loin des aventures sombres, pleines de bagarres et de tueurs en série. Mais cela lui donnait des cauchemars. Du coup, Anna craignit qu'à ce rythme, il ne s'incrustât plus longtemps dans leur chambre. Elle verrouilla donc les chaînes violentes.
C'est ainsi, qu'entre les séries trop sucrées, les documentaires ennuyeux et les programmes interdits, Wilfrid J. découvrit la chaîne culinaire. Il passa des heures à contempler la réalisation de recettes qui le rendirent gourmand.

Cette passion culinaire lui fit passer le plus clair de son temps devant l'écran. Il n'était pas rare qu'il s'endormît devant le poste. Ronflant paisiblement dans son fauteuil pendant que la télévision déversait ses images, sans le son, sournoisement éteint par sa fille, il se réveilla quelquefois au matin, tout étonné qu'il fît jour. Cela ne voulait pas dire qu'il n'avait plus peur de passer la nuit seul, mais l'idée faisait son chemin qu'il avait survécu sans le savoir aux affres de la nuit solitaire. Personne ne cherchait à le dissuader de rester rivé à son poste de télé, même si quelques remarques étaient faites par des amis qu'il n'était pas bon qu'un vieux passât sa vie devant la télévision. Ces amis-là n'avaient pas de vieux chez eux !

Manquant encore d'expérience et d'assurance, il s'enthousiasma pour la recette des œufs sur le plat.

Il fallut peu de temps pour qu'il se lance dans la réalisation des recettes apprises et soigneusement notées.

Les premiers essais furent assez décevants. On jeta une poêle carbonisée, parce que Wilfrid J. l'avait fait chauffer vingt minute avant d'y verser les œufs. On en jeta une seconde car il avait oublié la matière grasse et y avait laissé les œufs se vitrifier. On croqua des coquilles parce qu'il n'avait pas encore remarqué que la coquille ne faisait pas partie de la recette. On mangea de subtils compromis entre l'omelette et l'œuf sur le plat. On dut aussi ne pas faire la fine bouche devant des œufs au piment de Cayenne, à la confiture de cerises, aux anchois, au curry, au chocolat, à la crème de marrons, aux carottes, baignant dans l'huile, croquants comme des biscottes, trop mous, trop secs, trop salés, trop poivrés, trop sucrés. Mais, après un grand nombre d'expériences riches d'enseignement, on se fit à l'idée que les œufs sur le plat étaient un aliment plein de vertus. Seuls, sur du pain, au bacon, aux fines herbes, sur le poisson, sur les steaks hachés, mais aussi, sur le gigot, avec le couscous, dans le cassoulet, la choucroute, le pot au feu.

Les œufs sur le plat s'imposaient le matin, le midi, pour goûter, le soir, en en cas, en hors-d'œuvre, en plat principal, au dessert, élégamment posés sur des barres Mars.

Pour son anniversaire, Wilfrid J. eut à cœur de proposer un florilège de son savoir faire. Il composa lui-même le menu et se prépara avec ferveur à la réalisation du festin.

Pour commencer, il servirait un petit œuf au plat mi-cuit à la ciboulette.

Puis viendrait l'émincée de filet de bœuf épicé avec ses œufs au plat en cavaliers.

Cela serait servi avec une galette de pommes rissolées aux œuf au plat crevés.

Il assura Anna et Alexandre de faire confiance à ses lamelles de roquefort sous leur coiffe de blanc d'œuf au plat accompagnée de leur petite salade mêlée au jaune d'œuf au plat.

Puis viendrait le mille-feuille de brick et d'œuf juste revenus à la cannelle, une autre recette qui laissa le couple perplexe.

Par précaution, Anna fit l'acquisition d'un généreux gâteau chez un pâtissier professionnel. Elle pouvait admettre que le repas fut étrange, mais la cérémonie des bougies était trop essentielle pour la confier au seul talent de Wilfrid J.

Pour servir la vingtaine de convives prévus, Anna fit l'acquisition d'une dizaine de douzaine d'œufs… Cela ne la troublait plus particulièrement de devoir stocker, pour l'ancêtre monomaniaque, des quantités astronomiques d'œufs dans son cellier et son réfrigérateur. Elle avait même effleuré l'idée d'élever quelques poules, mais Alexandre y avait opposé un veto catégorique. « J'accepterai ça quand les vieux auront des plumes ! »

Le gériatre, discrètement consulté, ne s'était pas opposé au régime étrange de Wilfrid J. Il avait fait remarquer qu'il s'agissait d'un aliment complet que compensaient en grande partie les recettes compliquées que l'auguste vieillard composait à l'aide d'autres ingrédients. « Après tout, cela lui permet de manger des laitages, des légumes qu'il refuserait sans les préparer avec des œufs. Viendra le moment où il se lassera. Tous les vieux ont leurs manies, ne vous inquiétez pas. »

Puis vint le grand jour. Un 21 juin parfaitement glacial, sous des hallebardes d'une pluie digne de novembre ou du plus mauvais mois de mars. On vit même quelques flocons se mêler aux averses furieuses. Les invités arrivèrent transis, grippés, habillés en hiver et de fort méchante humeur. La belle table du jardin qu'on pouvait entrevoir à travers les portes fenêtres du salon ressemblait à un navire en perdition, le parasol fermé claquait comme une voile affalée dans les frimas d'un jardin gadouilleux et glacial.

Les invités traversaient ce cataclysme et pénétraient transpercés et fumant comme des chevaux fourbus dans la chaleur de l'entrée où les manteaux humides dégageaient une odeur de laine et de chien mouillé.

La Grand-mère, une femme de près de soixante-dix ans, elle en avait soixante et onze passés, entra dans le salon d'un pas martial qui semblait gouverné par un tailleurs raide comme du carton et d'une teinte incertaine. Son mufle tendu, jaillissant d'une coiffure en chignon d'acier gris, semblait être une tourelle d'engin blindé. Elle visa le canapé et tourna lentement la tête pour s'emparer du grand fauteuil comme on envahit la Pologne de son gros corps pourtant anguleux. « Panzer Mama » murmura un jeune insolent qui fumait ostensiblement, un grand scotch à la main. Sa cousine pouffa. Ils se tournèrent pour dissimuler leur hilarité au tir groupé des yeux gris de la Grand-mère.

La tante Germaine arriva peu après, distribuant ses sarcasmes à tout ce qui semblait assez vivant pour lui servir d'exutoire. C'était une petite femme sèche et dure, sanglée dans une robe noire qui moulait insolemment son corps parfaitement dégraissé. Coiffée très court, elle semblait avoir une brosse de chiendent sur la tête. Elle prit soin de s'asseoir aussi loin que possible de la Grand-mère qui semblait ne pas l'avoir vue arriver. Ces deux-là se détestaient définitivement. Une inimitié sans cause précise qui avait vu le jour en même temps que la tante Germaine, vingt ans plus tôt. Elles affichaient toutes deux la même arrogante vieillesse, mais la Grand-mère étaient venue au jour plus vieille, ce qui occasionnait de délicats arrangements protocolaires. Pour l'heure, comme à l'accoutumé, leurs deux positions stratégiques ne donnaient aucune chance à l'ambiance de la fête d'être plus chaleureuse qu'une nuit polaire.

Les enfants foncèrent à l'étage vaquer bruyamment à des activités puériles et inconséquentes. Plus ils étaient jeunes, plus ils négligeaient les bonnes manières et les adultes furent bien heureux de les voir disparaître. Les deux adolescents, cousins de longue date, se replièrent dans la cuisine pour discuter de choses futiles et s'entre admirer eux-mêmes en buvant et fumant comme des inconscients.

L'oncle Michael plut à Wilfrid J. qui le trouva gentil. Gentil parce qu'il dégageait un parfum de tranquille bienveillance sur la vie et, donc, sur lui. Il lui parla comme s'il l'avait toujours connu. Il l'avait embrassé tout naturellement en arrivant et ne l'avait pas tenu pour une bête de foire. Ils ne se dirent pas grand-chose, mais Wilfrid J. trouva facile de lui répondre. L'autre oncle, Wilfrid J. n'avait pas saisi son nom, était très gentil aussi, mais complètement idiot et guindé. En sa présence, Wilfrid J. se sentit un peu sale, un peu répugnant. Il fut incapable de répondre à ses questions. Il fut exaspéré quand cet oncle s'étonna qu'il sût parler français. « Je ne vais pas parler chinois pour lui faire plaisir », se dit-il.

Les deux tantes, des femmes qui avaient dû être jolies, bien astiquées pour continuer de l'être, se surveillaient du coin de l'œil et déversaient des gentillesses l'une sur l'autre. Elles faisaient semblant de se connaître, elles affichaient une complicité que démentait le fait qu'elles ne savaient absolument rien l'une de l'autre. Wilfrid J. fut très étonné qu'elles pussent ainsi converser avec animation sans jamais s'écouter un seul instant. Elles s'accordèrent pourtant pour le contempler comme une pièce de tissu, le jaugeant, le palpant et parlant de lui comme s'il n'avait pas su parler. Il se dégagea de leurs doigts aigus et de leurs phrases épinglées.

Wilfrid J. se sentit déstabilisé par la foule hétéroclite des invités et par la complexité des courants atomiques que produisaient leurs retrouvailles. Il vit bien que ces gens se connaissaient et ne se connaissaient pas à la fois. Ils déclaraient s'aimer, affichaient de la familiarité. Mais une famille est tout sauf familière. Il lui parut évident que ces gens ne se seraient jamais parlé s'ils n'avaient pas appartenu à la même famille. Lui, il était là par hasard, il ne ressentait aucune obligation de se livrer à cette affectation. Mais il était là et il devait pouvoir se mouvoir dans ce vivier, comme un petit rouget de rien du tout au milieu de murènes et de homards. Le mieux était encore qu'il se réfugia dans un monde familier, la cuisine.

Les deux oncles devisaient poliment avec Alexandre, faisant mine de ne pas sentir la pesanteur gelée qui régnait au salon. L'oncle Michael parlait de l'avenir de Wilfrid J. tandis que son frère posait des questions idiotes sur son passé. Alexandre répondait scrupuleusement aux deux hommes, même s'il se demandait comment expliquer au second comment Wilfrid J. avait appris à se servir des toilettes. Les épouses, réfugiées avec Anna dans la cuisine, assistaient, médusées aux préparatifs de Wilfrid J. Elles faisaient des sauts de carpes pour éviter les jaillissements d'huile. Elles finirent par battre retraite, par crainte de l'odeur de graillon sur leurs tailleurs de chez Machin.

« Ça sent drôle ici, brama la Grand-mère. »
La Tante Germaine, qui ne voulait en rien rester en reste, sans pour autant souffrir que sa vieille ennemie lui souffle le bénéfice d'une critique, déclara d'une voix aiguë : « Vous êtes sûrs que ce n'est pas en train de brûler ? Quelle idée de laisser ce vieux gâteux faire la cuisine ! »
Il était grand temps de passer à table. Ne serait-ce que parce que la Grand-mère en était à son troisième whisky. Les adolescents, un rien éméchés, eux aussi, se fichaient bien de passer à table. Mais on était là pour ça.

La famille prit donc place autour de la grande table ovale, présidée par les deux vieilles harpies, chacune à son bout, encadrée de ceux qu'elles détestaient un peu moins que les autres. Wilfrid J. se vit attribuer une place au milieu de l'ovale, entre deux gamins qui se jetèrent sur le pain.

On apporta le hors d'œuvre : quinze petits plats de fonte, des petits œufs bien mous, constellés de brins verts.

« Ah, mon Dieu, je ne supporte pas l'albumine, jura la tante Germaine.
- Je ne supporte pas les œufs, ça me provoque du cholestérol rugit la Grand-mère.
- J'aime pas le jaune, couina Sophie, une peste en robe à smocks.
- C'est pas un hors d'œuvre, rigola Pierrot, un gamin roux aux cheveux en pétard.
- C'est quoi le truc vert, se dégoûta Damien, l'autre gamin à travers ses lunettes rondes de myope.
- C'est ringard ce truc, décréta l'adolescent.
- Bonjour la diététique, minauda la fille.
- C'est original, peina à articuler une tante timidement bienveillante.
- Ça n'est pas bien raffiné, se consterna l'autre tante qui eût espéré un met en relation avec son rang social chèrement acquis »

Les gamins et les oncles les plus affamés se disputèrent les mouillettes de pain grillé et boulottèrent leur œuf sans demander leur reste, qui mangeant tout, qui laissant le jaune, les trucs verts, le blanc…

Ce qui resta dans les plats vexa un rien la vanité de Wilfrid J.
Anna sentit que l'on s'acheminait vers un Waterloo gastronomique. Elle tournait la tête en tous sens, à la recherche désespérée d'un Grouchy inexistant. Ce fut le Blücher de plat de résistance qui arriva.

Les camps se clivèrent à la vue de la viande sous son œuf. Les plus jeunes conclurent au hamburger, les plus vieux à la mal bouffe. Les invectives fusèrent. Les pointes de l'ovale devinrent les bastions de l'offense, les remparts de la jeunesse défendirent la modernité du jeu culinaire inventé par Wilfrid J.
Plat après plat, les bastions se firent donjon, les remparts se firent plus mutins. Pour une fois, les deux aïeules firent cause commune.
Pour sa part, Wilfrid J. se confirma que la jeunesse valait mieux que le grand âge. « Que n'ai-je soixante-dix ans ? » se murmura-t-il au milieu de la jeunesse.

Anna, comprenant que les camps s'étaient cristallisés en des positions inexpugnables, apporta les deux gâteaux. Le sien portait les quatre-vingts bougies. Mais on revendiqua du côté du mille-feuilles. Par conséquent, il alla souffler quarante premières bougies dans la Sibérie des vieux qui s'étaient agglutinés à gauche. Anna n'en croyait pas ses yeux, les deux vieilles assises côte à côte. Puis Wilfrid J. se réfugia à l'autre bout, plein de jeunes et de gourmands sans complexes. C'était bon de n'avoir à souffler que quarante bougies avec des convives en liesse qui n'en justifiaient que la moitié, voire le tiers.

Certes, ce repas avait tourné au désastre familial. Certes, Wilfrid J. venait de se rendre compte que ses goûts culinaires manquaient de variété. Certes, Anna et Alexandre se voyaient couverts de l'opprobre d'une impardonnable faiblesse aux yeux des autorités tutélaires de la famille. Et ce n'était pas rien car ces autorités tiendraient le haut du pavé pendant de longues décennies, ce qui n'était pas le cas des jeunes. Certes, la tante Germaine décréta qu'il serait définitivement gâteux, au mieux attardé.
Mais Wilfrid J. en tira aussi deux enseignements qui gouverneraient son existence : il cessa définitivement de craindre pour son aptitude à être jeune; il fut définitivement convaincu que ses idées avaient de l'avenir.
De plus, il fut profondément convaincu et touché qu'Anna, sa fille, et Alexandre, cet homme qui partageait sa fille étaient des gens intègres qui n'avaient, à aucun moment, fait mine de le discréditer. Si Alexandre était définitivement un homme ennuyeux et conformiste, il ne manquait pas de cœur. Par un contraste saisissant, Wilfrid J. avait pu prendre la mesure de sa fille et de son beau-fils. Au fond, il venait de prendre son premier vrai contact avec la société. Naguère, il ne pensait rien de ses enfants. Désormais, il en avait une idée qu'il pouvait comparer, qu'il pouvait jauger d'une faculté nouvelle, le jugement.
Tout cela lui donna une grande confiance dans la vie.

La famille, clan par clan, quitta la table, et soudain pressés de partir, la maison pour récupérer leurs manteaux encore humides et affronter la pluie qui n'avait pas cessé un seul instant. Seul l'oncle Michael, sur le pas de la porte, se retourna pour donner l'accolade à Wilfrid J. et lui murmurer qu'il avait bien aimé le rencontrer. Les tantes filèrent en râlant contre la pluie, contre la boue, contre le froid, contre leur chignon trempé, elles ne faisaient plus mine de se connaître. Les enfants partirent en pataugeant ostensiblement sous les invectives de leurs parents. On ne vit pas les ados partir, en fait ils avaient filé un moment avant sans dire adieu à cette misérable assemblée. Les deux vieilles se tenaient l'une à l'autre pour traverser le jardin. « Au fond, je les ai réconciliées », se dit-il, pas peu content de son exploit. Anna, derrière son épaule, fit le même constat et fut bien heureuse d'avoir un père comme lui.
« On va peut-être se calmer avec les œufs ?
- Je pense que tu as raison, ma fille »

Ils rentrèrent dans la chaleur de la maison soudain très vide et en chantier en riant aux éclats. Wilfrid J. se jura qu'il ne ferait plus jamais d'œufs sur le plat. En cela, il se trompait grandement. Mais sa faculté de juger était encore bien nouvelle pour souffrir quelques erreurs.

Ce soir-là, après avoir grignoté tout ce qui restait qui n'était pas des œufs, Wilfrid J. s'adressa d'une voix un peu empruntée à ses enfants.
« Je pense que, désormais, il vaut mieux que je dorme dans ma chambre, vous ne pensez pas ? »

CHAPITRE 5
LA CHAMBRE

Wilfrid J. devint de plus en plus indépendant. Il s'empara de sa chambre et découvrit qu'il s'y trouvait, non seulement bien, mais maître de son propre espace. Ce n'était plus seulement un lieu qu'il habitait. C'était lui-même qui se déployait dans cette belle pièce claire qui s'ouvrait sur le jardin calme.
En ouvrant toute grande la porte-fenêtre, il avait le sentiment que la chambre et lui-même absorbaient les bienfaits de ce calme et des bruissements des arbres.

Les murs, les meubles, l'air de la chambre, les gravures encadrées, étaient le prolongement de son corps. Quand il s'endormait, le soir, c'était la chambre entière qui s'endormait avec lui. Quand il allumait sa lampe de chevet, la nuit, c'était toute la chambre qui clignait des yeux.

Alors qu'il n'avait longtemps tenu sa chambre que pour un lieu fonctionnel où il pouvait vaquer à ses activités diurnes, il la considéra de plus en plus comme le centre de sa vie. Sa vie, ayant la qualité d'être privée, il commença de manifester des signes d'appropriation de plus en plus intense. Cela commença tout simplement par le fait de toujours fermer sa porte. Lui qui n'acceptait d'y rester que si la porte restait entrebâillée, il n'accepta plus qu'elle ne fût pas fermée. Si quelqu'un lui rendait visite et oubliait de fermer la porte, il se contentait de se lever calmement pour aller la refermer et s'assurer que la gâche était bien engagée.

Puis vint le jour où il confectionna avec art une petite carte qu'il colla sur la porte : « chambre de Wilfrid J. ». Il ajouta, quelques semaines plus tard, « prière de frapper avant d'entrer ». Puis il retira cette carte pour la remplacer par une autre : « privé, défense d'entrer sans y être expressément invité ».

Son sentiment de propriété eut des répercussions inattendues sur ses goûts : sa passion de cuisiner, déjà entamée par son anniversaire, chuta vertigineusement. S'effondrèrent aussi sa gourmandise et sa tendance à la convivialité. On l'appelait pour les repas, mais il n'était pas rare qu'il fît savoir qu'il n'avait pas faim, qu'il était trop occupé. Avec un sourire confus, il lui arrivait souvent de se saisir de son assiette, d'un bout de pain et d'un verre de vin et de retourner dans son antre. D'abord sous des prétextes plus ou moins vraisemblables, puis très rapidement comme une habitude.

Si Anna lui faisait une remarque, lui expliquait, avec les précautions qui seyent, aux gens de son âge, que les repas étaient un moment important pour la vie familiale, il souriait, contrit, et se rasseyait pour dîner, l'œil un peu vague et l'esprit complètement ailleurs. Sitôt la dernière bouchée avalée, il quittait la table, l'air pressé et préoccupé.

Il expliqua à la femme de ménage qu'il préférait prendre soin lui-même de sa pièce, de ses « quartiers ». Anna, comme Alexandre, pour peu qu'ils fussent admis dans le sanctuaire de Wilfrid J., constataient que ce dernier prenait un soin maniaque du lieu, toujours impeccable, toujours rangé au cordeau. L'inquiétude que ce processus ne fut un repli maladif sur soi s'effaça de leur esprit en constatant que Wilfrid J. s'occupait avec grand soin de sa chambre et ne s'y repliait pas pour sombre dans une quelconque dépression.
Ils constatèrent aussi, au fil du temps, que les gravures élégantes dont ils avaient tapissé les murs étaient peu à peu remplacées par des œuvres au goût parfois discutable. Ainsi, les jolies images inspirées de Greuze furent-elles remplacées, dans les cadres élégants, par des photos de stars de la télévision. Puis les cadres disparurent et laissèrent place à des affiches extraites de magazines. Il ne choisissait pas des photos d'animateurs dégarnis et chenus, mais plutôt celles de jolies asiatiques martiales et dénudées, ou de héros futuristes et bardés d'armes et de cuir, ou encore d'artistes échevelés aux regards illuminés.

« Tu ne crois pas qu'il a des goûts bizarres ? demanda Anne.
- C'est de son âge, répliquait Alexandre, un rien perplexe.
- Je trouve un peu déplacé qu'il s'entoure de jeunesses dénudées.
- Ce n'est que le monde tel qu'il le voit. Je suis sûr qu'il est bon qu'il s'intéresse à des choses qui ne sont pas de son âge.
- Je n'aimerais pas qu'il devienne un vieux cochon.

- Pas du tout, il ne fait que se découvrir des modèles qui lui serviront dans le futur.
- Des Japonaises à poil et des tueurs ?
- Mais non, la force de la vie, le goût de l'action... »

Anna fut affectée par les ornementations qu'affectionnait Wilfrid J.
Elle commença de se faire plus distante, plus inquisitrice, ce qui irritait Wilfrid J. qui ressentit que sa fille ne comprenait pas grand-chose aux passions essentielles du temps. Cela lui servit de prétexte à déserter encore plus avant les repas et à restreindre ses conversations à des banalités brièvement échangées.

Sa chambre devint encore plus le rempart de sa personne et il entreprit en de multiples occasions de déplacer les meubles, de modifier la décoration au gré de ses humeurs, d'habiller ses murs d'images de plus en plus radicalement extrémistes, de plus en plus vastes, se recouvrant de plus en plus les unes les autres. Chaque mur devint un pèle mêle de ses passions du moment, un déchaînement visuel qui allait s'épaississant car il ne décollait jamais une image.

La télévision, dont il s'était abreuvé pendant si longtemps dans une contemplation hypnotique, avait forgé son langage. Les phrases qu'il prononçait n'étaient souvent que des répliques calquées au petit bonheur sur celles des personnages de sitcom dans des situations similaires. Il ne raisonnait pas avec des mots mais avec des répliques. Son langage s'articulait comme un guide de phrases toutes faites pour les touristes en pays étranger. Il avait ainsi appris un nombre incroyable de ces phrases, sans jamais bien savoir quels mots il fallait changer pour s'adapter au contexte. Un regard interloqué lui signalait qu'il n'avait pas bien choisi son expression. Alors il répétait en changeant un autre bout de la phrase et s'en tirait, assez souvent, à bon compte. Il faut dire qu'Anna et Alexandre s'étaient habitués à ce phénomène et le corrigeaient souvent en reformulant à sa place. Ainsi, sans qu'il n'eût la moindre notion de grammaire ou de vocabulaire, il parvint, pendant ces premières années à se constituer un langage qui lui était propre, comme les gens immigrés dans un pays refuge se familiarisent avec la langue du pays hôte sans jamais savoir la lire ou la conjuguer.

Il en allait de même de sa personnalité qui compilait, sans ordre précis, les unes sur les autres, les informations et les passions. Ses sentiments, ses émotions s'étaient affinés sur la base de ce qu'il avait regardé à l'écran. Il ne se situait pas lui-même dans les situations qu'il vivait, il adoptait le rôle du personnage qui lui semblait le plus adapté. On eût pu craindre qu'il ne sombrât dans une démultiplication erratique de personnalités, mais en fait, ce système de rôles sans cesse renouvelés avait sa cohérence. Il piochait dans les fictions télévisées des rôles et des personnages auxquels il s'identifiait avec le plus de facilité. Il n'eut jamais la passion de jouer les vieux, même s'il trouvait commode de profiter des avantages qu'il détectait chez les cheveux blancs, la sagacité, l'autorité de l'expérience, le respect qui leur était dû. Mais il préféra jouer les adultes confiants, ces parents qui démêlaient l'écheveau des passions adolescentes. Comme il avait constaté que les méchants, les jaloux, les envieux, les tricheurs, les voleurs, les assassins, les sales, les mal vêtus, les négligents, finissaient par recevoir un châtiment mérité, il opta pour les gentils et les malins, les propres et les bien habillés. Il devint honnête et moral par opportunisme narratif.

En dépit de sa propreté méticuleuse, de son goût de l'harmonie et de l'ordre, sa chambre comme son esprit devinrent des univers de déluge. Cela provoquait, chez Anna comme chez Alexandre, un sentiment de désarroi qui leur faisait regretter le temps où Wilfrid J. n'était qu'un petit vieillard docile et réservé.

Il n'était en rien fâché contre eux, il ne se départissait jamais de sa politesse, il gardait en permanence une attitude polie et bienveillante. Mais il devenait de plus en plus évident qu'il ne faisait plus partie de leur univers. Sa présence, pourtant essentiellement cantonnée à l'espace de sa chambre, provoquait un malaise intense chez ses enfants qui en venaient à craindre qu'il n'apparût pour les repas.

Il cessa de regarder la télévision de manière continue et passive. Il lui semblait avoir absorbé tout ce que l'écran pouvait lui enseigner, seules certaines émissions captaient encore son intérêt, encore fallait-il qu'il puisse les voir, savoir quand il pourrait les regarder. C'est ainsi qu'il passa de l'image aux mots, grâce aux revues de télévision. Afin de mieux s'orienter dans les programmes, il chercha à mieux comprendre comment ils s'organisaient. Cela l'amena à découvrir qu'un programme s'organise de manière matricielle, avec une échelle de temps et une échelle de noms et numéros de chaînes. Comparant les images, les mots et les paroles des émissions, il parvint à absorber les principes de l'alphabet et de la phonétique. Il apprit à lire en multidimensionnel avant de savoir ce qu'était une phrase. Au bout du compte, les phrases lui semblèrent être une forme simplifiée et linéaire du langage qui le reposait des programmes télé. C'est ainsi qu'il se mit à lire des livres.

Il lut comme il avait regardé la télévision. Sans distinction de genre ou de niveau. Ne pas comprendre un traité d'astrophysique quantique ne le préoccupait pas un seul instant, c'étaient des mots en ligne, comme les romans sentimentaux. Le seul obstacle à cette soif de lecture était que certains textes proposaient des mots qu'il ne pouvait identifier, soit qu'ils fussent en anglais, en italien ou arabe ou chinois. Pour le reste, c'étaient des mots, les mêmes chez Wittgenstein, Eco, Sulitzer, Kant, Biba, Paris Match, France Football ou la comtesse de Ségur.

Les mots et les livres qui vont autour commencèrent de s'accumuler dans sa chambre. La bibliothèque, qui ornait l'un des murs, avec ses quelques dizaines de volumes intercalés entre des bibelots, fut vite saturée. Il fit des piles. D'abord des piles logiques, à deux dimensions comme les programmes télé. Puis des piles, et des piles, et des piles de plus en plus chancelantes. Entre les piles de livres, il pouvait circuler du lit à la fenêtre, de la fenêtre à la porte, de la porte au fauteuil... La télé sombra dans l'imprimé.

Il lisait comme il avait regardé la télévision. Tout le temps. Il ne sortait qu'accompagné de sa lecture du moment. À table, il piochait d'une main tandis que l'autre retenait la page. Le repas se déroulait avec un Wilfrid J. l'œil rivé sur sa page. Il se levait quand, d'un coup d'œil rapide, il remarquait que son assiette était vide. Anna et Alexandre, mais aussi les convives, contemplaient, médusés et impuissants ce vieux monsieur qui ne semblait même pas les voir, sauf, parfois pour demander à la cantonade : « Ça veut dire quoi une catachrèse ? »

Sa tenue s'en ressentait aussi. Il était propre comme on l'est dans une série télé. Son système interne de contrôle personnel avait rendu la toilette automatique. Mais le choix des vêtements était devenu aléatoire, secondaire, inapproprié. Il apparaissait au dîner en pyjama, il avait oublié les repères situationnels qui régnaient dans les séries. Les livres n'imposaient pas de tenue particulière pour être lus et s'identifier au récit. Le Chat de Schrödinger ne suggérait aucun code vestimentaire.

Puis, suivant la loi des grands nombres, un certain ordre apparut dans le chaos de ses lectures. Le romantisme provoqua chez lui une vibration supérieure à celle de Guy des Cars. Mary Shelley l'émut plus que Cosmopolitan. Baudelaire, Lautréamont et Huysmans développèrent dans son esprit des images plus intenses que celles de Gérard de Villiers. Il commença à rêver du monde d'Edgar Poe et de Lovecraft.

Il se laissa pousser les cheveux jusqu'à ce qu'ils lui couvrent les épaules et se vêtit en noir, d'habits serrés dont il éliminait les entournures au papier de verre. Il redevint donc élégant. Mais son apparence nocturne, ses fines lunettes aux verres outremer étaient encore plus décalées que ses accoutrements passés. Les enfants se mettaient à pleurer quand il entrait dans le salon.

Il fallut beaucoup plus d'une année pour que la question surgisse : « tu ne penses pas qu'il devrait avoir un appartement pour lui tout seul ? demanda prudemment Anna.
- Il faut voir, répondit, avec autant de circonspection, Alexandre.
- Attendons qu'il nous en parle.
- Et s'il ne nous en parle pas ? Après tout, il a tout ce dont il a besoin ici.
- C'est dans la nature des choses qu'à un moment ou un autre ils veuillent voler de leurs propres ailes.
- Ce n'est pas qu'il soit méchant ou désagréable, mais j'ai l'impression de ne plus être chez moi.
- Moi non plus, mais je me suis habitué à sa présence. »

Wilfrid J. n'imaginait pas que ce type de conversation eût lieu. Il avait pris corps avec sa chambre et développé son espace au rythme de son esprit. Chaque instant de sa vie retentissait sur son lieu de vie. Un lieu de vie qui s'était peu à peu dissocié de l'ensemble de la maison. Il se rendait bien compte qu'il manifestait par de nombreux signes la frontière de son espace qui reflétait celle de sa propre personne. Mais il lui semblait tout aussi normal que sa personne comme son espace fassent partie de ceux qu'habitaient Anna et Alexandre. L'idée qu'il pût être séparé de ce monde le submergeait d'une incompréhensible anxiété. Mais cette idée se propageait dans son esprit. Chaque jour, en tout cas, chaque mois qui s'écoulait, faisait resurgir avec plus de fréquence la question lancinante qu'il pouvait à un moment ou à un autre être dépossédé de son espace et, par conséquent, de sa fille et de son mari. Cela ressemblait à un saut dans un vide noir et à une chute inéluctable dans un monde hostile auquel il ne se sentait ni préparé ni naturellement disposé.

Wilfrid J. n'avait pas d'autre choix que de marquer son territoire de manière de plus en plus péremptoires. Cela eut pour conséquence des affichettes hyperboliques : « monde privé de Wilfrid J., tout contrevenant sera soumis à des expérimentations ». Non, ce n'était ni suffisant, ni convaincant. « Danger, Wilfrid J. hante ces lieux. Quiconque franchit cette porte sera annihilé ». Faible. « Chambre de Wilfrid J. : démonologue». Pas assez, certains pourraient aimer cela. « Doctor Wilfrid von J. : bio-cérébrotomie ». Abscons. « Dr W. von J. ». Assez. Wilfrid J. découvrait la double vertu de l'ellipse et de la suggestion.

Il orna ses affichettes de signes cabalistiques, de têtes de mort, de symboles de radioactivité et de satanisme. Plus il protégeait son monde, plus il convainquait Anna et Alexandre qu'il devenait temps qu'il vive sa vie.

Sa chambre devint une sorte d'enclave nocturne dans la maison. Alors que, pendant les premières années, elle était le point focal où se concentrait le bonheur d'avoir le cœur vivant de la famille, elle se transforma en un lieu devant lequel on passait avec le sentiment d'avoir froid. La chambre de Wilfrid J. était toujours le point focal de la maison, mais elle en absorbait la lumière, la chaleur et la joie de vivre.

Ni Anna, ni Alexandre n'osaient plus entrer comme ils le faisaient quand Wilfrid J. était arrivé. Ce lieu ne leur appartenait plus, pire, il les rendait étrangers dans leur propre demeure. Même au calme, devant une flambée dans leur confortable salon, ils éprouvaient la sensation que la chambre était là, pulsant des ondes terreuses et mortifères jusqu'au fond de leur whisky.

On tenta bien d'organiser un nouvel anniversaire. La garantie expresse que Wilfrid J. ne contribuerait en rien à la confection du menu convainquit la famille. Cela se passa sous un soleil de juin radieux et caniculaire.
Wilfrid J. surgit au déjeuner, en redingote noire, un énorme volume relié en cuir et revêtu de signes cabalistiques. Il ne parla à personne. Les deux aïeules eurent le bonheur de sceller plus avant leur réconciliation. « Il n'est pas gâteux, il est fou à enfermer ».
Les petits-enfants se réfugièrent près de leur mère en hurlant.

Les deux adolescents, qui étaient aussi tout de noir vêtus, mais avec force clous, chaînes et anneaux divers, adorèrent son apparition. Dès qu'il eut estimé avoir mangé, Wilfrid J. quitta la table, sans même songer souffler ses bougies. Il disparut dans un soulagement général, suivi à la trace par les deux adolescents qui passèrent l'après-midi le plus gothiques de leur existence.

Wilfrid J. se dit, ce jour-là, que la vie était bien douce à vivre.

CHAPITRE 6
L'APPARTEMENT

Anna et Alexandre durent longuement réfléchir. Ils consultèrent leurs amis, lurent des ouvrages de psychologie gériatrique et prirent conseil auprès d'un juriste spécialisé. Ils discutèrent âprement, convaincus tous les deux, mais agacés de ne pas partager les mêmes raisons.
Pour Anna, Wilfrid J. était devenu un obstacle objectif à son propre bonheur. Pour Alexandre, il était logique qu'un vieux vive sa vie seul et indépendant. De fait, tous deux se rendaient compte que leur existence était en péril, tant dans leur vie personnelle que dans celle du couple.

Wilfrid J. ne se posait aucune question. Son indépendance, au sein de la maison, lui semblait acquise au-delà de ses espérances et chaque jour était une occasion d'assouvir chacune de ses passions à travers la lecture. De plus, aucune préoccupation matérielle ne lui causait le moindre souci. Le manger était toujours là, ses vêtements étaient propres et repassés, ses livres lui étaient achetés sans barguigner.

Il n'éprouvait aucun besoin de sortir. Il avait passé de longs mois sans mettre le nez dehors, sinon quelques pas dans le jardin, de préférence la nuit pour contempler la lune et entendre les rossignols et les chouettes faire leur concert ténébreux à souhait.

Il ressentait la tension chez ses hôtes et enfants. Il s'en désolait in petto et attendait patiemment de pouvoir les aider à traverser cette épreuve inconnue. Il fut donc enchanté d'être invité, un soir, à une discussion importante.
Anna et Alexandre avaient pris position dans leurs canapés et l'attendaient avec l'air ampoulé des grandes circonstances et des discours gênés. L'heure semblait d'autant plus grave qu'ils avaient ouvert une bouteille de champagne, une boisson qu'ils aimaient assez peu pour la réserver aux grandes contraintes. Ils échangeaient des regards qui ressemblaient à des patates chaudes.

« Assieds-toi Papa, commença Alexandre qui appelait Wilfrid J. ainsi, au grand dam de ce dernier qui ne se reconnaissait aucune paternité de ce monsieur, il faut que nous ayons une discussion importante ».
Alexandre aimait ainsi manifester son rôle de maître de cérémonie. Sa diplomatie onctueuse et policée avait fait sa réputation professionnelle, il tenait à exercer cette prérogative. Mais Anna savait tout aussi pertinemment qu'elle seule saurait parler le vrai langage qui s'imposait en cette circonstance.

« Mon cher papa, Alexandre et moi avons beaucoup réfléchi. Nous voyons bien que tu as besoin de plus d'indépendance pour vivre comme tu l'entends. Nous t'adorons et nous sommes vraiment heureux de t'avoir avec nous. Mais il faut bien nous rendre compte que tu ne peux plus vivre dans la dépendance et dans l'exiguïté de ta chambre. J'ai l'impression que tu es dans un œuf et que tu veux briser la coquille. Tu ne peux même plus circuler dans ta chambre. Et puis, je suis désolée de sentir que tu t'ennuies à notre compagnie.
- Ma chérie, répliqua Wilfrid J. d'une voix douce et réconfortante, je sens bien que vous avez de plus en plus de mal à vivre en ma compagnie. J'essaie bien de rester discret et de ne pas vous déranger, mais je me sens vraiment à l'étroit dans cette maison.
- Tu avais donc bien senti cela toi-même, s'étonna Alexandre pris à contre-pied.
- Laisse-moi parler, Alexandre, coupa Anna, je vois que tu ressens la même chose que nous et que tu comprends que si l'on continue ainsi, nous risquons de nous fâcher.
- Je serais vraiment désolé de devoir me fâcher avec vous. Vous avez tant fait pour moi, vous m'avez fait la vie la plus agréable qu'on puisse imaginer. Mais il est vrai qu'il me manque quelques petites facilités auxquelles je dois renoncer pour ne pas vous indisposer.
- Mais nous avons tout fait pour que tu aies tout ce dont tu as besoin, lança Alexandre.
- Laisse, Alexandre, je comprends ce qui manque à Papa. Papa a simplement besoin d'être vraiment chez lui, pas chez ses enfants, même si nous nous aimons tous tendrement.
- C'est tout à fait cela, ma fille, répondit Wilfrid J. pour qui cette conversation ampoulée prenait un tour inespéré. Je pense qu'il serait temps que je vive chez moi et que je vole de mes propres ailes. Enfin que mon nid soit le mien. »

L'inconfort du couple s'évapora vite quand l'accord fut constaté sur ce que chacun imaginait une négociation filandreuse et contrite. On trinqua vite à la santé du projet commun de trouver à Wilfrid J. un chez lui digne de son inspiration débridée. Anna parlait d'espace, Alexandre de prix et Wilfrid J. d'esprit. En une bouteille de champagne, l'idée de l'appartement de Wilfrid J. prit corps dans tous ses aspects essentiels. Un peu comme si chacun d'eux avaient toujours connu ce lieu.

Il fut donc décidé d'organiser les démarche dès le lendemain pour que Wilfrid J . pût disposer de son propre domicile dans les plus brefs délais. Lui parce que son espace explosait, eux parce que le leur implosait.

Dès le lendemain, ils entreprirent de se rendre dans les administrations et les agences immobilières. En effet, Wilfrid J. avait le droit à une prestation spéciale pour les personnes de son âge qui devaient, bien naturellement disposer de leur propre domicile. L'agence immobilière, la première qu'ils consultèrent, les accueillit comme de vieilles connaissances et leur annonça qu'elle pouvait, immédiatement, leur proposer un très beau quatre pièces tout à fait dans les goûts du monsieur.

L'immeuble était situé non loin de Villiers, dans une petite rue peu passante. Plutôt cossu, il imitait le style gothique tardif et de la Renaissance telle qu'on l'imaginait au XIXe siècle, avec beaucoup d'ornements de pierre et de bois sombre. Les deux premiers étages arboraient des fenêtres ogivales ornées de vitraux tandis que, plus haut, l'architecture se faisait plus sobre. L'entrée était décorée de plafonds à caisson et de lambris bruni. Un escalier répandait son seuil avec majesté au fond de ce corridor et grimpait à marches de chêne généreuses vers un premier étage stratosphérique. L'immeuble n'avait que quatre étages, aussi n'avait-on pas jugé bon de le pourvoir d'un ascenseur. Cela sentait l'encaustique et l'indistincte odeur du temps passé. Cet immeuble était anachronique, il l'avait toujours été. Anna se demanda si l'on s'éclairait encore au gaz dans un tel endroit. Mais non, les chandeliers se nourrissaient au 220, même s'ils semblaient bien anorexiques avec leurs fausses flammes tremblotantes. Wilfrid J. sentit un picotement le long de son échine. Ce lieu lui était familier, il ressemblait à ce qu'il avait imaginé, il lui semblait même que cette visite s'apparentait à un retour.

L'agent immobilier, un petit monsieur tout propre et vêtu avec un soin maniaque, bien que souriant et bienveillant, ne semblait pas ressentir le besoin de faire l'article. Il se contentait de guider ses visiteurs et de leur ouvrir les portes. On eût même pu dire qu'il suivait Wilfrid J. qui avançait d'un pas décidé, suivi d'Anna et du bonhomme qui trottinait, son dossier sous le bras, les clés à la main.

C'est ainsi que Wilfrid J. poussa la porte d'un bel appartement un peu renfermé, mais couvert de boiseries comme il en rêvait depuis un bon moment et qu'il lui semblait avoir déjà habité durant des années. « Heureusement que je me sens plus jeune, car un quatrième sans ascenseur, cela aurait été difficile pour moi il y a peu encore. »

L'appartement était disposé autour d'une entrée ovale entièrement lambrissée d'acajou sombre. À gauche, une pièce attenait à une cuisine, ce devait être une salle à manger très convenable. Donnant sur la rue, cette pièce était bien éclairée malgré les murs tendus de tissu brun roux. Le salon, la pièce adjacente, était une fort belle pièce dont le lambrissage dessinait des ogives gothiques qui se perdaient dans un plafond à caissons. Cette pièce stupéfia Wilfrid J. qui apprécia, en outre, le chiche éclairement venu d'une cour assez encaissée. Il la vit immédiatement, seulement éclairée par des lampes indirectes dont la lumière rebondirait sur des tableaux romantiques et désolés.

Une chambre, sobrement claire, donnait sur le salon par une petite porte et sur l'entrée par une porte sur la droite. Cette chambre lui parut idéale pour y placer un lit qu'il imagina à baldaquin. La clarté était juste suffisante pour que la nuit et le jour s'y épousent sans s'opposer.
Wilfrid J. ressentit une étrange émotion dans cette chambre. Elle lui semblait familière. C'était comme si une présence affectueuse et triste l'habitait. Puis la sensation s'évapora.
La seconde chambre, à l'extrême droite, elle recevait toute la lumière du jour et Anna crut y reconnaître un univers familier.

Wilfrid J. ne souhaita pas voir d'autres appartements et décida d'habiter celui-là dès que cela serait possible. Anna, qui ressentait la même sensation familière, et qui ne tenait pas non plus à s'éterniser dans d'interminables recherches, discuta pour la forme, puis céda en se disant, qu'après tout, elle n'habiterait pas forcément dans un tel endroit. Ce en quoi elle se trompait grandement.

L'affaire fut rondement menée, négociée et signée et Wilfrid J. déménagea ses caisses de livres, de gravures et de revues. Quelques jours plus tard, il se retrouva pour la première fois seul, chez lui. La sensation était délicieusement solitaire, un tout petit peu angoissante, proprement excitante. Perdu au fond de son quartier, au bout de sa rue, au plus profond des corridors, il se sentait intensément isolé, coupé du monde réel, en tête à tête avec ses rêves et son imagination.

Pour la peine, il étrenna la petite cuisine en se confectionnant des œufs sur le plat. Il dîna seul. Pas seul comme chez Anna et Alexandre, à défaut d'être convive, mais seul parce qu'il était bien seul dans cet appartement vide. Cela lui procura un sentiment ambigu de plaisir et d'anxiété. De vieilles peurs l'assaillir, des images funèbres qui remontaient à l'inconnu de sa venue au jour, mais aussi une peur nouvelle et insidieuse, une solitude qui s'imposait comme un vide, un chagrin, un espoir qui serait toujours déçu.
Il se surprit à pleurer.

Il dormit mal, dans ce lit qui était le sien mais ne l'était plus parce que l'espace de sa chambre n'était plus, pas encore le sien. Cerné de cartons pleins de livres, il eût le sentiment d'être écorché, dépouillé de lui-même. Maître de son propre lieu, enfin indépendant, libre de vivre à sa mesure, il éprouva le sentiment que cette liberté ressemblait surtout au vide et à l'incertitude. Il caressa longuement l'idée de décrocher le téléphone pour appeler sa fille qui lui manquait atrocement. Il renonça cent fois, honteux et pudique. Puis, n'y tenant plus il décrocha pour lui sangloter dans l'oreille. Il lui fallut un bon moment pour se rendre compte que le téléphone n'était pas encore branché.

Les premières lueurs du jour, qui se glissait par le puits de la cave, lui semblèrent une rédemption. Le halo blanc qui filtrait par la fenêtre effaça la nuit et son cortège d'angoisses. Lorsque Anna sonna, un grand sac de croissants parfumés à la main, il avait retrouvé sa bonne humeur, son enthousiasme, son optimisme et son goût de vivre.

« Il va falloir te trouver quelques meubles
- Tu es sûre qu'il ne faut pas attendre un peu pour que je réfléchisse à ma façon de décorer cet appartement
- Tu ne peux pas vivre dans les cartons. C'est pire que ta chambre, on bute dans tout ici.

- Mais je ne veux pas me meubler n'importe comment.
- Allons quand même faire les magasins, juste pour que tu te fasses une idée. Nous ne sommes pas obligés d'acheter, en tout cas de tout acheter. Il faut quand même quelques rangements et une table avec des chaises. »
Il réalisa le côté pathétique de leur pique-nique matinal et consentit à partir se mettre en chasse de décor. Il songea aussi que cette promenade était l'occasion inespérée d'échapper à la solitude.

Ils se lancèrent donc dans une longue expédition qui débuta dans de lointaines banlieues. Un grand magasin scandinave les digéra dans ses décors astiqués et fonctionnels pour les rejeter à travers ses caisses. Les mains vides. Wilfrid J. trouva que ce monde efficace et bien pensé était surtout anorexique. Ils visitèrent de « grands ensembliers » dont les produits lui semblèrent tout aussi vides d'esprit et de passion. Le quartier des ébénistes les fit voyager dans le temps, de Louis XIII à la Restauration. Mais il n'éprouva aucun goût pour habiter un manuel d'Histoire. Ils parcoururent les magasins exotiques, de la Chine à l'Afrique en passant par l'Inde, l'Indonésie, le Mexique, le Japon. Il n'eut pas envie non plus d'habiter un manuel de géographie.
Ils avaient passé la journée et se retrouvaient bredouilles et mal à l'aise quand le soir vint les menacer.

Wilfrid J. sentait l'appréhension de la nuit grandir au rythme ou le jour diminuait. Anna en voulait un peu à son père de n'avoir le goût de rien. Elle lui avait fait visiter le magasin ultra-chic où, avec Alexandre, ils avaient découvert tout ce qui rendait sa maison confortable et élégante. Wilfrid J. n'avait pas osé lui dire que, pour rien au monde, il n'aimerait vivre dans leur décor de magazine de décoration, impersonnel et constipé. Mais elle n'avait pas besoin qu'il le lui expliquât. Le dédain de Wilfrid J. pour son bon goût était une gifle, pire, un reniement.

Ils marchaient, silencieux, le long d'une rue de traverse pour retrouver la voiture quand Wilfrid J. tomba en arrêt devant une vitrine d'antiquaire brocanteur.
« Ah, ça, j'aime bien !
- Tu aimes bien quoi ?
- Tout ! »
Il poussa la porte qui agita une clochette, qui réveilla une petite bonne femme un peu fripée. Il faisait déjà bien sombre dehors et la boutique était chichement éclairée de lampes jaunâtres. Tout cela sentait le vieux,

le renfermé et la poussière du temps. C'était sombre, chargé, hétéroclite. Les choses n'étaient pas disposées, elles étaient entassées. La poussière s'était accumulée partout et cimentait les objets en une sorte de construction ténébreuse. Ce n'était pas une boutique, mais un grenier. Seuls quelques meubles et bibelots, près de la vitrine, devaient recevoir, de temps à autre, un coup de plumeau désinvolte. Il était clair que cet endroit n'avait pas le commerce pour but essentiel. On pouvait s'attendre à trouver là une peau de chagrin ou un Gremlin abandonné. Une statuette de Méphistophélès ricanait sur un buffet sur un fond de faux Füssli.

Wilfrid J. se promenait à travers ce bric à brac, enjambant des formes indistinctes, caressant le duvet gris du temps, çà et là, pour révéler une patine sombre qui lui semblait familière. Lui, qui était si vigilant à propos de la propreté de ses vêtements, ne semblait pas préoccupé par les traces que la poussière imprimait sur son élégant costume gris sombre désormais zébré d'une saleté blême.
Anna ne trouvait pas seulement ces objets sans âge aux résonances médiévales, tendance Viollet-le-duc, assez exécrables, elle était simplement déconcertée et repoussée par la totale absence de mise en scène. Le fatras de la boutique ne savait lui suggérer autre chose qu'une décoration fatrateuse et cafardeuse.

Elle commença d'errer dans la boutique en effleurant avec circonspection les rares objets et meubles qui lui semblaient peut-être « potables ». Wilfrid J., lui, planté au milieu de la boutique, digérait du regard l'ensemble du bric à brac avec une gourmandise passionnée. Anna tenta de lui souffler qu'il était temps de rentrer, qu'elle avait un dîner à la maison, qu'il fallait peut-être qu'il fît des courses pour ce soir, à moins qu'il ne voulût venir dîner à la maison, que peut-être il valait mieux qu'il reste chez eux jusqu'à ce qu'ils aient trouvé à le meubler. Wilfrid J. n'écoutait rien de tout cela. Il contemplait.

Puis il s'adressa à la petite bonne femme qui ne leur prêtait qu'une attention indifférente, habituée qu'elle était aux visiteurs curieux, en mal d'étrangetés, plus portés au quolibet qu'à l'intérêt. Elle ne vendait pratiquement jamais rien. Les beaux objets étaient gâchés par leur proximité avec des rossignols. Cette rue de traverse était, en outre, peu propice aux chalands. Il lui demanda d'une voix douce et tranquille s'il pouvait acheter tout ce que contenait le magasin.

Anna eut un hoquet de sidération. Elle s'apprêtait à l'agonir d'arguments décisifs et raisonnables, mais elle était trop ébahie pour trouver le premier mot.

Wilfrid J. la regarda avec gentillesse et, dans un sourire un peu énigmatique, il lui expliqua simplement : « tout ceci est à moi. »
La femme acquiesça sans surprise et lui demanda simplement quand il désirait être livré. Anna se préoccupa du prix de tout cela, craignant un montant exorbitant. Mais la femme lui répondit par une somme ridiculement basse, une obole symbolique. « Monsieur vous dit que tout cela est à lui. Pour ma part, je n'ai plus le goût de le conserver. Je suis bien heureuse que vous m'en débarrassiez. Monsieur pourra remarquer que je n'ai rien vendu et que tout ce qu'il espère trouver est bien là. »

Wilfrid J. s'épousseta négligemment et, en compagnie d'une Anna sérieusement tourneboulée, quitta le magasin d'un pas léger.
Une fois rentré dans l'appartement, Wilfrid J. fit remarquer à sa fille que le mobilier qu'ils avaient acheté, une fois dépoussiéré, serait parfaitement adapté à la disposition et à l'ambiance du lieu. Il balaya l'objection que cette demeure, déjà sombre, eût été mieux mise en valeur par un mobilier plus clair et plus léger. « Les tableaux seront autant de fenêtres sur le monde. »
Anna renonça. Après tout, ce serait lui qui vivrait dans cet appartement et l'ensemble avait coûté moins cher que du pin finlandais.

Le lendemain matin, deux épais gaillards livrèrent les meubles et aidèrent naturellement Wilfrid J. à les installer. Tout prenait place comme un film qui défile en arrière, tant les choses donnaient l'impression d'avoir été conçues pour l'endroit où on les mettait. Les deux ouvriers hésitaient rarement car, souvent, une trace au sol ou sur un mur rendait le travail aussi évident que le coloriage d'un album. On ne meublait pas les pièces, on leur rendait leur évidence.

Le soir même, presque tout était en place, il ne restait plus qu'à nettoyer et à placer les œuvres d'art, les tableaux, les éclairages et tout ce qui permet à l'appartement d'appartenir.
Il y passa la nuit entière, sans fatigue, sans hésiter, sans effort. Il avait simplement le sentiment que les choses retrouvaient leur place familière. Ainsi, chaque tableau, comme une pièce de puzzle venait couvrir la trace vide qui correspondait presque toujours à sa forme. Quand Wilfrid J.

hésitait, c'était la trace du mur qui guidait son choix. Quand il n'y eut plus de traces vide sur les murs, Wilfrid J. n'avait plus non plus de tableau à installer. Enfin non, il en restait une, au-dessus de son lit. Il ne savait pas quoi mettre à cet endroit. Il se surprit à penser qu'il devait lui manquer quelque chose tant il semblait évident que c'était l'appartement qui guidait l'ameublement.

Au matin, il s'assit, un café à la main dans un lourd fauteuil de velours cramoisi et de bois sombre. Le meuble était raide et droit, mais il s'y sentait à son aise pour contempler ce décor qui respirait sa vie.
« Voici un endroit idéal pour commencer ma vie de garçon », se murmura-t'il en sirotant le goudron chaud qu'il s'était préparé.

CHAPITRE 7
UNE VIE DE GARÇON

Wilfrid J. habita son appartement au sens propre ; il en fit bien plus une extension de lui-même que ce qu'il avait fait de sa chambre chez ses enfants. Le lourd mobilier sombre, les statuettes inquiétantes, les tableaux échevelés, les bibliothèques alignant le cuir fané des ouvrages romantiques formaient une harmonie surprenante qui faisait fi du temps.

Au désordre hétéroclite de sa chambre avait succédé un ordre paisible où chaque chose semblait avoir pris sa place pendant des décennies. Wilfrid J. se mouvait avec aise dans cet univers qu'il maîtrisait avec l'assurance de l'habitude. Ses idées noires étaient sorties de lui pour s'afficher sur les murs et lui retourner un spleen de bon aloi. Un spleen qu'il parsema de touches d'humour car, le temps aidant, il prenait ses distances avec ses propres sentiments, ses convictions, ses positions, voire ses attitudes. Il n'était plus un dandy romantique, il jouait à l'être et cela construisait son charme.

Alexandre, comme Anna, furent surpris de se trouver bien chez lui, en sa compagnie. Lui, si réticent à leur rendre visite, les accueillait souvent pour des dîners raffinés qu'il servait dans une vaisselle tarabiscotée, d'un autre temps. Autour de la nappe rouge sang et des couverts en vermeil, du vin sombre dans sa carafe à col d'argent, on dégustait des mets épicés et rares que Wilfrid J. avait pris goût à cuisiner en s'aidant d'ouvrages vieux de plus d'un siècle. Il était loin le temps des œufs sur le plat. Wilfrid J. se découvrait chaque jour plus de talent pour la cuisine et les saveurs cultivées. Chez lui, on ne mangeait pas des cailles ou du sauté d'agneau, on dégustait du Flaubert, du Dumas, du Balzac, du Delacroix.
Anna lui soutirait ses recettes, mais elle les ratait toujours car, si elle notait les aliments, les cuissons, elle omettait de saisir le style.

Alexandre en vint à s'intéresser à la littérature… Il avait l'impression que Wilfrid J. faisait son éducation et, qu'à ce jeu, il acquérait de la conversation. Et Wilfrid J., qui s'attachait à lui, en fit, peu à peu, le

Télémaque de son art de vivre. Cela n'alla pas sans quelques frictions avec sa femme qui préférait que le mode de vie de Wilfrid J. reste chez Wilfrid J.

La télévision avait totalement disparu de l'univers de Wilfrid J. Il s'étonnait même qu'il eût pu s'intéresser à ses images criardes et à ses programmes incultes.
Il écoutait de la musique sans discontinuer, déversant dans son univers des accords tous choisis chez les romantiques. Schumann, Mendelssohn, Berlioz, Liszt et Bruckner nourrissaient ses oreilles et exaspéraient le voisinage. Il est vrai qu'il était parfois un peu pénible de dîner au son des fanfares. On s'y faisait, pour peu qu'il consentît à baisser un peu le son ou à renoncer à commenter un adagio d'une demi-heure.

Il décida de célébrer dignement ses soixante-quinze ans. Mal lui en prit car la famille ne s'était pas spécialement bonifiée au cours des ans.
La tante Germaine et la Grand-mère, toujours sans homme, étaient arrivées ensemble. Il faut dire qu'elles avaient décidé depuis plus d'un an d'habiter ensemble pour vitupérer le monde de concert et assidûment. La Grand-mère avait encore accru son embonpoint, tandis que la Tante Germaine s'était encore plus asséchée. Leur vie commune avait accru leur talent dans cet art dans des proportions exceptionnelles. Leur venin était aussi toxique qu'abondant. Il était hors de question qu'elles mangeassent dans le texte, d'ailleurs elles ne mangèrent pas du tout, décrétant que ce que leur servait Wilfrid J. était l'œuvre d'un fou dangereux. Exit la daube mijotée vingt-quatre heures. Elles critiquèrent le décor, l'accueil, la famille, la nourriture, l'une de sa voix de capitaine des dragons, l'autre de sa tessiture en toile émeri. Rien ne leur échappa, pas même elles-mêmes qui ne pouvaient s'adresser la parole que par invectives ou par sournoises imprécations.
« On se demande pourquoi elle sont inséparables puisqu'elles s'engueulent tout le temps » se demandèrent in petto Wilfrid J., Anna et Alexandre en recevant quelques shrapnels de leurs échanges vitriolés.
Les oncles et tantes avaient sombré dans une sottise indolente et superflue. Les deux ados, désormais des gamins gâtés, se plaignirent qu'on ne leur servit pas des œufs sur le plat. Ils étaient venus pour ça. C'était trop « zarb ». Les couverts raffinés et la sauce au vin étaient « zarb » aussi, mais infréquentables.
Le pire, ce furent les gosses de deux ou trois ans, Damien,, Pierrot et Sophie, trois Attila justes sur le point d'être en couches qui dévastèrent

tout ce qu'ils purent sur leurs jambes chancelantes et sous le regard attendri de leurs parents. Wilfrid J. compta les heures pendant qu'Anna et Alexandre tentaient de limiter les dévastations.

On attendit que la horde fût partie pour souffler les bougies. Personne ne s'était plaint de l'absence de gâteau. Au fond, personne non plus ne se préoccupait de la raison pour laquelle il était là. La vraie question était de s'en aller. Donc, quand ils ne furent plus que trois, Wilfrid J. mit la Marche Funèbre du Crépuscule des Dieux et l'on put célébrer ses trois quarts de siècles dans une quiétude acceptable.

L'incident eut au moins le mérite de conforter Wilfrid J. dans la conviction que sa vie, désormais, lui appartenait pleinement et que, donc, il devait la saisir à pleins bras. Lui qui hésitait encore à sortir seul, à explorer le monde, à parler à des inconnus, il commença de se dire, qu'à défaut d'une famille acceptable, il pouvait peut-être se faire des amis.

C'est ainsi que, par un bel après-midi, il décida de sortir seul et d'aller à la découverte des gens. Il enfila sa redingote, ses gants, prit un chapeau et une canne et dans cette tenue quelque peu anachronique, il entreprit sa promenade. Celle-ci, sans but précis, le guida vers l'animation de la Place Clichy. Après le calme intemporel de son appartement et de sa rue, l'endroit lui sembla exhaler un torrent de vie, d'effluves et de bruits.

Les voitures et les autobus grondaient dans un chaos sans but et sans fin. Les rappeurs, la casquette en vrille côtoyaient les touristes japonais à la poursuite de leur guide. Les cinémas dévoraient leurs queues tandis que les friteries et les fast food dégueulaient leurs remugles. En cette fin d'après-midi, le soir tardait à tomber et ravivait les couleurs et les lumières en un patchwork criard et de mauvais goût. Wilfrid J., sur le terre-plein de la place, semblait étourdi, comme une statue vivante que contournaient rageusement les essaims d'employés qui qu'avalait et recrachait le métro. Étourdi, comme enivré par la vie, il resta planté là un long moment, insensible à la bousculade. Personne, si ce n'est un enfant qui le montra du doigt, mais peut-être était-ce simplement, parce qu'il se tenait immobile, ne faisait attention à sa tenue d'un autre temps.

L'endroit finit par redevenir humain, à se structurer autour de lui. Il se tenait simplement sur une place populaire et animée. Ce n'était ni beau ni agréable, mais c'était intensément vivant. Il traversa l'avenue et se retrouva face au Wepler qui lui parut être le havre qui abriterait son désarroi. Le café était bondé et bruyant, mais cette animation semblait avoir un sens, un ordonnancement rassurant. C'était cosmopolite, agacé de garçons pressés et chargés de plateaux débordants de boissons, mais il suffisait de s'asseoir pour retrouver la quiétude et la tranquillité d'un temps sans urgence.

Il trouva une table près de la vitre et s'assit face à la place. À travers la vitre, cette dernière devenait un spectacle fascinant qui absorba son regard. Que faisait donc tout ce monde à se percuter, s'enrouler, s'échapper, se poursuivre sans pour autant sembler pouvoir échapper à la force centripète du long circuit de la place. Juste à côté de lui, un autre client semblait aussi fasciné. Il rajustait nerveusement son gilet tout en écrivant avec un crayon sur du papier froissé. L'homme fumait cigarette sur cigarette et regardait longuement la foule avant de se remettre à noircir ses feuillets disparates.
Ils étaient assis côte à côte, presque à se toucher, mais ni l'un ni l'autre n'eussent pu franchir la distance sidérale que l'anonymat produit.

« Et pour Monsieur, ce sera ? »
Le garçon avait répété cela au moins trois fois. Pressé comme un garçon, il avait aussi disparu trois fois. Quand Wilfrid J. s'avisa de la question, il n'y avait personne pour prendre sa commande. Ce n'est que la quatrième fois, après une longue attente et de nombreux signes de la main vers des loufiats fulgurants qui ne regardaient jamais en direction de son doigt, qu'il parvint à commander un demi. Ce dernier surgit sur sa table au bout d'un bon quart d'heure.

La nuit était presque tombée. Wilfrid J. se rendit compte que cela faisait plus de deux heures qu'il était parti et qu'il n'avait fait que se trouver sur la Place Clichy. Il trempa ses lèvres dans la mousse de sa bière ornée d'un important faux-col. Il n'aima pas ce contact et préféra attendre un peu. Puis il sirota sa boisson en étanchant peu à peu une soif sournoise qui s'était emparée de lui. Arrivé à la fin du verre, au moment où la fraîcheur et l'alcool léger ont apporté leurs bienfaits, il resta en contemplation du fond ou demeurait encore un peu du liquide doré qui n'était plus tout à fait frais. C'était l'instant du supplément d'âme, de ce bonus que l'on retarde pour ne pas avoir vraiment fini de boire. Il souleva son verre long et mince qui s'évasait vers le haut pour contempler, du

dessus, le remous de ce peu de liquide sur lequel un dernier soupçon d'écume dessinait une arabesque.
Puis, d'un geste définitif, il scella le destin ineffable de sa dernière gorgée de bière. Tout bascula à ce moment précis. Tant qu'il ne l'avait pas avalée, cette dernière gorgée était détentrice du temps et de la permanence des choses. Mais, maintenant qu'il l'avait bue, le verre était vide, il fallait qu'il se décide, que la réalité reprenne ses droits. Payer, se lever et partir ? Il se surprit à désirer recommencer l'expérience et revivre cette étrange stase. Il commanda donc un second demi.

Il prit autant de temps que possible à descendre son second verre. Il décomposa ses gestes et ses déglutitions. Pendant ce temps, les néons avaient remplacé le jour et la nuit accentuait encore le caractère insensé de la place. Si le jour, les gens et les véhicules semblaient se diriger vers un vague but, la nuit, tout errait, tout se fragmentait. Les bruits s'encaissaient, le vide engloutissait la silhouette des gens et les façades illuminées devenaient des ogres avides de cette population hagarde. De grosses musiques mugissaient dans des voitures bondées. Des passants blêmes et tristes longeaient les façades en quête de leurs humbles appartements aux relents de cafard. De jeunes arrogants et paumés s'abreuvaient de la pacotille du lieu en parlant fort et encombrant le trottoir de leurs bandes inquiétantes. Wilfrid J. se dit que tout cela pouvait ressembler à l'enfer. Il n'en fut pas mécontent. Puis soudain, surpris, il constata que son verre était vide. Il découvrit avec sagacité que ce qui compte donc vraiment, c'est la première dernière gorgée de bière. Ensuite, le charme est rompu, ce n'est plus du jeu.

Le type, à côté de lui, continuait d'écrire, de fumer et de boire des cafés arrosés de rhum. Wilfrid J. contempla les profondeurs obscures du boulevard qui le conduisait par chez lui. Il se dit que cela lui faisait un peu peur. Quitter la place, c'était aussi quitter la lumière et la présence rassurantes de la foule vivante. À son âge, avec sa silhouette légère, il était une victime désignée aux jeunes féroces et avides qui rodaient autour de la place. Il avait bien sa canne d'acajou au pommeau d'argent ciselé en tête de Méphistophélès. Oui, la canne…
La nuit s'intensifiait. La population devenait plus nocturne. La clientèle du café se faisait moins nombreuse, plus habillée, moins pressée, plus volubile, moins esseulée, plus avinée, moins hétérogène, plus noctambule, moins affairée, plus amoureuse. Il faisait nuit et l'on parlait du jour.

Wilfrid J. but donc un troisième demi qu'il fit encore durer plus que le précédent. C'est ainsi qu'il parvint à sa dernière gorgée, un peu forcé par le garçon qui posait la chaise du type d'à côté sur la table. Wilfrid J. ne l'avait même pas vu partir. Il dut donc payer et se lever, tout en se disant qu'il serait bien resté dans cet endroit jusqu'au bout de la nuit.

Il parcourut le boulevard jusqu'à Villiers. L'inquiétude l'habita sur tout le trajet. Une fois quittée la place Clichy, il lui sembla s'engager sur la traversée d'un océan noir et lugubre. L'enfer de la place était peut-être le paradis face à l'Achéron du boulevard. Chaque voiture qui ralentissait, chaque silhouette qui venait dans sa direction étaient autant de menaces obscures et hostiles. Puis le feu repassait au vert, puis la silhouette se ratatinait en un passant hâtif et aussi inquiet que lui. Les façades noires voulaient le happer, engloutir ses forces vitales. Le trajet s'allongeait démesurément, les lueurs de Villiers semblaient s'éloigner à chaque pas. Puis il fut à Villiers, puis il fut chez lui, puis il fut rasséréné.

Il resta un long moment contemplant le plafond, à la lumière chiche de sa lampe couverte d'une coupole d'opaline. Les ombres qu'elle projetait lui rappelaient son trajet et les angoisses de l'obscurité indécise d'une ville entre la veille et le sommeil. Puis il se retrouva, en songe dans l'agitation de la place Clichy. Il était vivant, il avait traversé l'épreuve, surmonté l'hostilité du monde, prouvé qu'il était un être humain vrai et solide. Au fond, ce trajet dans la nuit n'avait pas été si terrible. Il avait aussi vaincu le maelström de la vie intense et sans limites.

Puis ses réflexions se recentrèrent sur le vrai but de son expédition. N'était-il pas parti à l'aventure dans le but extrême de se faire des amis. Il revit le type qui écrivait, il parcourut de son regard intérieur les groupes et les couples véhéments qui avaient occupé les tables pendant ces longues heures. Il songea à tous ces gens envahis d'amis, naturellement portés par leurs conversations, parleurs gestes amicaux, amoureux, coléreux, dépités, désolés, compatissants et dédaigneux.
Assis devant sa vitre du Wepler, spectateur du monde, à l'orchestre de la réalité, il n'avait parlé à personne. Il en vint à se dire que plus il y avait de monde autour de lui, moins il aurait de chance de parler à une seule personne. Il se dit enfin que sa vie de garçon commençait comme une vie de vieux garçon.

CHAPITRE 8
DES AMIS DE TOUJOURS

Wilfrid J. ne retourna pas au Wepler. Non que le lieu lui ait laissé un souvenir désagréable. Mais le lieu ne semblait pas servir son but. Il décida de découvrir un lieu plus adapté à sa réserve. Un lieu qui permettrait à deux individus de se reconnaître.

Ce faisant, il multiplia ses promenades dans la ville et, abhorrant le métro ou toute forme de transport en commun, il marcha beaucoup. Le cliquetis de sa canne rythmait ses pas et Paris, inconsciemment, se fit à la démarche et l'allure de ce promeneur solitaire qui arpentait les rues et les avenues d'un pas de plus en plus assuré. De plus en plus souvent, il s'emplit du plaisir de traverser la seine par le pont des Arts. S'il fallait longuement marcher pour parvenir jusque-là, la récompense était très au-delà de l'effort. Les lumières et la vue de cette passerelle fragile l'enchantaient à toute heure. Il se prenait à s'y rendre au petit matin, à la nuit tombante, à la nuit tombée et aussi au grand jour. Le pont des Arts était son point d'entrée, sa frontière avec le monde des vivants.

Il ressentit le plaisir diffus de ne jamais être complètement seul dans ses contemplations. Il était rare que çà et là, tout au long du pont, des silhouettes perdues soient appuyées comme lui au parapet, immobiles devant ce calme spectacle chaque jour nouveau, chaque jour intemporellement le même. Il se rendit compte, pour la première fois, alors qu'un autre promeneur s'était arrêté à portée de regard, qu'un échange furtif pouvait même avoir lieu.
À quelques centimètres, au Wepler, il n'avait rien pu capter de la vie des autres, et voilà que, seuls, à près de dix pas, il avait échangé un regard avec un inconnu qui s'était évanoui vers l'autre rive à l'instant d'après.

Il remarqua aussi, sur le pont des Arts, que sa tenue de dandy d'un autre âge délivrait un sens. Ailleurs on ne la remarquait pas, ou bien on la montrait du doigt. Sur le pont, on la regardait simplement. Il était vêtu au diapason du pont. Sa seule irritation, qu'il tolérait avec une bienveillance ironique, venait de ce que certains touristes osaient le prendre en photo, souvent en cachette, mais il avait l'œil.

Une fois franchi le pont, il se trouvait dans un autre monde, un monde bien plus à sa mesure, un monde dont la part de rêve ne s'éteignait jamais. Il finissait en général sa promenade dans un petit café de la rue de Seine, tenu par un Antillais bedonnant, sourcilleux et généreux. Le café disposait d'une table et d'un banc au bord de la rue. C'était là qu'il s'asseyait, sa canne entre les genoux, à la recherche de sa dernière gorgée de bière.
Par beau temps, au fil d'un après-midi nonchalant, il n'était pas rare que le patron s'assoie aussi sur le banc, là, à portée de main, en silence. Mais ce silence n'était pas celui de l'ignorance anonyme d'une grande brasserie sur une grande place avec une grande foule. C'était le respect de la réserve mutuelle sur des territoires sans équivoque et des personnes bien présentes. Réserve vaguement mise en défaut par une assiette de saucisson que le patron poussait négligemment vers lui en l'invitant à piocher sans autre façon.

Les interminables promenades de Wilfrid J. devinrent un rituel quasi quotidien, au point que le patron semblait surpris de le revoir quand il n'avait pas traversé Paris pendant plusieurs jours. C'est ainsi, qu'assis côte à côte, devant un verre de bon rouge et une assiette de saucisson de montage, qu'ils finirent par se parler.

Cette conversation aurait pu commencer à n'importe quel moment, elle n'avait aucune profondeur particulière, elle ne comprenait aucune question, aucune réponse. Une oreille mal avisée aurait pu entendre la pluie et le beau temps. La vérité était que ces deux hommes s'étaient reniflés assez pour savoir qu'ils pouvaient se parler comme s'ils s'étaient toujours connus. Elle tourna donc sur le sujet essentiel de la coupe du saucisson et son degré de dureté.
Le patron ramena d'autres sortes de saucissons et versa du vin à Wilfrid J. sans lui demander son avis. Le sens des choses était que deux hommes taciturnes, assez timides sous leurs dehors qui s'imposaient chacun à sa manière, avaient simplement compris qu'il était bon d'être assis ainsi, dehors, avec un être humain.

Le lendemain, Wilfrid J. revint et il ne se passa rien.

Jour après jour, la promenade de Wilfrid J. changea de signification, de but, d'émotion. Il venait bivouaquer sur son banc et, à l'occasion parler de choses et d'autres avec un patron taciturne. Un soir, le patron lui proposa : « ça te dit de rester bouffer ? »
Il répondit oui et, dans le café fermé, ils se retrouvèrent tous deux devant des boudins antillais et quelques recettes mitonnées de là-bas. Le patron ne servait jamais à dîner le soir et fermait son café vers neuf heures. Il manquait ainsi le gros d'une clientèle profitable. Mais ainsi voulait-il vivre, libre de ses crépuscules, sur les berges de sa rue. Wilfrid J. comprit que cette invitation n'était pas simplement un geste de courtoisie. Il ne s'agissait pas de simplement se mettre à table ensemble devant des recettes parfumées et enflammées. Wilfrid J. partait en voyage vers les Caraïbes incandescentes du cœur du patron.

Ce que chacun apprécia lors de ce dîner fut que la conversation demeura tout aussi élevée que la première fois. À ceci près que le patron se laissa aller à quelques allusions aux coutumes antillaises et que Wilfrid J. s'abandonna, le vin aidant à quelques rêveries baudelairiennes. Rien de bien méchant, sauf, au fond, que tous deux se complurent à remarquer qu'il ne suffit pas de rencontrer des gens pour rencontrer des personnes et, qu'au fond, on se sentait parfois un peu seul sur cette terre.

Wilfrid J. rentra chez lui au plus profond de la nuit. Le rhum ne fut pas la seule cause de la sérénité rêveuse de cette traversée. Il naviguait le long des avenues silencieuses comme un Christophe Colomb qui ramène l'Amérique à son roi. Son pas étravait les trottoirs, les croisements étaient autant de tempêtes immobiles. Son appartement lui fut le port d'un monde soudain plus petit et plus vieux.

Il ne retourna au café que quelques jours plus tard. Une confuse intuition l'avait retenu de se précipiter à nouveau vers les colonies de son imagination. Puis, n'y tenant plus, il reprit le chemin de l'autre côté du monde. Un voyage plein de doute et d'une sourde inquiétude. Le café était bien là, son banc aussi, le patron était bien assis là, taciturne. Il but son vin rouge et croqua un peu de saucisson. Ils n'échangèrent pas dix mots et, le soir venu, Wilfrid J. repartit serein et déçu.

Cela ne le dissuada pas de répéter ses promenades jour après jour. La force de l'habitude le menait, voiles carguées, vers cette seule destination. Il se retrouvait sur son banc sans s'être un instant rendu compte du monde qui s'étendait tout autour. Au fil du temps qui passait, il parcourait son sillon comme un automate, l'esprit vidé de sa curiosité.

Si Anna l'appelait pour sortir et se changer les idées, il répondait qu'il était retenu par un rendez-vous. La seule fois, en de long mois, qu'il accepta de l'accompagner vers d'autres horizons, fut la cause d'un profond ennui et d'une sourde angoisse. Elle le traîna vers les grands magasins pour lui faire acheter des vêtements, titiller son envie de bibelots, de livres, de musique. Il ne s'intéressa à rien et ne se préoccupa guère des paquets qu'ils rapportèrent à son appartement. Sa fille en conclut qu'il était déprimé et qu'une obsession obscure habitait son esprit. Elle ne livra pas à Wilfrid J. le fond de sa pensée, mais se promit de découvrir ce qui causait cette étrange indifférence que ses magazines de santé attribuaient à la dépression.

Elle ne fut pas longue à découvrir le but des promenades quotidiennes de Wilfrid J. Postée à quelques maisons de là, semblant absorbée par la vitrine d'une galerie, elle l'observa longuement dans son séjour silencieux aux côtés d'un grand nègre grisonnant. Elle put vérifier, en l'espionnant plusieurs fois, la régularité du manège. Elle ne savait pas quoi penser de tout cela et n'osa pas s'en ouvrir à Alexandre. Que dire à Alexandre qui ne comprenait jamais la subtilité des choses ? Comment lui dire que, depuis des mois, peut-être plus d'une année, son beau-père allait picoler sur le bord d'un trottoir en compagnie d'un... D'un vieux monsieur noir.

Puis elle fit ce que beaucoup de femmes ne peuvent s'empêcher de faire : en avoir le cœur net. Alors, elle passa par là par hasard. Sa survenue tétanisa Wilfrid J. qui se sentit surpris comme un enfant coupable d'une incompréhensible bêtise. Il ne sut que dire et resta collé à son banc, cramponné à son verre de vin. Anna faisait intrusion dans le saint des saints de ses secrets. Il était partagé entre la honte et la colère. Il éprouvait le sentiment qu'on le prenait sur le fait d'un vice impardonnable et honteux.

Le patron observa un instant la scène et se leva. « C'est ta fille ? Tu m'avais caché cela, Wilfrid ! Asseyez-vous mademoiselle. »
Anna n'avait rien d'une demoiselle, mais elle fut flattée et s'assit sur le banc. Un verre de vin surgit devant elle et le patron vint s'asseoir de

l'autre côté de la table avec une grande assiette de saucissons et de charcuteries épicées.

« Vous savez, il ne dit pas grand-chose, mon copain.
- À vous non plus ?
- Non, mais je ne suis pas très bavard, comme lui.
- Je m'appelle Anna, en effet je suis sa fille.
- Moi c'est Alexandre, mais on m'appelle Alex, appelez-moi Alex.
- Dites-moi Alex, cela fait longtemps que vous vous… connaissez ?
- J'ai le bonheur de l'avoir comme compagnon depuis plus d'un an… Je me demande comment seraient les journées sans lui. Il est un peu l'enseigne de mon bistro… »
Wilfrid J. resta mutique pendant qu'Anna et le patron jacassaient. Il n'avait jamais vu ce dernier aussi volubile. Il ne l'avait jamais entendu éclater de rire à pleines dents, dont plusieurs étaient en or. Il faut dire qu'il n'allait jamais à l'intérieur, même quand il faisait un froid de chien et qu'il ignorait complètement la réputation d'Alex, puisqu'il s'appelait Alex. Il ne pouvait pas savoir qu'Alex attirait le gratin des artistes du quartier par la vivacité de son humour, par ses réparties pimentées de soleil et de bon cœur, par sa clairvoyance artistique qui en faisait un critique bienveillant des artistes en mal de réputation.

Anna, qui ne pensait rester là que le temps d'avoir compris ce que son père faisait là, se vit invitée à reprendre un verre de vin, puis un autre. Enfin, Alex déclara : « Je ferme, mais vous restez, il me reste plein de colombo, je sais que votre père adore ça ! »
Dans l'arrière-salle du café désert, il se laissa emporter par la chaleur du plat et par les éclats de rire. Il n'écoutait pas la conversation et donnait la réplique sans connaître son texte. Sa rêverie caraïbe se bariolait, ces deux-là donnaient des coups de soleil à son romantisme diaphane. Puis le rhum eut raison de sa frustration. Il commença de rire aussi. Il ne savait pas bien pourquoi il riait.
« Je crois qu'il est un peu pompette, regardez comme il a l'air béat ! »
Wilfrid J. riait béatement, complètement pété.

Quand ils se quittèrent, il vit avec surprise Anna faire la bise à Alex et se sentit soulevé dans une vigoureuse accolade. « À demain, vieux grigou ! »
Il rentra en voiture et ne comprit pas comment s'était achevée la soirée.

Le lendemain, il trouva le chemin très long pour retourner à son café, à son banc, à son verre de vin. Alex s'assit à côté de lui, silencieux comme avant. Il n'y avait rien de changé. Si, le patron s'appelait Alex, c'était marrant qu'il porte le même nom que son beau-fils.

Le soir venu, Alex lui déclara qu'il avait promis à Anna de prendre soin de lui e t de ne pas le laisser repartir sans qu'il ait mangé, aussi le retint-il dans le café fermé pour partager les restes de la journée.
« Tu sais, si je ne le mange pas, ce sera fichu de toutes manières, autant qu'on se tienne compagnie. C'est à la fortune du pot... Je mange ce que les clients n'aiment pas. Au fond, je me félicite que les gens n'aient pas bon goût ! » et, pour la première fois en sa seule compagnie, il l'arrosa de son grand rire.

Leurs premiers dîners en tête à tête demeurèrent emprunts d'une réserve exigeante dont Wilfrid J., qui avait vu Alex si volubile et gai avec Anna, se sentit coupable. Il se sentit un convive ennuyeux, à la recherche d'amorces de conversation, de sujets de répliques, de traits d'esprits qui ne voulaient pas se tracer. Chaque silence prolongé le rendait coupable d'inaptitude à la convivialité. Il n'avait en tête que des sujets si fondamentaux sur la nature du monde, de l'homme et des choses qu'il n'avait aucune idée de comment les aborder. Alex, en face de lui, piochait à même le plat et emplissait son assiette de bons morceaux. Ils bouffaient.

Puis un soir, Alex lui déclara que ce qu'il appréciait le plus en sa compagnie, c'était avant tout qu'ils n'avaient pas vraiment besoin de se parler. Ce silence qui pesait tant à Wilfrid J. était le miel de son convive.
« Tu sais, avec toi, je n'ai pas besoin de faire le singe. »
L'art du rire et de la répartie flamboyante dont il se sentait si dépourvu, n'était donc que la façade de cet homme qui cherchait aussi la paisible langueur d'un silence partagé. Alex éclata de rire devant son air médusé par sa propre découverte. Ils trinquèrent devant un punch aux Trois-Rivières et se mirent à parler. Ils parlèrent à se faire peur. Wilfrid J. déroula les volutes sombres de ses rêveries gothiques. Alex fit fulminer des brumes tropicales. Les succubes et les mandragores épousèrent l'ombre des zombis, les caves obscures et les cachots médiévaux épousèrent les transes vaudoues et les vaisseaux fantômes, les vierges maléfiques folâtrèrent avec le Baron Samedi. Ils en parlaient en connaisseurs, jouaient à se faire peur, riaient à leurs danses macabres.

Rien ne leur faisait plus plaisir que d'évoquer suffisamment de terreurs pour qu'ils pussent s'inquiéter des dangers que Wilfrid J. devrait affronter sur son chemin de retour.

C'est ainsi que Wilfrid J. devint aussi un promeneur assidu des rues sombres et ombreuses de la ville. Loin de préférer les avenues encore animées qui le menaient jusqu'à Villiers, il choisissait les chemins de traverse et les rues parallèles et étroites que la nuit avait vidées de toute vie, privées d'éclat, emplies d'ombres furtives, pour qu'une fois arrivé chez lui, il lui reste encore des vapeurs de rhum et de songes noirs.

Si Anna venait, ce qu'elle faisait de temps en temps, comme par surprise, les deux compères l'invitaient à partager leur soirée. Ils partageaient tant leurs soirées qu'ils n'avaient pas besoin de se concerter pour en faire leur convive. Ces soirs-là, ils évitaient de s'aventurer dans leurs mondes étranges. Sauf, parfois, ils s'amusaient à lui faire peur, pour voir. Mais Anna ne rêvait pas assez pour partager leurs sornettes. Si cela lui faisait peur, elle le repoussait en bloc, en clamant qu'elle ne croyait pas aux superstitions. Pas drôle ! Le rationnel est trop lisse pour accrocher les poussières et les braises du romantisme.

Un soir, ils lui parlèrent de l'horreur des zombis avec force détails hérissants. Ils lui racontèrent comment ces derniers survenaient lors des venues au jour pour semer la terreur et le désespoir. C'étaient des gens qui ne venaient au jour que pour demeurer des morts. Ils étaient ce qui pouvait arriver de pire car celui qui venait en zombi privait sa propre famille de tout avenir. Alex insista sur le mythe de familles entières qui s'étaient évanouies dans les limbes moites et décomposées des cimetières à la survenue d'un zombi. Wilfrid évoqua ces êtres ni morts ni vivants qui trompaient des familles entières et semaient la terreur en jaillissant du sol autour de la tombe du parent attendu. Alex en rajouta en racontant qu'on avait ainsi abandonné des aïeux espérés en les confondant avec des zombis. Il décrivit les rituels et les transes qui prémunissaient contre de telles malédictions. Les deux amis brodaient et surenchérissaient, surs de leur effet sur Anna qui les contemplait avec un masque figé d'horreur et de colère. Puis ils retombèrent brutalement sur terre quand elle affirma haut et fort qu'il valait mieux surveiller les cimetières pour éviter de tels désordres.

Après cela, ils décidèrent tacitement qu'il n'était pas bon d'essayer d'entraîner Anna dans leurs mythologies. Ils n'y croyaient pas beaucoup plus qu'elle, mais il était si bon de faire semblant de se faire peur. Elle décapait la patine des rêves. Avec elle, le romantisme devenait facile à nettoyer. Et si, par hasard, elle leur demandait de leur raconter quelque histoire à faire peur, ils prenaient bien garde que ce ne fut pas une de celles qui les faisaient eux-mêmes frémir de plaisir.

Elle ne venait jamais avec Alexandre. Non pas qu'Alexandre eût refusé de venir, il était même plutôt curieux de ces dîners auxquels il n'était jamais convié. Mais un tacite entendement avait établi qu'il n'avait pas sa place dans cette amitié. On ne saura donc jamais si Alexandre eût ainsi pu étoffer son esprit et sa culture. Alexandre restait le rempart du conformisme et de la vie de tous les jours, peu à peu rendu à sa fonctionnalité d'époux gentil et propre sur lui.

Puis Anna vint moins souvent. Non pas que leur amitié se fût perdue. Elle vint tout simplement moins souvent. Puis elle ne vint plus du tout. Au bout de près de deux ans, ils avaient tous les deux oublié à quel point, malgré son esprit trop rangé, elle rendait leurs soirées plus gaies, plus drôles, plus légères. Ils se surprirent même, au fil de leurs veillées à s'ennuyer un peu, à ne plus très bien savoir quoi se dire, sinon de ressasser des histoires mortifères qui perdaient de leur flamboyance.

Pourtant, Wilfrid J., stimulé par la rencontre hallucinée de leurs récits débridés, commença de les mettre en images. Il ménagea dans son salon un espace où, sur un chevalet posé sur une grande toile cirée noire, il peignait de petits tableaux minutieux qui mêlaient le vaudou et l'inquisition. Des paysages tropicaux se hérissaient de cathédrales pointues, des caves en clair obscur surgissaient de mangroves ténébreuses, de noirs évêques haranguaient des nègres enchaînés, des Places de Grève sanglantes bordaient des baies aux palmiers entornadés, des zombis en haillons erraient dans des cryptes envahies de lianes.

La peinture minutieuse de Wilfrid J. l'occupait la nuit durant. Il rentrait chez lui, encore grisé par le rhum et trouvait son inspiration dans les rumeurs de l'aube. Il n'avait de cesse de déposer sur ses petites toiles l'image qui s'était fixée pendant son trajet de retour et ne quittait son ouvrage, souvent presque achevé après des heures et des heures d'un travail méticuleux sans aucun repentir.

Il arriva ainsi que le soir fut venu quand il donnait la touche finale. Ces soirs-là, il renonçait à traverser Paris.

Il peignait une toile par jour. Il était très rare qu'une de ses œuvres l'entraîne sur plusieurs journées, ou plutôt plusieurs nuitées. Ce n'était pas qu'il bâclât, mais il ne cessait de travailler que lorsque l'image sur la toile était le reflet fidèle de celle de son esprit. Le temps comptait peu et les toiles ne se comptaient plus. Son appartement s'emplit de ces petits tableaux fins comme des miniatures dont le trait et les détails étaient étrangement assurés pour leur sujet brumeux.
Les dîners avec Alex, mécaniquement, s'espacèrent au rythme où les tableaux se multipliaient. Alex le regretta et s'inquiéta auprès de lui de cette lente désaffection. Mais Wilfrid J. l'assura de son amitié. « Avec toi, j'ai l'impression d'être avec un ami de toujours ». Cela rassurait le patron, mais n'ôtait rien de l'amertume de ne plus partager aussi souvent ses rêves étranges et pénétrants. Et plus Wilfrid J. l'assurait de son amitié « de toujours », plus il s'absorbait dans sa peinture et oubliait son rendez-vous.

Jamais il ne parlait à Alex de sa peinture. Il craignait par trop de devoir la montrer à cet expert qui fréquentait le gratin des beaux-arts. Pour la première fois, et Wilfrid J. s'en rendit compte avec une singulière amertume vis-à-vis de lui-même, il cachait à son ami un pan essentiel de sa vie. Il eût pu se dire aussi qu'il était aussi libre qu'Alex de révéler ou non ce qu'il voulait à quiconque et que sa propre vie n'appartenait qu'à lui-même. Mais il ressentait une culpabilité grandissante de sacrifier à son art une amitié qui comptait plus que tout. Son secret et son amitié le fendaient en deux. Il ne pouvait se résoudre, ni à renoncer à peindre, ni à renoncer à ses dîners. Mais peindre devenait une raison d'être, dîner une servitude à un bonheur en perdition. Il fallait qu'il vienne à bout de ce conflit qui le taraudait au point de le rendre autant aussi de peindre que d'aller passer la soirée avec son ami de toujours. Il fallait concilier les extrêmes, s'expliquer, retrouver la raison d'être des choses.

Il n'osa pas se confier à sa fille. Malgré son absence prolongée à leurs agapes, il lui semblait qu'elle en faisait encore partie. Il ne pouvait ni lui expliquer sa défection ni son occupation sans se mettre à découvert. À découvert, il ne savait pas se mettre à découvert. Alors, Alexandre ? Au fond, il ne connaissait pas grand monde sur cette planète. Il appela donc Alexandre et lui expliqua tout ce qu'il pouvait lui expliquer. L'autre

tombait des nues et ne disposait d'aucun repère pour apprécier l'une ou l'autre des alternatives auxquelles le soumettait fébrilement Wilfrid J.
Mais il avait l'esprit en ordre et les actions obéissaient chez lui à une logique de la simplification. Il en vint donc, sans trop d'effort à la conclusion la plus logique d'un tel dilemme qui n'en était en aucun cas un à ses yeux.
« Va donc voir ton ami, raconte lui ce que tu fais et offre lui ton meilleur tableau, voilà tout. »
Cela tombait comme le couperet de l'évidence et Wilfrid J. ne sut lui expliquer que tout cela, il y avait pensé cent fois avant de l'appeler. Mais l'avis d'Alexandre pesait de tout son poids d'évidence et de bon sens. À ses réflexions farcies de « peut-être » et de « et si », Alexandre opposait une feuille de route claire et sans faille, pétrie de son indifférence pour une histoire à laquelle il n'avait jamais été convié. Il y avait là, même, un léger relent de revanche malveillante… Juste un peu.

Wilfrid J. réfléchit. Il revoit chacune de ses toiles. Il tient à chacune et souffre le martyre à l'idée de se séparer de la moindre de ses œuvres. Il trie, compare, jauge, révise et rejuge. Il parvient avec une peine infinie à isoler cinq de ses toiles qui ressemblent à d'autres par suffisamment d'aspects mais, personne ne saurait le voir, souffrent d'assez imperceptibles imperfections pour être sacrifiées. Cinq sur plusieurs centaines.
Il les emballe comme s'il s'agissait de Caravage ou de Rembrandt. Puis il les déballe et les remballe. Il se sent pingre, mais il n'y peut rien.

Arrivé au café, Alex l'accueille sans trop faire attention car son estaminet est rempli de touristes affamés en mal d'exotisme parisien. Wilfrid J. fait partie du décor depuis trop longtemps pour lui sacrifier cette horde assoiffée, affamée qui éructe en flamand. Il le laisse un bon moment sur son banc et lui apporte du vin et des cochonnailles, pressé. Alex est rarement pressé, mais ce jour-là, il est pressé et la visite du comptable lui a rappelé les contingences du chiffre d'affaires. Il vient de découvrir qu'à vivre libre, les banquiers lui opposent de vivre à profit. Au bout du compte, il comprend qu'il n'a simplement plus le sou. Il méprise les banquiers. Il est en colère, mais cela ne saurait se voir. Il fulmine, aussi, il rit avec toute sa rage.

Wilfrid J. sirote et mastique, son paquet précieusement serré contre lui sur le banc. Enfin, Alex finit par s'asseoir à côté de lui, exaspéré par la lourdeur des bataves. Il avise le paquet.
« C'est quoi ?
- Oh, pas grand-chose, je voulais simplement te montrer des tableaux que j'ai acheté l'autre jour.
- Des tableaux ? Montre-moi ça, je m'y connais un peu depuis que je suis ici.
- Bah justement, je voulais te demander ton avis avant d'en acheter un. »
Protégé par son mensonge, Wilfrid J. déballe ses toiles et les laisse contempler par Alex. Ce dernier les observe de près, les éloigne à bout de bras, revérifie les détails et repose le tout d'un air entendu.
« C'est drôle, mais ça ressemble à tout ce que nous nous racontons. Finalement nous ne parlons que de banalités !
- Et les tableaux ?
- Honnêtement Wilfrid, ne dépense pas trop d'argent sur ces trucs. C'est peint au râteau. Le type n'a aucun sens de la perspective et ne connaît rien aux couleurs. Si ce n'étaient les sujets, tu trouverais les mêmes à Montmartre. Et puis, regarde les visages et les mains : ce type ne sait pas dessiner. Tout cela c'est de la drouille.
- Si tu en avais un, tu le mettrais dans ton bistro ?
- Écoute, Wilfrid, ici, je ne mets pas vraiment toujours ce qui me plait, mais je ne mets que des trucs qui valent quelque chose. Si tu veux acheter ces croûtes, ça te regarde. Je comprends que c'est pile poil dans tes rêves. Mais moi, je ne mets pas ça ici. Vraiment, je te conseille de ne pas acheter. Si tu veux, je te ferai rencontrer un type qui peint des choses qui te plairont. Mais lui, c'est un artiste. »
Wilfrid J. remballa soigneusement ses cinq toiles. Il s'abstint avec une honte immense d'avouer qu'il en était l'auteur et que son appartement grouillait de cette drouille.

Il ne resta pas dîner et, même, partit tôt.

Le soir, il replia son chevalet, remisa ses peintures, jeta la toile cirée et rangea méticuleusement ses toiles dans la chambre inoccupée. Il renonçait à la peinture. Son ressentiment pour Alex est immense. Son ami, sans le savoir, l'a insulté jusqu'au fond de son âme. Wilfrid J. sait que cette insulte ne lui a jamais été destinée, mais il ne parvient pas à pardonner la lucidité cinglante de son ami. Il ne peut pas non plus savoir que ce dernier n'a fait que s'emporter sur la première cause injuste qui passait sous ses yeux. Il ne peut même pas savoir si ses œuvres ont un sens ou non. Le destin a frappé sans discernement, définitivement.

Il renonça pendant de longues semaines à ses promenades. Terré dans son désenchantement, il vécut dans l'ombre de ses fantasmes et d'une pesante solitude. Il se sentit seul et désoeuvré. Mais rien ne l'attira dehors. Puis l'appel du large se fit à nouveau sentir. Il savait que sa vie n'avait de sens qu'en naviguant jusqu'au continent sud de la capitale.
Bien entendu, ses pas le conduisirent par les mêmes rues, les mêmes arrêts, les mêmes paysages, sur son itinéraire habituel, aussi finit-il devant le café.

Le banc et la table avaient disparu. Le café était fermé. Rien n'était marqué nulle part.

CHAPITRE 9
DIX ANS DE SOLITUDE

Wilfrid J. ne revit jamais Alex. Le café rouvrit un jour, tenu par un Irlandais jovial et très amateur de vin. Même le banc reparut. Mais le patron le servit sans le connaître et ne fit aucun effort pour chercher sa compagnie. Il découvrit plus d'une fois le banc envahit d'un groupe d'étudiants refaisant le monde des arts à grands coups de citations et de notes de cours. Il songea à ses piles de tableaux et passa son chemin.

Alex ? Personne ne connaissait d'Alex. Le patron avait acheté aux enchères un bistro bien placé qu'un type avait cédé pour repartir aux Antilles. Il exposait les œuvres des étudiants et proposait des plats bon marché jusqu'au bout de la nuit. L'art, pour lui, cela allait bien avec le quartier et cela attirait le chaland.

Wilfrid J. comprit que la rue de Seine n'était plus son port d'attache. Il comprit, qu'une fois encore, il se retrouvait sans amis. Le soir, il remontait vers le septentrion de Villiers avec le sentiment d'être le Hollandais Volant. Il était le Vaisseau Fantôme de l'humanité.

Il accosta chacune des terrasses de Saint Germain, mais à chacune, il éprouva avec amertume le même isolement qu'à celle du Wepler, des années auparavant. L'inquiétude de devoir traverser Paris à la nuit revint l'habiter, il écourta ses promenades et se familiarisa avec le métro.

Depuis qu'il ne fêtait plus ses anniversaires, il avait acquis un sentiment confus de son âge. Parfois, il se donnait encore l'épuisement de ses soixante-quinze ans. À d'autres moments, tirant sur son visage devant sa glace, il s'imaginait qu'il avait soixante-dix ans. « Je suis encore un vieillard, mais je suis un beau vieillard ».

Se sentant plus vieux, moins vieux, son âge sans plus, il convint avec lui-même que sa mise devait changer. « Quand on a les dents qui poussent, on ne peut plus se vêtir comme une antiquité ! »

Il rendit visite à un coiffeur, puis s'acheta des costumes dans l'air du temps. Il fut donc moins excentrique, mais il devint d'une banalité sans nom. Peut-être fallait-il être d'une banalité sans nom pour pouvoir se faire des amis. Ainsi devint-il un vieux monsieur très banal au milieu de milliers de vieux messieurs tout aussi banals. Les gosses ne le montraient plus du doigt, les gens lui demandaient l'heure, de leur passer le sel. Ce médiocre bénéfice le satisfit grandement car il honnissait sa singularité passée.

Il fit repeindre son appartement, décaper ses meubles, refaire tout ce qui le coupait d'une actualité sans relief et bien éclairée. Anna et Alexandre applaudirent à deux mains de sa métamorphose. Alexandre se sentit en parfaite confiance pour lui parler de taux bancaires pendant d'interminables déjeuners dominicaux chez Wilfrid J. ou chez eux. On parla même d'organiser une fête familiale. Mais il restait à Wilfrid un reste de bon sens pour refuser une telle perspective.

Wilfrid J. s'emmerdait prodigieusement.

Il vivait l'âge ingrat de cette vieillesse qui s'achève et de cette vie active qui tarde à s'activer. En dépit de ses efforts, de tout l'art qu'il déployait à ressembler à un homme mûr et plein de sa force et de son statut, il n'était rien d'autre qu'un simulacre bien astiqué de la vie réelle. Sa culture qu'il croyait immense butait sur l'écueil de l'expérience. Sa sagesse n'était que des formules. Ses revenus n'étaient que des allocations. Il appartenait au monde sans en faire partie. Astiqué ou non, il n'était rien d'autre qu'un vieux qui sentait le vieux. Le moindre soixantenaire pouvait lui opposer la puissance de son expérience. Les cinquantenaires lui renvoyaient le reflet de la contrefaçon.

La vieillocité de Wilfrid J. jouait contre lui. Il voyait et ressentait sans équivoque la vanité de ses efforts. Il lui fallait peu de temps pour percevoir la condescendance dans l'attitude des autres. Les soirées chez sa fille tournaient au cauchemar. Ses tentatives à tisser des liens aux terrasses des cafés le cantonnaient dans le pénible rôle d'un naïf qu'on impressionne. Plus il s'intégrait à la vie sociale, plus l'impression se faisait douloureusement aiguë qu'il n'en faisait pas partie.

Il se fit teindre les cheveux, il se mit du fond de teint. Il choisit des costumes trop étroits chez des tailleurs à la mode. Il ne gagna que l'humiliation de se faire à nouveau montrer du doigt par d'impitoyables bambins qui avaient tout vu. Plus il tentait de ressembler à ce qu'il n'était pas encore, plus il ressemblait à ce qu'il ne voulait plus être. Un vieux.

Rentrant chez lui, après ses déambulations sans but, ses interminables stations aux terrasses réputées, il ressassait, amer, le temps béni de son banc, près d'Alex le taciturne. Son grand âge l'avait abandonné, il se sentait perdu sur la jetée du devenir. La perspective de dîner chez ses enfants l'effrayait. Celle de rentrer dans son appartement astiqué lui répugnait. L'idée de draguer sur une terrasse le désespérait. L'idée de lui-même lui donnait des boutons. Abusant de ses médiocres connaissances de l'Anglais, il s'inventa une devise : « no future ! »

Il sortait jusqu'aux pâles heures de l'aube, fréquentait les cafés et les clubs les plus exotiques. Ses promenades aux heures blanches n'étaient que des errances sans but dont le danger n'échappait pas à ses enfants. Ils s'en étaient ouverts auprès de lui, pour se voir rétorquer avec acrimonie qu'il pouvait parfaitement « respirer tout seul ». Ses enfants l'ennuyaient, leurs amis l'exaspéraient, leurs soirées sentaient le renfermé, leurs conversations radotaient, leurs repas s'éternisaient, leur maison ikéait, leur affection puait le formol.

Autant rester chez soi. Mais Wilfrid J. n'aimait plus son chez lui. C'était trop propre et astiqué pour être gothique, trop gothique pour être clean comme un appartement pour de vrai. Même chez lui, dans ses rêves, Wilfrid J. se voyait renvoyer l'image de son mal-être. Le spleen de Paris lui pourrissait l'âme.

Son mal être lui donnait des bouffées de vérité. Il proclamait haut et fort que seule la vérité le touchait et qu'il ne pouvait s'abstenir de la défendre, quoi qu'il en coûtât. Cela fit tourner plus d'une soirée, en particulier chez Anna et Alexandre, au pire règlement de compte. Le moindre convive affichant une faiblesse ou la moindre imprécision de raisonnement, ou de référence culturelle, ou de droiture éthico épistémologique se faisait ayatoller avec une aigreur méprisante par un Wilfrid J. plus prompt à monter sur ses ergots qu'à ergoter sur ses propres référents philosophiques.

Après quelques pénibles dîners conclus sur les aphorismes de Wilfrid J., Anna et Alexandre renoncèrent à le présenter à leurs amis. Wilfrid J. ne s'en plaignit pas. Il se contenta de faire ce qu'il savait le mieux faire au monde, rester chez lui. Cela n'eut de cesse de renforcer cette impression inéluctable qui l'habitait depuis la disparition d'Alex : « je m'ennuie, je ne sais pas quoi faire. »

Wilfrid J. s'ennuyait chez les gens, Wilfrid J. s'ennuyait à la terrasse des cafés, Wilfrid J. s'ennuyait chez lui. Wilfrid J. s'ennuyait au cinéma, dans les livres, au concert, au restaurant, dans on bain, dans on lit, dans ses rêves.

Wilfrid J. s'emmerdait prodigieusement.

Si son ennui d'être seul lui pesait, celui qui l'envahissait avec les autres était d'un plomb immense. Au fond, Wilfrid J. s'ennuyait au sens propre : il s'ennuyait lui-même. Et cet ennui lui semblait sans fin. Il n'imaginait pas même la perspective de se libérer de cette gangue de dédain qui fondait ses pensées dans la glu, chacune de ses actions dans épaisse grisaille. S'endormir ou s'éveiller : c'était pareil, une corvée, un interminable trajet sans but dans le rien. Une sourde angoisse de gaspiller l'avenir.

Il eût bien voulu s'extraire de cette toile adipeuse qui se tissait jour après jour. Il lui arrivait souvent de se rejouer ses désastres en triomphateur. Il se rêva Christ, Napoléon, Einstein, Mac Arthur, César, Tolstoï, Mozart, Guynemer, Casanova, Machiavel, De Vinci, Kant, Marx, Spielberg, Steve Job, Ford, Ramsès, Hulk, Lassie, Churchill, Mulder, Sherlock Holmes, Victor Hugo, Lincoln, en mieux ! Mais il se réveillait Wilfrid J. et restait seul à sa table de café à s'enfiler des ballons de rouge.

Un jour, alors qu'il campait à la terrasse de Deux Magots, faisant durer un verre de Mâcon, l'œil en vigie d'un improbable événement, de l'impossible circonstance d'une rencontre miraculeuse, il se fit cueillir, par derrière, par une voix aigre.
« Mais si, je te dis que c'est Wilfrid !
- Il est gâteux, et s'il n'est pas gâteux, ils ont dû l'enfermer !
- En tout cas, c'est Wilfrid ! Et s'ils l'ont enfermé, c'est qu'il s'est échappé !
- Va donc lui toquer sur l'épaule !
- Vas-y toi !
- C'est toi qui dit que c'est Wilfrid, tu n'as qu'à voir toi-même !

- Ce que tu peux être garce ! »
L'angoisse. Wilfrid J. reste figé, la main sur son verre. Puis une main toque sur son épaule et une ombre massive fait le tour de sa table.
« Y a pas de doute, c'est lui !
- Je te l'avais bien dit ! »

La Grand-mère, un monstre de plus de cent kilos, les cheveux oxygénés, en blouson de cuir et Santiags à bout métal. La tante Germaine, coiffée en brosse, en jean fuschia et débardeur, le tout taille seize ans. Elles doivent avoir soixante ans, mais les liftings et les peelings leur ont retiré, non, râpé, dix ans. Elles n'hésitent pas. Elles attrapent deux chaises, ignorant les invectives des clients spoliés qui beuglent que ce n'est pas libre. Elles s'assoient devant lui et le regardent comme on jauge la fraîcheur d'un poisson.

« Alors, mon vieux, comment ça va ? »

Wilfrid J. essaie de trouver un mot, une réplique spirituelle, un faux-fuyant, un cache-misère, mais l'inspiration s'est effondrée sous la panique. Il contemple son verre, l'air gêné, le regard en dessous.
Les deux femmes éclatent de rire. L'une d'un rire méchant, l'autre d'un rire chafouin. Il est vraiment trop drôle. Elles se baissent pour capter son regard et repartent de leur hilarité. Wilfrid J. est seul, c'est une proie en or pour leurs intentions malveillantes. Elles vont se le faire... Comment, on verra, mais elles vont se le faire.

En fait, elles commandent une nouvelle tournée de Mâcon et se mettent à le questionner. Elles découvrent sa solitude, son amertume, son désenchantement, ses rêves, les racines de son romantisme. Elles font vite car elles savent ce que veut dire vivre aux marges du monde.
Elles ne se parlent que par invective. En cela, rien n'a changé. Le plus futile des sujets est source de discorde. Wilfrid J., qui ne s'est jamais disputé avec personne, ne parvient pas à comprendre pourquoi ces deux femmes ne peuvent s'accorder sur rien, pas même la contenance d'un verre, la couleur du ciel, la durée de leur promenade, ce qu'elles ont fait juste avant de le rencontrer. La Grand-mère assène une vérité, la tante Germaine dit un « non » acide. Et c'est parti en « mais si, mais non ». Si c'est la tante Germaine qui proclame une vérité, l'autre brame que ce n'était pas ça du tout.

Leur guérilla verbale fait le vide autour d'eux. Insensiblement, les clients repoussent leurs chaises. C'est à croire qu'ils craignent les éclats, qu'ils évitent de se trouver dans la ligne de tir, d'attraper un coup de regard de la Grand-mère dont la tête ressemble plus que jamais à une tourelle de tank.

Et pourtant, elles sont complices, elles dégagent des phéromones d'inséparabilité. À sa grande surprise, Wilfrid J. se sent presque bien en leur volcanique compagnie. Lui, qui s'est habitué à se fondre dans un conformisme visuel de bon aloi, qui a renoncé à ses redingotes anachroniques, à sa coupe de cheveux de pianiste, à toute signalétique du romantisme qui l'obsède, se prend à jubiler de leur extravagance.

Elles sont venues pour l'exécuter, elles repartent en le prenant sous leurs ailes. L'étique Germaine, méfiante comme un coup de trique, reste raide. La Grand-mère qui n'a jamais trouvé son homme, mais qui n'a jamais voulu d'homme, l'embarque car elle sait que ce n'est pas tout à fait un homme.

Wilfrid J. devint un habitué de leur minuscule appartement de la rue des Plantes. Il y dormit bien des fois, ne sachant rentrer de si loin jusqu'à son antre qu'il délaissa de plus en plus souvent. Elles l'invitaient le matin à passer le samedi, le dimanche ou n'importe quel jour et il partait « avec sa brosse à dents et son nounours », comme elles disaient. Et dans cette promiscuité intense, coincé entre les meubles et les bibelots, il passait la journée assis dans un canapé à les écouter se disputer sans cesse.

La Grand-mère ressassait ses exploits à la manière d'un poilu de la Grande Guerre. La tante Germaine se plaignait de la vie. La Grand-mère construisait des projets, la tante Germaine les abattait en plein vol parce qu'elles n'avaient pas le sou. Et c'était vrai, elles n'avaient pas le sou. Elles dépensaient avec parcimonie, mais avec intensité leurs maigres revenus et avaient acquis un talent particulier à s'endetter, à se mettre à découvert, à se faire accabler de relances et de lettres comminatoires.

Il leur suggérait parfois de venir chez lui. Il leur expliquait qu'il disposait d'une chambre inoccupée et qu'il y avait nettement plus de place. Il leur suggérait aussi que cela leur coûterait moins cher car il pourvoirait à tous les achats. Il arguait de sa cuisine où la tante Germaine aurait pu se donner à fond à ses talents de cuisinière. En effet, elle passait des heures à confectionner des plats très compliqués souvent fait de nombreux ingrédients coupés menus et cuits dans un ordre méticuleux.

Elles consentirent enfin à venir. Wilfrid J. se rendit bien compte qu'il s'agissait surtout pour elles de lui montrer qu'elles avaient au moins une fois accepté de venir. Elles arrivèrent avec des heures de retard. Elles décrétèrent que son immeuble était virtuellement introuvable. Bien entendu, c'était la faute de la tante Germaine qui avait pris à gauche quand il fallait prendre à droite. Mais c'était la faute de la Grand-mère qui s'était trompée de sortie à Villiers.

Elles inspectèrent l'appartement avec circonspection, consternation et contemption. « C'est grand, mais c'est mal fichu ! »
La Grand-mère buttait dans les meubles et ses bourrelets de graisse eurent raison d'un ou deux bibelots. Comment faisait-elle chez elle à glisser son corps énorme sans jamais provoquer de désastre ?

Le marché de la rue de Lévis était loin de valoir celui de la rue Daguerre, c'était un fait indiscutable sur lequel s'accordèrent les deux mégères. Elles ne trouvèrent là que des aliments de second choix, impropres à la réussite d'un vrai plat. Cela fut confirmé par l'exercice désastreux auquel se livra la tante Germaine dans cette cuisine où rien ne fonctionnait normalement et où les ustensiles les plus basiques manquaient cruellement où ne marchaient pas. Le petit couteau à découper, celui que Wilfrid J. avait acheté la veille pour ne pas la dépayser complètement et qui était le strict jumeau de celui qu'utilisait chaque jour la tante Germaine, non seulement il ne coupait pas, mais il était horriblement malcommode. Alors ne parlons pas des feux de la cuisinière qui brûlaient tout et ne chauffaient pas assez, des casseroles qui attachaient et de la passoire qui passait tout.

Ils durent renoncer à l'émincée de veau aux carottes en julienne et hachis de champignon en sauce fine. Il leur fit des œufs sur le plat avec ce qui restait d'utilisable dans sa cuisine. Cela réveilla l'albumine et le cholestérol, ainsi que de pénibles souvenirs. Ce fut leur premier déjeuner sans revigorante dispute.

Elles avaient bien apporté avec elles une volumineuse valise pour la nuit. Mais elles avaient oublié le médicament de la Grand-mère. Elles repartirent donc avant la nuit, avec leur valise, en colère contre lui. Mais elles le convoquèrent pour le lendemain pour « manger comme il faut ».

S'il voulait échapper à sa solitude, il n'avait d'autre choix que d'aller la tromper rue des Plantes chez ses volcaniques parentes. Ce qu'il fit docilement parce qu'il ne supportait pas d'être seul. Le lendemain, l'émincée de veau machin chose était bien au rendez-vous, parfaite et délicieuse.

Il commença de prendre racine dans le canapé de leur minuscule salon, le seul endroit où il savait qu'il ne gênait jamais personne, à se complaire à les sentir tourner autour de lui et le confire dans leur vie monotone.

Les jours passaient. Les nuits en chien de fusil sur le canapé trop court pour ses jambes s'enchaînaient par habitude. Il se rencognait dans sa couverture et ne pouvait échapper à la joute furieuse qui se déroulait dans la chambre d'à côté. C'était l'amour vache, c'était une guerre de tranchées. C'étaient des assauts sans cesse recommencés, une colère qui se fondait dans le plaisir récriminé. Elles passaient le plus clair de leurs nuits à une guerre de sensualité qui touchait son acmé dans les râles et les invectives. Il ne parvenait pas à se représenter la Grand-mère et la tante Germaine dans leur Chemin de Dames. Il essayait d'échapper à cette image de femmes défraîchies en querelle avec leur désir. Et pourtant, ces virulences de leur libido le plongeaient dans d'équivoques espérances. Il n'osait, bien sûr jamais faire allusion, même détournée à ce qu'il avait grappillé de leurs passions. Elles ne l'eussent jamais invité à ces cérémonies dont, au moins une fois, elles lui firent comprendre qu'un homme n'eût su y trouver sa place.

Dans l'équivoque de ces passions qui l'excluaient, il ne pouvait pourtant se passer de sentir le feu de leur sexualité si proche qu'elle ne cessait de nourrir chez lui de très ambigus plaisirs à demi refoulés. Cela avait un prix.

Il se sentit obligé de payer son écot. Il n'avait pas plus tôt-fait les deux femmes se plaignirent de manquer d'argent. Alors, il prit l'habitude de sortir quelques billets du distributeur et de les poser sur le scriban en faux Regency qui encombrait l'entrée. Les billets disparaissaient sans que personne n'en parle. En revanche, les plaies d'argent se faisaient de plus en plus profondes. En bon médecin, il augmenta la dose…

Les jours passaient. Son esprit se vidait au rythme de son compte en banque. Drucker avait remplacé Bruckner. Le Treize Heures avait remplacé le Monde. Mais Wilfrid J. ne se sentait pas seul. Il vivait dans la chaleur de la présence rassurante des deux femmes.

Puis, un jour, il découvrit pour la première fois qu'il était à découvert et que la machine ne voulait plus lui rendre sa carte bancaire. Ooops ! Jamais, pendant toutes ces années, une telle avanie ne lui était arrivée. Non pas qu'il comptât ses sous ou gérât ses comptes. Mais il vivait à son propre rythme, sans excès, sans dépasser le cadre de ses habitudes qui ne l'avait jamais trompé. Là, il ne faisait rien, il n'avait plus d'autre habitude que de laisser filer le temps, et il se retrouvait dans la dèche.

Il cessa donc, par la force des choses, de poser des billets sur le scriban. La disparition des images pécuniaires eut des conséquences progressives, mais inéluctables. D'abord, ni la Grand-mère, ni la tante Germaine ne firent mine de remarquer le phénomène. Puis elles commencèrent à se plaindre plus amèrement de leur misère. Quand il fit allusion à la sienne, elles l'accablèrent de reproches sur son manque de prévoyance. Puis elles en vinrent insensiblement à lui rappeler qu'il coûtait cher. S'il parvenait à extraire de la banque quelques billets, elles faisaient remarquer que c'était ridiculement peu en regard de tout ce qu'elles faisaient pour lui. Puis elles furent bien d'accord pour admettre qu'un homme qui passe sa vie assis sur un canapé n'est pas un homme convenable. Il ne se sentait plus tout à fait sous leur aile, mais plutôt entre leurs serres.

Wilfrid J. s'emmerdait prodigieusement.

Il prit le parti de rentrer chez lui. Il prépara son baluchon avec les quelques affaires qu'il avait accumulées et quitta la rue des Plantes un jour qu'elles étaient parties se faire rajeunir dans un coûteux institut qui les tirait de partout.

Elles ne l'appelèrent pas, ne donnèrent aucun signe de vie. Il ne s'était rien passé. Wilfrid J. se retrouva seul chez lui, fauché, dans un appartement qu'il n'avait plus le sentiment d'habiter, condamné à attendre que ses finances retrouvent l'étiage qui lui permettrait de renouer avec ses vagabondages.

Cela prit de longs mois. Jamais il ne se fut douté avoir dû payer le remède à la solitude d'un tel prix. Ces longs mois le familiarisèrent avec le confort insidieux de son propre silence. C'est ainsi que, même lorsqu'il put constater que son portefeuille avait refait un plein raisonnable, il ne fut pas pour autant tenté de sortir. Il demeurait chez lui et n'émergeait hors de son antre que pour faire des emplettes rue de Lévis. Ni dans les boutiques, ni à l'étal des commerçants du marché, non, en catimini au supermarché. Il constituait des réserves qu'il entassait bien plus longtemps que ce que recommandaient les étiquettes. Il vivait de conserves, de pâtes, de riz accommodé avec des viandes surgelées.

Les jours de commissions, il prenait son bain et revêtait toujours le même costume qui, peu à peu s'élimait, devenait informe. Il n'était pas sale, pas déchiré, mais se parait de tous les signes de l'usure et de la solitude. Lui-même se racornissait, prenait la pâleur extrême des reclus. Il ne fréquentait plus le coiffeur et taillait ses cheveux et sa barbe à grands coups de ciseaux devant la glace opacifiée par la crasse de sa salle de bain. Dans la rue, les enfants le montraient à nouveau du doigt et les gens faisaient un détour sur son chemin.

Anna vient plusieurs fois sonner à sa porte. Il l'entendait, figé comme une araignée à l'affût et attendait longtemps avant de reprendre mouvement. Si son téléphone sonnait, il réagissait de la même façon, immobile devant la sonnerie,, incapable de décrocher, saisi par l'anxiété de devoir peut-être parler. Rien ne le terrorisait plus que cette intrusion brutale du monde dans son espace. Puis tout se calmait et le téléphone retombait dans son silence apaisant. Anna ne savait pas grand-chose des aventures de Wilfrid J. avec la Grand-mère et la tante Germaine. Elle était loin de se douter de l'effet de ces aventures sur les finances de son père. Elle imaginait plutôt une inimitié que ce dernier eût développé à son encontre. Aussi se gardait-elle d'insister et ne le relançait que très épisodiquement. Elle comptait sur un retour en grâce qui finirait bien par venir, respectant la bouderie de Wilfrid J. comme une de ses innombrables lubies.

De son côté, Wilfrid J. perdait la notion du temps, laissant s'égrener les jours sans les compter sans qu'une seule activité ne restaure l'idée de durée. Il passait des jours en robe de chambre, oubliant de se laver. Il n'ouvrait pas son courrier, ne lisait pas son journal, n'allumait pas la télévision, n'écoutait pas la radio. Il s'abreuvait de musique, passant sempiternellement les mêmes disques dont la durée était son seul repère.

Perdu au fond de son fauteuil, il relisait ses livres sans s'intéresser au sens des mots. Chaque ouvrage était un chemin familier qu'il parcourait au pas assuré de ses yeux habitués à chaque pierre de virgule, à détour de paragraphe, à chaque fourré de chapitre. Il éprouvait parfois le bonheur de paysages oubliés à l'horizon d'un passage redécouvert. Son bonheur était de s'attaquer à de volumineux ouvrages et de les relire tant de fois que chaque mot fut à sa place sur les pages. Le savait-il par cœur ? Non, il ne faisait que revoir le texte, se promener, l'esprit vide, sur les sentiers de la narration.

Wilfrid J. ne se sentait pas plus malheureux seul chez lui que seul au milieu des autres. Son isolement volontaire le prémunissait contre la déception, contre l'effort, contre la difficulté de se fendre de conversations. Il avait d'abord joui d'être seul ; puis il s'était ennuyé en se forçant à vivre en ermite ; puis il s'était encalminé dans l'habitude des ne plus communiquer. Le choix du supermarché n'avait pas d'autre justification : il entrait, prenait des produits et traversait les caisses sans avoir à prononcer un mot, pas même une gentillesse pour les caissières qui avaient renoncé à lui adresser ne serait-ce qu'un sourire.

S'il se négligeait et oubliait souvent de se laver, s'il ne faisait le ménage que dans les grandes lignes, il ne s'abandonnait jamais à la saleté. Tout était défraîchi, les fenêtres grises, les tapis pelucheux, les sanitaires râpeux de calcaire jaunâtre, le linge froissé et taché. Mais, tout cela restait en deçà de la crasse. Tout devenait simplement vieux à mesure qu'il perdait de l'âge.

Il fallut beaucoup de temps, des années, pour qu'un événement vienne briser brutalement son existence d'anachorète. Un huissier accompagné d'un serrurier et d'un policier firent sauter sa serrure et pénétrèrent sidérés dans son monde. Ce monsieur aux cheveux gris, en robe de chambre défraîchie, qui n'avaient pas levé le nez de son livre alors qu'ils cassaient sa porte et qui restait assis, en face d'eux les laissaient figés de perplexité. L'huissier, au lieu de lui lire le commandement dont l'avait chargé le fisc, se surprit à aller ouvrir les fenêtres pour aérer pendant que le policier cherchait un numéro de téléphone, une personne à contacter. Wilfrid J. les regarda faire, assis dans son fauteuil, son livre, dans lequel il avait calmement remis le signet, était posé sur ses genoux. Un océan d'incompréhension s'étendait entre lui et ses visiteurs inopinés.

C'est ainsi que Wilfrid J. revit Anna et découvrit, qu'au fond, il s'emmerdait prodigieusement.

CHAPITRE 10
LA REPRISE

Wilfrid J. se leva. Il assista, complètement hébété, au rafraîchissement intensif de son appartement. Le ménage pour commencer, mené par des professionnels en combinaison orange portant des masques. La mise radicale de tout son linge de maison à la poubelle. Le même chemin suivi par la plupart de ses vêtements. Le lessivage de ses murs, les peintres qui bousculent tout, qui bâchent tout et répandent des odeurs âcres partout. Le décapage des meubles qui les désincruste de toute sa propre vie.

Il se laissait faire. Depuis le temps qu'il vivait seul, il avait perdu sa capacité de s'exprimer. Sa solitude l'avait fondu dans la passivité. Il laissa Anna l'aider à prendre un bain prolongé et brûlant chez elle. Il la laissa le traîner chez un coiffeur, lui faire tailler la barbe, couper les cheveux presque à ras, car elle craignait les poux. Elle le mena chez une manucure, un pédicure et continua de couper tout ce qui dépassait avant de lui faire endosser, une fois encore, un costume d'Alexandre.
Elle lui fit prendre des ultraviolets, de l'ultra-levure, des ultra-vitamines, de l'ultra-dentifrice. À son âge, il devenait ultra.
Il sentait son corps sortir de sa gangue, son esprit reprendre des couleurs.

Le médecin le trouva en excellente santé, quoique un peu dénutri. Il allait devoir se familiariser à nouveau avec la viande et les légumes frais, surtout avec les habitudes de table. Il avait pris l'habitude de manger ses ragougnasses de riz, de coquillettes ou de purée à même la casserole, avec une cuiller. Désormais, il fallait s'asseoir avec les autres et manger en parlant.

Enfin, il put regagner son domicile, mais il dut céder à Anna qui garda un double de ses clés. Il dut aussi accepter la visite quotidienne d'une vigoureuse Portugaise qui sarclait son appartement et lui cuisait de la morue et du poulet. Cela lui donnait le tournis, mais il ne s'ennuyait pas. Au contraire, débarrassé des hardes de la solitude, il se retrouvait tout plein d'un féroce appétit de vivre. Cet appétit fut renforcé par la stupéfiante découverte que son compte en banque avait aussi repris toutes ses couleurs. Qui mange des coquillettes s'enrichit, c'est bien connu.

Il parla peu de ses années de solitude et de ses mésaventures. Anna avait vu une émission de télé avec un gériatre connu qui affirmait que beaucoup d'hommes vivaient des moments de réclusion et de dépression juste avant leur reprise. Au fond, il lui était arrivé quelque chose de normal. C'est ce qui comptait pour Anna. Il fallait que tout soit normal, au moins à peu près. L'influence d'Alexandre avait grandi. Le mot normal apparaissait avec une fréquence considérable dans les propos du couple. Avoir un père « normal » faisait partie du catalogue indispensable à la réussite d'un jeune cadre en vol vers un brillant début de carrière.

C'est peut-être cela qui évita à Wilfrid J. d'aller raconter sa vie à un psychothérapeute. Il fallait qu'il fût normal. Donc, pas de psy. Mais il ressentait la pesanteur de leur conformisme appuyé et cherchait, comme avant, à échapper à leurs dîners laborieux.

Wilfrid J. prenait lentement conscience qu'il allait devoir, tôt ou tard, prendre son destin en main. À force de se doper à l'ultra-tout, il devenait lui-même plutôt ultra. Il commença d'avoir des avis sur tout et de s'intéresser à tout ce qui se passait de par le monde. Jamais auparavant, il n'avait pris de position sur la politique, l'économie, la société. Du temps où il lisait le Monde, il n'en lisait que les pages littéraires et culturelles en quête de bonnes feuilles sur ses propres passions. Voilà qu'il se prenait de passion pour le début du journal. Il lui vint même à l'esprit qu'il avait le droit de voter.

S'il reprit ses promenades et vagabondages à travers la ville, préférant toujours la marche à pied à l'univers formiculaire du métro, il se prit d'intérêt pour la géographie de la ville, les micro-sociétés qui s'y développaient, pour les flux et les reflux d'une population qui s'activait et la faisait vivre. Son esprit critique se développa rapidement avec son acuité visuelle pour les misères, les injustices, la monotonie de l'existence des foules. Les symphonies de Bruckner commencèrent de lui sembler d'un autre temps. Ses nostalgies romantiques prenaient la poussière. Baudelaire était un peu confit dans le benjoin et l'encens. Ses vues de la Belgique étaient sociologiquement discutables. Rimbaud sentait mieux le large.

Il reprit goût à s'asseoir à la terrasse des grands cafés et à siroter un ballon de vin rouge. En bon habitué de certaines d'entre-elles, il échangeait de bons mots avec les garçons et se laissait entraîner à commenter la ville à des touristes en quête de couleur locale. Au supermarché, il disait bonjour aux caissières qui n'avaient pas toujours le temps de lui répondre.

Il cédait assez souvent aux invitations d'Anna et Alexandre. Ces soirées étaient loin de l'enchanter, mais il savait qu'il faisait ainsi plaisir à sa fille. Il se gardait bien de lui dire le fond de sa pensée sur ce mari qui, jour après jour, le désolait à parler des gens comme des consommateurs, de l'activité humaine en termes de productivité, du destin du monde en PNB et de l'avenir en compétitivité. Il se contentait de l'interroger, faussement naïf, sur le sens de ces expressions. De fait, Alexandre se persuada vite que Wilfrid J. s'intéressait à sa profession. Il n'en dit mot à personne, mais oeuvra dans l'ombre auprès de ses supérieurs. Il ne fut donc pas peu fier, un soir d'annoncer à la cantonade que Wilfrid J. était admis dans son entreprise pour un stage de trois mois qui pourrait, éventuellement, déboucher sur un poste fixe et bien rémunéré.

Wilfrid J. était sidéré, atterré, pris à un piège qu'il n'eût pu imaginer. Lui qui brocardait gentiment son gendre depuis des mois, il se voyait invité à partager sa vie professionnelle. Comment décliner l'offre, comment expliquer à ce butor que, pour rien au monde, il consentirait à fréquenter un univers où les êtres humains sont représentés par des nuages de points ? Comment lui mettre les points sur les i sans l'enfoncer dans le sol comme un clou qui dépasse ?
Anna se réjouit avec enthousiasme et lui déclara que cette nouvelle lui ôtait une grande inquiétude. Elle n'osait pas le lui dire, mais elle pensait, depuis un bon bout de temps, qu'il allait bien falloir qu'il commence à gagner sa vie. Avec tout ce chômage, surtout celui des vieux qui arrivaient sur le marché du travail sans grande expérience, l'aubaine était inespérée !

Wilfrid J. aurait pu dissuader Alexandre, mais le couple était ligué. Si l'idée d'embrasser une activité professionnelle l'avait effleuré, il n'y avait accordé qu'une importance limitée, repoussant cette préoccupation à d'éventuels lendemains. Il savait que son allocation de vieillesse cesserait tôt ou tard, mais elle continuait de lui être versée, alors…

Refuser était impossible. Les mâchoires du piège s'étaient refermées sur son cœur et il avait beau retourner dans l'urgence les détours de ses réparties, il s'entendit remercier son beau-fils et accepter le rendez-vous mortifère qu'il lui fixait le lundi suivant à huit heures trente dans une tour de la Défense.

Wilfrid J. rentra chez lui, abattu, et passa les jours suivants à préparer des lettres d'explications qu'il n'envoya pas. Il essaya de se persuader que le travail pouvait se faire sans qu'on y pense. Il tenta de se représenter dans le métro le matin et le soir. Puis il examina le plan de Paris pour voir s'il pouvait marcher jusque-là et éviter l'enterrement. C'était faisable, mais très long... trop long. Il fit des efforts pour s'imaginer des gens normaux, là-haut, près de nuages, les nuages du ciel et les nuages de point. Des hirondelles dans les nuages de point. Des points noirs dans le ciel. Il s'imagina dans une pièce immense pleine de bureaucrates en rang d'oignon qui remplissent des formulaires sous le regard impavide d'un chef qui leur fait face, sur son estrade. Il se glissa dans l'accoutrement d'un consommateur avec des caractéristiques sociodémographiques. Il hurla à la mort en songeant qu'il pousserait son plateau dans une cave sans fenêtres qui sentirait le choux et la sauce recuits. Il sursauta en pensant à l'idée d'un chef de service qui aboie. Il paniqua à l'idée d'être productif. Et puis, il fut lundi.

Pour se rendre là, il fallait marcher, prendre le métro, changer. Changer ? « Ce n'est donc pas mon chemin, puisqu'il faut changer ». Puis il fallait marcher encore, en compagnie de la noria de gens qui viennent se faire dévorer par les tours. Des milliers de gens qui font tous la même chose, qui viennent remplir ces monstres vides pendant la nuit. Cette ville étrange qui n'existe qu'à mi-temps. Cette ville qui est un monstre puisqu'on ne peut pas y vivre complètement.
Il se retrouva, presque sans s'en être rendu compte, à l'accueil d'une entreprise arborant un signe tarabiscoté au-dessus d'un guichet occupé par des jeunes filles branchées à des téléphones compliqués.

Il demanda Alexandre qui vint le chercher. Ce n'était pas l'Alexandre qu'il connaissait. Celui-là lui ressemblait physiquement, mais c'était un zombi. Il parlait haut et fort, mais les mots qu'il prononçait n'avaient aucun sens. Il promena Wilfrid J. parmi plein d'autres Alexandre. Tous ces Alexandre portaient des costumes gris avec des chemises claires et des cravates de couleur. Ils étaient tous coiffés court et avaient l'œil brillant et productif. Il longea plein de cubicules, tous avec un Alexandre, un bureau et une fenêtre sur le vide. Il fut enfin reçu, dans un cubicule plus grand, par un Alexandre plus âgé qui lui dit quelques mots qu'il écouta vaguement.

Alexandre le conduisit jusqu'à un cubicule vraiment petit, mais avec une fenêtre et un bureau, sans Alexandre au bureau.
« Bon, tu vois, c'est facile. Je te laisse. Je passerai te prendre pour le déjeuner. »
Cela devait être très facile, ou alors très compliqué car il n'y avait absolument rien sur le bureau, sauf un téléphone et un ordinateur éteint.
Il fit comme la plupart des autres Alexandre. Il mit sa veste sur le dossier de sa chaise et s'assit devant l'ordinateur. Il chercha en vain à le mettre en route. Puis il se contenta d'attendre, l'oeil s'évadant de temps à autre vers les nuages du ciel dont il s'était dangereusement rapproché. Il songea à tous ces zombis qui auraient fait irruption dans un cimetière. Cela lui rappela son vieil ami, Alex. Où était-il, celui-là ? Qu'aurait-il fait ici ?

Il fit ce qu'Alex eût certainement fait. Il se leva et partit.

Une fois rentré chez lui, il respira très fort et se sentit très bien.

Il tarda un peu à retourner chez Anna et Alexandre. Puis sur leur insistance, se laissa inviter un soir. Il n'eut pas à s'expliquer car, dès le premier instant, Alexandre avait compris soudain l'incongruité de la présence Wilfrid J. dans son entreprise. Il n'avait pas été plus surpris que cela de retrouver son bureau vide quand il était venu le chercher pour le déjeuner. Wilfrid J. y gagna même le fait que son gendre se fit beaucoup moins disert sur son activité et son jargon. Il fut fait allusion, en termes mesurés, à son avenir professionnel. Mais il coupa court au débat en déclarant qu'il y pourvoirait lui-même avec diligence et assiduité. Fermez le ban !

Et, effectivement, Wilfrid J. commença vraiment à se poser la question de ce que serait son occupation pour les années futures. Mais il n'avait aucune idée, aucun désir particulier à ce sujet. Il n'avait jamais songé à un métier. Pourtant, l'idée faisait son chemin que, pendant les quarante prochaines années, il devrait faire autre chose que d'attendre chez lui ou à la terrasse des cafés que le temps s'écoule. Cela d'autant plus qu'un courrier d'une grande courtoisie lui annonçait que l'Etat lui couperait les vivres bientôt.

Travailler ! L'idée de travailler était complètement étrangère à Wilfrid J. Son expérience de la vie professionnelle, pour courte qu'elle avait été, demeurait traumatisante. Il ne s'agissait pas de s'occuper et de gagner sa vie, il fallait renoncer à tout, à soi-même pour se condamner à une vie d'anonyme sans relief. La perspective le rongeait d'angoisse. Il se tenait au bord d'un gouffre, dans une nuit profonde, la sérénité de ses jours derrière lui. Anna et Alexandre n'étaient d'aucun réconfort. Ils lui semblaient déjà prisonniers de cette folie sectaire qui anéantissait toute singularité.

Il acheta tout de même une pile de journaux réputés pour leurs offres d'emploi et se mit à décoder l'étrange sabir du monde du travail. Il parcourut les pages couvertes de gens souriants promettant un bonheur sans partage à des gens dynamiques et entreprenants. Les sommes proposées en rétribution lui semblaient ahurissantes. On offrait des vacances à tous les coins de page. C'était trop beau, trop facile. Cela lui semblait dissonant avec son expérience de la Défense. On avait besoin de lui et l'on en ferait un être rayonnant. Comment Alexandre avait-il pu se faire piéger quand il suffisait d'acheter le journal pour trouver le bonheur ?

Il acheta une rame de papier et entreprit de répondre à toutes les annonces qui proposaient le bonheur absolu, sourire à l'appui…

« Cher Monsieur ou madame,

Je m'appelle Wilfrid J. et j'ai soixante-cinq ans. Ma culture est le fruit d'innombrables lectures d'un éclectique révélateur de mon ouverture d'esprit.
J'ai constaté que vous désiriez employer une personne dynamique et entreprenante. Ma vie, depuis de nombreuses années, est la preuve sans fard de ma curiosité pour les choses de la vie et la diversité des facettes de la société. Mon goût pour la cuisine, la musique de Bruckner et la peinture surréaliste manifeste mon aptitude à remplir les tâches les plus diverses, pour autant que ces travaux stimulent mon esprit.
Je vous remercie de m'informer sur la nature de l'emploi que vous proposez et les moyens que vous envisagez pour assurer mon bien être

physique et intellectuel. Si votre proposition me convient, je serai heureux de rejoindre votre société (sauf si elle se trouve à la Défense ou dans quelconque tour).

Dans cette attente, veuillez agréer, Monsieur ou Madame, l'expression de ma plus vive considération.

Wilfrid J. »

Il en posta tout juste quatre cents.

Il ne reçut jamais la moindre réponse à deux cents de ses lettres. Il reçut cent quatre-vingt-quinze lettres du jus suivant :

« Monsieur,

Après examen attentif de votre candidature, nous avons le regret de vous informer et bla et bla... »

Bon nombre d'entre elles lui promettaient de le recontacter prochainement si un emploi correspondait à ses qualifications. Mais il avait la sournoise impression que ces courriers ne lui étaient pas spécifiquement destinés. S'ils l'avaient été, l'auteur aurait naturellement repris point par point sa propre lettre pour le commenter. Or il n'en était rien et cela le vexait affreusement. Au point qu'il se jura bien de ne jamais donner suite à de nouvelles invitations de la part de tels malappris. Il s'interrogea beaucoup sur la dissonance qui existait entre les annonces et le style des réponses. Pourquoi ces gens semblaient-ils avoir tant besoin de lui pour, ensuite lui répondre avec tant de désinvolture ?

Il s'intéressa donc avec une bienveillance toute particulière aux cinq courriers restants. Leur style était différent, plus net, plus précis. Chacune le priait, soit de téléphoner à un numéro, soit de se rendre tel jour, telle heure, à une adresse indiquée.

Il appela le premier numéro. Une voix impersonnelle lui indiqua que son appel lui serait facturé tant la minute. Il raccrocha bien vite tant la somme lui semblait insensée. Il cherchait du travail, pas à dépenser de l'argent.
Il appela le second numéro. Une voix aigre lui répondit que le poste était pris depuis ce matin et on lui raccrocha au nez.

Il appela le troisième numéro et un bonhomme hilare lui déclara qu'il mourrait d'envie de parler avec quelqu'un qui envoyait de telles sottises. Il raccrocha.

Il se rendit à la première convocation. Le bureau se trouvait rue d'Amsterdam dans un immeuble qui ne comptait que des bureaux défraîchis et mal meublés. Il se retrouva en compagnie d'une vingtaine d'hommes et de femmes de tous âges aux tenues cafardeuses et fripées. L'endroit n'avait pas de nom. Pas de jeunes standardistes à l'entrée sous un logo fulgurant. Seulement des cartons empilés dans les coins et un calicot à l'entrée : « pour l'annonce : bureau 106, 1er étage ».
Les postulants, moroses, se tassèrent dans le bureau 106. Un gros bonhomme dans un costume qui l'avait connu plus mince, fit irruption accompagné d'une femme sans âge, outrageusement maquillée qui contemplait la foule avec des yeux méchants.

L'homme ne perdit pas de temps en présentations. Il parlait à la cantonade et manifestait clairement l'intention de ne pas moisir là. « La Particulière de Prévoyance » est une compagnie d'assurance jeune et dynamique dont le siège est à Jersey. Nous commercialisons nos polices auprès des particuliers qui sont prévoyants, d'où le nom de la compagnie. Vous touchez dix pour cent des contrats que vous rapportez. Vous ne prenez que des espèces. Vous devez placer dix polices par jour, sinon, la porte ! Le reste est dans le dossier qui vous est remis. Bonne chance, à ce soir dans le café d'en face ! »
Pendant sa harangue, la femme distribuait les dossiers.
Chacun ramassa le sien et partit sans demander son reste. Wilfrid J. laissa son dossier sur la table et s'esquiva. Un vague soupçon l'avait traversé que son avenir n'était pas là.

Il se rendit donc à la seconde convocation, dans un luxueux immeuble du boulevard Malesherbes. Au moins pourrait-il venir travailler à pied ! Là, les standardistes étaient bien installées à l'entrée sous une magnifique enseigne : Recru-service. Une dizaine de personnes attendaient déjà là, dans la salle d'attente où on le fit entrer contre présentation de sa convocation. Toutes avaient plus ou moins son âge et tentaient désespérément de paraître plus jeunes. Les costumes étaient repassés. Les tailleurs étaient bien stricts. Les chaussures étaient bien cirées. Les cheveux étaient teints comme il fallait pour qu'aucune grisonnance ne montre le nez, même les hommes... Wilfrid J. se sentit un peu en désordre devant ces Alexandre un peu usés.

Un Alexandre, un vrai, pas teint, fit son entrée et leur déclara que les candidats pour le poste 06-A159 devaient entrer en salle de test. Wilfrid J. constata que sa convocation comportait en effet ce numéro et il suivit le mouvement.

Il s'assit à un petit bureau, une sorte de pupitre de salle de classe pour adulte, sur lequel étaient posés un épais formulaire et un crayon noir.
« Bon, vous avez une heure pour remplir tout le questionnaire. Les conversations sont interdites. Vous ne devez vous aider avec aucun document. Quand vous avez fini, vous placez le questionnaire dans la corbeille à l'entrée. N'oubliez pas de rappeler votre référence, sinon on ne pourra pas vous contacter si on vous retient pour le second test. »

La salle rappelait confusément à Wilfrid J. les alignements de bureaux de ses cauchemars. Il se sentit mal à l'aise. Puis il mit le nez dans le formulaire. Il leva le doigt.
« Oui ?
- Pardonnez-moi, Monsieur, mais je serais plus à l'aise pour répondre si vous me décriviez la nature de l'emploi proposé.
- Non, ce n'est pas nécessaire pour l'instant. On vous en parlera si vous êtes retenu. Tout ce que je peux vous dire c'est qu'il n'y a qu'un seul poste et que vous êtes trois cents à postuler. Alors, que le meilleur gagne ! »

Wilfrid J. eut l'impression qu'une nausée l'envahissait. Il lut la première question et comprit qu'il ne répondrait à aucune. Il se leva et alla machinalement poser son formulaire vide dans la corbeille avant de s'en aller. Dans son dos, il crut entendre « un de moins ! »

Décidément, la reprise s'avérait difficile.

CHAPITRE 11
COCO BEL OEUF

Wilfrid J. n'eut pas le cœur d'envoyer de nouveaux courriers. Il cessa également de s'intéresser aux annonces qui arboraient de beaux sourires et qui aboutissaient dans des lieux sinistres. Il commença donc de s'intéresser aux petites annonces qui se terminaient par un numéro de téléphone. Il comprit vite qu'il fallait s'y prendre de bon matin car, sinon, il n'appelait que des numéros éternellement occupés. Il comprit même qu'il n'avait pas même le temps de rapporter ses journaux chez lui pour lancer sa recherche.

Il se retrouva donc, au petit matin, assis dans des cafés, en compagnie souvent d'autres clients, à entourer au feutre rouge les offres qui lui semblaient avoir un sens. Quel sens ? Il ne le savait pas bien. Les autres, aux autres tables avaient des gestes bien plus décidés que les siens. Lui, il faisait cela au hasard.

Comme il ne possédait pas de téléphone portable, il devait faire la queue aux cabines téléphoniques, ce qui ruinait, naturellement la plupart de ses espérances. Il arrivait, bien sûr qu'on lui répondit… « Trop vieux, pas assez d'expérience, sur qualifié, sous qualifié, pas de mobylette, pas de permis, trop physique, pas de références, pas d'hommes…. »

La litanie des refus lui fit prendre conscience de sa singularité. Il fut, bien entendu, invité à participer à des équipes de vente en tout genre, qui partaient le matin et rentraient le soir, dans un café, comparer leurs méfaits. Il dut jouer des coudes pour se faire recevoir dans des officines sans nom, des bureaux chassieux dans des banlieues fétides. Il dut se confronter à des patrons brutaux tyrannisant des bureaux d'esclaves falots et soumis. Il dut se résoudre à renoncer à charrier des palettes écrasantes. Il se fit éconduire pour son habillement trop précieux. Il se fit éconduire aussi pour manque de classe. En bref, il se fit éconduire de partout où il ne refusait pas de rester.

Et l'administration cessa de nourrir son compte. Le vent de la pauvreté soufflait à ses oreilles. Anna et Alexandre s'étonnaient de son infortune. Alexandre se retenait de lui faire la leçon. D'autant plus que Wilfrid J. vivait sa quête avec une amertume grandissante et une exigence qui croissait au fil de l'expertise qui ne manquait pas de devenir la sienne à visiter d'en bas le monde laborieux.

Il avait rêvé de profession, de carrière, de situation et voilà qu'il parlait de job, de boulot, de turbin. Au fil de ses échecs, sa clairvoyance s'exerçait et il se prenait d'une charité considérable pour ceux qui, comme lui, écumaient les journaux le matin. Il renonça à une place de caissier pour une jeune femme dont il flaira le désespoir. Il pouvait survivre, pas elle. L'âpreté de ceux qui se battaient pour une place l'attristait. Il se défendait de devoir s'abandonner à une telle animalité.

Un matin, après une longue quête infructueuse, il finit par se sentir si las qu'il renonça à courir encore. Il chercha autour de lui une terrasse, un endroit où il pourrait renouer avec le temps où il se contentait de passer le temps devant son ballon de rouge. Rien sur cette place que les voitures traversaient toujours pour venir et aller ailleurs. Un lieu qui n'existait que parce qu'il était entre deux endroits.

Juste au détour d'une avenue traversière, une enseigne lui attira l'œil : Coco Bel Œuf. C'était ouvert, deux tables bancales mordaient sur le trottoir. Il alla s'y asseoir.
Personne ne se pressa de venir le servir. L'endroit n'était qu'à moitié ouvert. Wilfrid J. n'avait pas vraiment soif, il était simplement fatigué. Il se contenta de rester assis à sa table sans que personne ne le remarque.

L'accent ne s'écrit pas. Sous prétexte qu'il rapproche de la couleur locale, il marque le plus souvent un certain mépris de celui qui écrit pour celui qu'il fait parler. Et Hassan n'était pas homme à suggérer le mépris. Descendant d'un goumier qui avait fait le Monte Cassino, il était venu au jour en France mais avait été éduqué avec le cœur au Maroc. Hassan était un homme volumineux, moustachu et aussi grondant qu'il avait le cœur à sa famille. Il s'engueulait avec une vigueur effrayante avec sa cousine Saïda, une femme qui pouvait avoir entre vingt et quarante ans.
« Mais qu'est ce que tu veux me faire des œufs crevés avec du ras el Hanout ? les Français, ils aiment pas les œufs crevés !

- Moi c'est comme ça que je les fais, et tu les as toujours aimés comme ça ! Dans toute la famille, on les aime comme ça !
- Mais ici, on est en France et on mange pas les oeufs crevés. Les œufs crevés, c'est des œufs ratés !
- Y sont pas ratés mes œufs, y sont comme y doivent être ! Moi je fais les œufs comme y sont bons !
- Tes œufs, y a personne qui en veut ! Y faut que tu fasses des œufs comme y faut qu'y soient ! »
Et comme ce genre de dispute n'a aucune issue, elle continua pendant de longues minutes, remplissant les oreilles de Wilfrid J. d'un parfum de soleil et de mélancolie.
Saïda n'était pas loin de rendre son tablier quand Hassan avisa qu'un monsieur était assis à sa terrasse. Il fonça sur lui et le prit à partie dans sa dispute.
« Ça fait des jours que les clients s'en vont. Je fais venir ma cousine du pays et elle me fait des œufs crevés, pleins de ras el hanout !
- Je dois dire que je n'avais pas songé à une telle recette, répondit poliment Wilfrid J.
- Tiens, Saïda, avant de partir, fais lui deux œufs ! Si le monsieur les aime, je te garde !
- Va te faire cuire un œuf !
- S'il vous plait, Mademoiselle, pouvez-vous me faire votre recette d'œufs sur le plat ?
- Si c'est vous qui le demandez ! Mon imbécile d'oncle ne sait plus ce qui est bon, il a trop vécu ici.
- C'est ici aussi que tu vis ! »
Cela repartait. Mais Saïda, piquée au vif, prépara ses œufs. Wilfrid J. n'aurait espéré que boire un café, ou plutôt, c'était presque l'heure, un petit ballon de rouge.

En fait, le patron, qui devait lire ses pensées, revint avec deux œufs parfaitement crevés, baignant dans une huile jaunie par les épices, et un ballon de vin du Maroc.
En expert, il dégusta les deux œufs d'une irréprochable fraîcheur, quoique gâchés par un malencontreux coup de fourchette. Le vin épais et parfumé compléta harmonieusement cette nouvelle sensation et lui monta un tout petit peu à la tête, juste assez pour faire s'évanouir ses interminables déconvenues. Le pain marocain, juste sorti du four le transportait. Wilfrid J. n'avait pas connu un tel moment de bonheur depuis la disparition d'Alex et de ses agapes secrètement nocturnes.

Il ne fallut pas longtemps pour qu'ils fussent tous les trois assis à la terrasse, la nièce et l'oncle échangeant de noires œillades. Il fallut tout aussi peu de temps pour que chacun raconte à l'autre sa vie. De fil en aiguille, il advint que Wilfrid J. fit allusion à son expertise en œufs sur le plat. De fil en aiguille, il advint aussi qu'Hassan s'imaginât faire une proposition insensée à ce monsieur égaré dans ce quartier sans nom.
« Je sais qu'un monsieur comme vous n'a pas grand-chose à faire dans un restaurant comme le mien, mais, comme vous ne trouvez pas beaucoup d'occupation, je me demande si ça vous dirait de venir faire des œufs ici. »
À son grand étonnement, Wilfrid accepta sur le champ.

C'est ainsi que Wilfrid J., à soixante-cinq ans, perdu dans une banlieue perdue, devint cuistot dans un restaurant tenu par une famille de marocains. Saïda le détesta de toutes ses forces tant qu'il ne déclara pas que ses œufs à la Fez seraient définitivement à la carte. Sauf peut-être qu'il faudrait éviter de les crever…

Le lendemain matin, tout fringant, il emballa sa plus belle poêle à frire et alla prendre le métro, puis son bus, puis il marcha sous la pluie pour gagner son lieu de travail. « Mon lieu de travail ! »
Il n'était pas peu fier, sans se poser la moindre question sur des détails aussi élémentaires que ses horaires, son contrat, son salaire et toutes sortes de sujets qui ne le préoccupaient pas un seul instant. À huit heures du matin, bien entendu, le restaurant était fermé. Il attendit pendant près de deux heures, debout, vaguement à l'abri, sous l'auvent, l'eau rentrant peu à peu dans ses chaussures. Quand Hassan et Saïda arrivèrent, ils furent terrifiés de le trouver trempé et transi devant l'entrée du restaurant. Il leur fallut une bonne heure pour lui redonner vie.

Quand Hassan découvrit la poêle à frire, il se demanda s'il avait bien fait de recruter ce vieux fou. Quand Wilfrid J. découvrit la cuisine, il se demanda s'il avait bien fait d'accepter ce travail. Quand Saïda le vit ceindre un tablier par-dessus son costume bien repassé, elle se demanda ce qu'elle faisait avec ces deux fous.

Ils n'eurent pas vraiment le temps de régler les détails car l'heure du coup de feu était arrivée. Un tout petit coup de feu, une allumette… Les exploits de Saïda avaient fait fuir la clientèle « de proximité ». Wilfrid J.

eut donc tout son temps pour concocter des œufs sur le plat aux deux clients qui se manifestèrent. Il n'y eut aucune récrimination et les deux clients y allèrent même d'un « c'est délicieux ». Quand le calme fut revenu, si tant est qu'il devait revenir, chacun se dit qu'il y avait peut-être un avenir à leur collaboration. Wilfrid J. était enchanté.

Ils parlèrent de gros sous et un léger voile de frustration tomba sur Wilfrid J. Hassan ne lui proposa que la moitié du salaire minimal et une participation aux bénéfices. Wilfrid J. n'avait pas un sens aigu des affaires, mais il soupçonna que les bénéfices étaient une notion assez abstraite dans cet établissement. Ils parlèrent de l'aménagement de la cuisine, mais les capacités financières du restaurant limitèrent sérieusement les ambitions de Wilfrid J.
Saïda lui promit que la cambuse serait « nickel chrome », c'était le mieux qu'on pût lui promettre.

Il aborda le sujet des recettes. Il fallait des œufs d'exception, des herbes, des œufs de poule, de caille, d'oie. Il fallait des couverts adaptés aux œufs. Il fallait des ustensiles adaptés à la cuisson des œufs. Il fallait une carte qui évoquait les œufs. Il fallut convenir que l'on commencerait avec ce qu'on avait. Le monde rétrécissait à vue d'œil.
Malgré tout, Wilfrid J. était incroyablement heureux. Il n'était pas à la Défense, il ne vendait pas des assurances, il n'avait pas besoin de se déguiser en Alexandre, il n'avait pas eu à passer de test abscons, il cuisinait des œufs. Il travaillait.

« À la Garenne Bezons ? » Anna tombait des nues. À chacune des questions que ses deux enfants lui posaient, Wilfrid J. répondait avec enthousiasme. Il accumulait les détails de sa nouvelle profession, les présentant comme des miracles. Chacun de ces miracles plongeait Anna et Alexandre dans une sombre consternation. Tout ce qu'il avait trouvé, c'était de se faire exploiter par des Arabes dans une banlieue pourrie. Ce n'était pas qu'ils eussent quelque chose contre les arabes... mais...
Alexandre s'était fait voler son appareil photo à Marrakech. Ils avaient mangé de la tajine pleine de sable à Fez. Ils n'avaient pas vraiment grande chose contre les Arabes,, ils n'avaient rien pour. Wilfrid J. ne pensait pas à des « gens là », il connaissait un Hassan et une Saïda qui n'étaient pas forcément bien riches, mais qui l'avaient accueilli. La conversation prit une tournure aigrelette. Cela se conclut par la nécessité qu'il fît ses expériences.

Le lendemain, il arriva à dix heures et demi au restaurant. Saïda et Hassan étaient là depuis un bon moment et avaient astiqué la cuisine et la salle au point qu'il ne les reconnut pas. « Tu sais, Wilfrid, c'était déjà propre, mais on a eu envie de te faire plaisir. »
Il leur parla du sable dans les tajines et tous rirent beaucoup des mésaventures des touristes qui croient que le sable du désert reste dans le désert. Il leur suggéra la recette des œufs Sahara avec une pincée de sable...

Il rencontra Momo, le cousin d'Hassan qui s'occupait de fournir le restaurant en œufs parce qu'il connaissait quelqu'un en Bretagne, un autre cousin, qui travaillait dans un élevage de poules. Wilfrid J. expliqua à Momo ce qu'il voulait pour réaliser ses recettes. Momo écoutait, perplexe. Il jetait des regards inquiets à Hassan, mais ce dernier hochait la tête. Momo ne prenait pas de notes, il compensait sa maladresse au stylo par une mémoire à toute épreuve qui lui avait souvent évité de manifester son quasi-illettrisme. Au bout du compte, il les regarda sombrement et déclara : « Bon, on va voir ce qu'on peut faire. »
Il se leva et partit avec la sombre conviction que son cousin était devenu fou.

Ce jour-là, il n'y eut pas plus de trois clients, mais Wilfrid J. leur servit leurs œufs avec une pincée de ciboulette, une touche d'épices sur le jaune. Ils partirent en déclarant « c'est délicieux. »

Pendant l'après midi, Wilfrid J. prit du temps pour expliquer à Saïda les secrets de la préparation des œufs sur le plat. Il édicta une série de recettes, dont les œufs à la Fez, au ras el hanout, mais pas crevés. À défaut de carte, ils trouvèrent une ardoise sur laquelle il calligraphia ses dix recettes.
Hassan le regardait donner ses instructions et rigolait in petto devant ce monsieur qui faisait refleurir sa confiance dans l'avenir. Ils parlèrent longuement autour d'un thé à la menthe confectionné avec un art consommé par Saïda. Le soir venu, sans le moindre espoir que l'avenue déserte ne leur apporte un client. Ils fermèrent et rentrèrent chez eux.

La camionnette de Momo se gara le lendemain devant le restaurant et Wilfrid J. le vit déballer l'intégralité de ce qu'il avait demandé. Cela n'avait pas été facile, surtout pour les œufs qui n'étaient pas de poule.

Pour Momo, les œufs, c'étaient des œufs de poule. Qu'est ce qu'il avait ce bonhomme à lui demander des œufs qui n'étaient pas de poule. Mais il avait fini par trouver le cousin du frère du cousin qu'il connaissait qui connaissait quelqu'un qui pouvait le fournir. Entre cousins, on se refuse rien. Mais, tout cela exigeait des négociations, des complications et des commissions...

Enfin, Wilfrid J. put mettre à la carte son « solitaire d'oie sur le plat au paprika» et sa « galaxie d'œufs de caille frits au sésame ». Ils les servirent à deux clientes le jour même. En partant, elles demandèrent « vous êtes ouverts le soir ? »

Momo repartit avec de nouvelles instructions, pour le pain, pour le vin, pour le jus d'orange, car rien ne vaut le jus d'orange fraîche avec les œufs, pour le beurre, pour les herbes. Momo restait perplexe, mais il obéissait à son cousin.

À la fin du mois, Wilfrid J. toucha sa maigre paie, sans le moindre pourcentage sur les bénéfices qui n'existaient pas. Hassan avait puisé dans ses économies pour le payer et il se demandait s'il pourrait le payer à nouveau. Mais il préféra ne rien dire. Si Wilfrid J. travaillait pour gagner sa vie, Hassan savait qu'il travaillait chez Coco Bel Œuf surtout pour exister. Peut-être le rêve durerait un mois de plus. Et quand Saïda lui demandait comment il ferait pour payer, il répondait : « on verra ! »

Ils ne s'en rendirent pas compte immédiatement, mais le midi, le restaurant commença à se remplir. Un beau jour, Hassan entra en cuisine et lança : « on se dépêche, c'est plein ! ». L'accroissement de la clientèle se fit insensiblement au fil des semaines grâce au bouche-à-oreille et aussi par le parfum attirant qu'un restaurant plein déverse dans la rue. Ils commencèrent à revoir des têtes connues, à avoir des habitués. Au bout de quelques semaines, Hassan dut développer l'art de faire attendre, voire de dissuader les clients.

On installa quelques tables supplémentaires et les clients se tassèrent un peu plus dans la minuscule salle. Hassan avait de plus en plus de mal à se tailler un chemin entre les convives. Et comme les clients se plaignaient d'attendre, il fallut trouver un extra. Momo était beaucoup trop rogue pour servir. Momo n'aimait pas servir les gens, il se contentait de rendre service. Mais il trouva un cousin qui fut trop heureux de rejoindre l'équipe, Philippe, un petit Beur qui aurait préféré se faire appeler autrement, mais que ses parents rêvaient « d'intégrer ». Phil était gentil, rapide, plutôt fier, mais il obéissait à la famille. Wilfrid J., en le voyant travailler, pensait à sa propre famille et aux adolescents qu'elle avait sécrétés.

Wilfrid J. se souvenait d'Alex et du sentiment de bien-être qui régnait chez lui. Il se demandait parfois ce qu'Alex aurait fait à sa place. Cela lui donnait l'idée d'ajouter parfois un petit extra, de venir en salle dire un mot aux clients, de faire apporter un petit œuf de caille frit aux clients qui attendaient. Il insista pour qu'on traite avec attention les gens qui s'installaient aux deux tables en terrasse. Malgré la différence énorme entre les deux endroits, il s'imaginait parfois être Alex, rue de Seine. Sans qu'il le sût, le Coco Bel Œuf, au bord de son avenue sans âme, reçut un soupçon magique de l'antillais disparu. C'était peut-être cette touche infime qui rendait ce lieu bruyant et mal décoré si attachant pour ceux qui venaient s'y asseoir, ne serait-ce que pour prendre le thé à la menthe et qu'Hassan ne refusait jamais.

Au bout du second mois, Hassan put payer Wilfrid J. et éprouva un grand bonheur à lui verser sa part de bénéfices.

Le restaurant n'ouvrit pas le soir. Tous doutaient que l'on vint dîner avec des œufs sur le plat. Mais, ils convinrent que leur carte pouvait s'adapter sans mal au petit-déjeuner. C'est ainsi que Wilfrid J. dut apprendre à se lever aux aurores pour venir cuisiner assez tôt pour une abondante clientèle matinale qui adorait ses œufs au bacon.
« Tu me fais vendre du porc ! » l'invectiva Hassan qui fit vite des concessions à son Islam intermittent. Momo fut plus difficile à convaincre car il manquait de cousins dans la charcuterie. Mais les affaires étaient les affaires. Ils faisaient du marketing sans le savoir.

Wilfrid J. renonça vite à cuisiner en costume et il se surprit en cuisine, le tablier noué autour d'un Marcel tout à fait trivial. Ils s'amusèrent de sa métamorphose. Il apprit même quelques jurons en arabe.

Le soir, il rentrait seul et trouvait le temps long, le monde un peu vide sans l'animation du restaurant. Bruckner lui semblait une musique de percheron. Il se mit à écouter du raï.

Les dîners chez Anna et Alexandre lui paraissaient désertiques d'ennui. Il avait envie de s'emporter et de parler fort. Mais le couple lui semblait se confire dans les propos creux et les sous-entendus. Pour la première fois, il se mit violemment en colère quand Alexandre fit allusion à son « boui-boui ». Il lui répondit que cela valait certainement mieux que de travailler dans une boîte à chaussures.

Il partit en claquant la porte et desserrant sa cravate.

CHAPITRE 12
BUSINESS IS BUSINESS

Wilfrid J. se fondit dans sa vie professionnelle. Le Coco Bel Œuf ne désemplissait pas, il dut même ouvrir le soir. Un journal de quartier fit paraître un article avec la photo du restaurant, l'équipe bras dessus bras dessous souriant sur le seuil.

On fit imprimer un menu, des prospectus, des cartes de visite. On fit repeindre (par des cousins) aux couleurs des œufs, tout en jaune et en blanc. On fit même l'acquisition d'une vaisselle qui évoquait les œufs.

Au bout d'un peu plus d'un an, Wilfrid J. invectivait Momo et Phil en arabe, faisait les yeux doux à Saïda qui rajeunissait à vue d'œil et décida d'apprendre à conduire. Il gagnait si bien sa vie qu'il ne voyait plus pourquoi il devait s'agglutiner dans le métro et le bus à cette foule hâve et désespérée qui oeuvrait dans la misère.

Le Coco Bel Œuf marchait si bien qu'un article de revue culinaire s'étonna qu'un tel établissement ait pu voir le jour dans un tel quartier. Wilfrid J. se posa la même question. Alors qu'Hassan explorait le voisinage pour négocier un possible agrandissement, Wilfrid J. nourrissait de bien plus ambitieuses perspectives. Il jetait un œil perspicace sur les enseignes de son quartier. Hassan était attaché à cette banlieue sans âme qui avait pourtant bercé sa vieillesse. C'était juste par là qu'il avait vu le jour et qu'il avait rajeuni dans un appartement que ses ascendants avaient reçus en récompense de leurs services à la nation.

Mais il ne faisait aucun doute, désormais, que c'était Wilfrid J. qui menait l'affaire. Wilfrid J. à qui le monde des affaires était totalement étranger, parce que la gloire du restaurant venait de ses recettes, de ses recommandations, de l'esprit d'Alex, avait acquis une confiance en son étoile qui conférait à ses avis le poids de la loi. Ni Hassan avec sa moustache, ni Saïda avec son regard noir, ni Momo avec ses grognements, ne songeaient à remettre la parole de Wilfrid J. en question.

Wilfrid J. ne s'interrogeait jamais sur ce qui semblait un état de fait naturel. Il parlait, on l'écoutait, on exécutait... et ça marchait. C'est ainsi que le petit monsieur transi, sans emploi et sans la moindre expérience, était devenu, de fait le patron de ses employeurs qui l'avaient accueilli sans trop se poser de question et avec une bonne dose de générosité.
Rien n'était changé à leur entente, la chaleur de leurs relations était intacte. Ils s'embrassaient avec la même sincérité. Wilfrid J. s'était découvert une famille qu'il préférait infiniment à la sienne et qui l'avait transformé au plus profond de lui-même. Mais une alchimie pernicieuse en avait fait le calife à la place du calife. Ce changement auquel ne personne ne pouvait rien était une petite graine noire dont personne n'avait pleinement conscience et dont nul ne savait ce qu'elle allait devenir.

Un beau matin, Wilfrid J. arriva et lança à la cantonade : « Je crois que j'ai trouvé la solution ! »
La solution, c'était un restaurant en faillite près de Saint Lazare, l'Hémisphère. Il s'agissait d'une grande salle ronde surmontée d'une verrière qui la faisait effectivement ressembler à un œuf. L'endroit avait périclité du fait de tout ce qui fait péricliter un restaurant. Des prix élevés, une cuisine médiocre et un emplacement en retrait des lieux de passage. On s'en débarrassait au plus vite, aussi le prix demeurait raisonnable. L'évidence du choix de Wilfrid J. ne pouvait faire aucun doute. C'était une aubaine sans précédent. Toute l'équipe se rangea aux avis de Wilfrid J. et le Coco Bel Œuf de la Garenne Bezons fut abandonné sans remords. Si Hassan en ressentit une amertume, il n'en dit rien. Il vida sans barguigner ses dernières économies et fut même heureux de constater que Wilfrid J. pouvait participer autant que lui à l'achat de cette magnifique salle.
Ils fêtèrent tous l'événement, célébrant la désormais équitable association entre Wilfrid J. et Hassan. Deux frères.

« Tu sais, Coco Bel Œuf, ça ne va plus tout à fait avec l'endroit, il faudrait trouver quelque chose de plus chic.
- C'est pourtant avec ce nom-là qu'on s'est fait connaître.
- Oui, mais ici, il y a trop de bouis-bouis. Il faudrait peut-être relever le niveau.
- Nous faisons notre chiffre avec les gens pressés !
- Et si nous le faisions désormais avec les gens qui aiment les bonnes choses ?

- Je ne t'ai pas encore montré toutes mes recettes.
- C'est toit le patron. »

Le mot venait d'être prononcé. À peine plus de deux ans après avoir accueilli Wilfrid J., Hassan lui décernait le rang de patron. Saïda sursauta. Elle n'avait rien manqué de ce manège involontaire. Cette soudaine mise en mot de ce qui était devenu la réalité lui fit l'effet d'une gifle brûlante. Elle aimait Wilfrid J., mais elle le tenait imperceptiblement pour un étranger. Lorsqu'elle l'embrassait, elle le faisait de tout son cœur, mais sans jamais oublier que Wilfrid J. n'était ni son mari, ni son père, ni son cousin, ni son fils. Elle l'embrassait parce qu'il était un homme gentil et plein de bonnes idées.

Ce mot, ce constat échappé, cet état de fait que tout confirmait, juste là, dans ce nouvel endroit qui ne lui était pas familier, en fit, en un instant, un étranger sournois et dangereux sur lequel elle s'était trompée. Elle qui n'avait jamais douté de Wilfrid J. et qui le tenait pour un frère se retrouvait avec un inconnu qui ravissait la mise, lui soufflait le bien de sa famille.

Elle cracha un mot que Wilfrid J. n'avait jamais entendu, se leva et partit.

Hassan et Wilfrid J., tout à leur célébration, restèrent interloqués. Ils s'interrogèrent sur ce qui avait pu causer l'esclandre. Hassan qui avait compris le mot, se garda de le traduire et en eut le cœur serré. Un peu à contre-cœur, il trinqua. Il admit sans y faire attention que Coco Bel Œuf ne convenait pas à un endroit comme celui-là. Oui, il fallait quelque chose de plus chic. Oui, « l'œuf Couronné » ferait parfaitement l'affaire. Oui, on allait devoir engager du personnel. Oui, Momo ne suffirait plus pour l'approvisionnement…

Wilfrid J. ne revit jamais Saïda et en conçut un incommensurable chagrin.

Ils ouvrirent le restaurant à grand renfort de publicité et de bouche à oreille. L'Œuf Couronné dépassa toutes leurs espérances. Ils emplirent le restaurant d'une clientèle affairée le matin car ils avaient découvert le « concept » de « business breakfast ». Le midi, ils firent le plein de « business egg lunch » sur le principe d'un apport calorique et énergétique équilibré. Le soir, ils jouèrent sur le contraste, très « fooding » d'une harmonie entre l'œuf et les saveurs les plus exotiques. Ils inventèrent la fondue à l'œuf d'autruche. Ils remportèrent le prix du

plus grand œuf sur le plat. Ils se firent connaître par leur irascible sélection des œufs les plus frais, les plus savoureux, les mieux préparés.
L'œuf sur le plat céda du terrain à de multiples recettes d'omelettes, mais surtout à l'œuf à la coque : un concept de simplicité absolue, respectueuse de la nature de l'œuf et riche des fins ingrédients qui assemblaient les bienfaits du cru à la finesse d'un cuit intact et pur.

Hassan se laissait porter par l'inventivité de Wilfrid J. Il se contentait de faire fonctionner la salle avec un art consommé du contact et de la gentillesse. Il avait maigri et rasé ses moustaches et ressemblait à un acteur de cinéma.
Ils avaient renoncé aux services de Momo qui, lié à ses infinis cousinages, ne pouvait les pourvoir en produits aux appellations d'origines aussi coûteuses que prétentieuses. Comment eût-il pu se procurer des œufs iodés du Japon pour la recette de « Sushi egg » ? Il avait renoncé en prétextant que ses affaires l'appelaient ailleurs. Hassan en avait eu le cœur serré. Wilfrid J. ne s'en était à peine rendu compte, le tenant pour un fournisseur qu'il aimait bien mais qui ne correspondait plus entièrement aux exigences de la société. Momo, ce n'étaient que dix pour cent des approvisionnements.
Parfois, Wilfrid J. et Hassan se retrouvaient, avant le coup de feu du soir, assis sur les confortables banquettes de velours jaune d'œuf de leur restaurant. Ils invoquaient le passé. Ils se parlaient en français. C'est à peine s'ils se disaient un mot d'arabe. Jetant un œil sur le complet d'Alpaga noir de Wilfrid J., Hassan lui rappelait son Marcel, ses débuts en cuisine avec son vieux costume. Ils riaient. L'ombre de Saïda traversait l'esprit de chacun d'eux, leur serrant le cœur, mais ni l'un ni l'autre ne prononçaient son nom.

Plus le restaurant remportait de succès, plus leurs retrouvailles se faisaient rares. Wilfrid J., qui avait depuis longtemps quitté les cuisines, allait vanter les mérites de la cuisine à base d'œuf biologiquement cent pour cent naturel. Hassan gérait ses bataillons de serveurs, améliorait l'accueil et négociait avec les fournisseurs.

C'était un restaurant à réservation, même le matin. De la petite barque de pêcheurs qui se tenait en famille, chacun attendant l'autre, l'Œuf Couronné devint un pétrolier bouffeur de gens et de vie. Ils ouvrirent des succursales. Il y en eut dans plusieurs villes. Cela arriva à New York avec un pétaradant succès. Le restaurant du Waldorf, un monument quasi archéologique devint la coqueluche des yuppies en se faisant un Œuf Couronné.

Wilfrid se mit donc à voyager. Voyager de plus en plus. Il écuma les plateaux de télévision. Une émission lui fut complètement dédiée. Il se fit le pourfendeur de l'œuf malheureux, mal couvé, mal préparé. On le cita comme expert dans les tribunaux. On lui fit signer un livre qu'il n'avait pas lu sur les bienfaits de l'œuf.

C'est peut-être pour cela qu'il fut invité chez Anna et Alexandre qui n'avaient pas bien digéré son dernier départ, mais qui le voyaient pérorer sur leur écran de télévision. On s'assoit sur sa dignité quand on a un parent célèbre. Sa vanité à lui n'avait pas chômé et la rencontre fut assez pénible. Il ne cessa de leur parler de son boui-boui, sûr de son effet. Alexandre prit conscience qu'il menait sa vie dans un carton à chaussures et se laissa humilier sans réagir. Anna le flanqua dehors en lui déclarant qu'il était devenu imbuvable.

Wilfrid J. rentra chez lui, dans son appartement que d'autres astiquaient et qui sentait la chambre d'hôtel. Il était chez lui, mais il était ailleurs. Pour une fois, il se mit à penser à ce qu'il était. Cela lui parut vide, sans but. Il voulut écouter du Bruckner, mais la musique ressemblait à une falaise. Il s'endormit sans se rendre compte qu'il était chez lui, lui-même. Le lendemain, il avisa une pile de courrier qui n'avait pas été ouvert. Le comptable faisait son travail, il n'y avait là aucune cause de se préoccuper. Parmi les dizaines d'enveloppes, une seule attira son œil, rédigée à la main avec une écriture un peu rugueuse. Il l'ouvrit.

« Mon cher Wilfrid, mon frère,

Ça fait des semaines que je t'ai pas vu. J'aimais bien te parler, même quand c'était dans le nouveau restaurant et que tu n'écoutais pas beaucoup. Je vois
Que tes affaires vont bien et que les miennes aussi. Mais je me sens perdu dans le vide. Ma vie c'est ma famille, toi, ceux que j'aime.
Si je pars, tu ne t'en rendras même pas compte. Je suis comme le reste, un point dans tes nuages de points. Tu te souviens, tu parlais de nuages de points.
Je t'ai toujours aimé et, au début, je t'ai payé avec mon cœur.

Tu ne le sais peut-être pas, mais depuis que nous sommes ici, moi je ne suis plus rien. C'est peut-être pour ça que Saïda et Momo sont partis.
Je sais que tu n'es pas méchant. Je sais même que tu ne veux que notre bien à tous. Mais tout ce que tu fais détruit ce que tu as aimé.
C'est toi qui n'est plus rien aujourd'hui, mais tu ne le sais pas encore.
Je t'aime trop pour être là quand tu t'en rendras compte, aussi je pars.
Ne t'inquiète pas, j'ai tout prévu pour que tout aille bien.
Mon cœur ne t'oubliera jamais. Je retourne au Maroc que je n'aurais peut-être jamais dû quitter.
Ton ami et ton frère.

Hassan »

Wilfrid J. reposa la lettre. Un vent froid lui emplit le cœur et il éclata en sanglots dans cet appartement qu'il ne connaissait plus et le vide sidéral que le départ d'Hassan causait à sa vie. Il se dit qu'il n'avait plus de famille. Il n'en avait jamais eu de vraie et celle qu'il s'était choisi, il l'avait fait fuir. Il jura en arabe, comme dans la cambuse de la Garenne Bezons. Il vit défiler les images de sa joyeuse misère. L'œil noir de Saïda, la première rencontre avec Hassan, les doutes de Momo, ses livraisons aux origines imprécises, les voyages en bus au petit matin, le restaurant désert. Il se sentit épouvantablement seul et fatigué.
Il but, beaucoup, et s'endormit. Le lendemain matin, un chauffeur passa le chercher pour l'emmener sur un plateau de télévision. Il était malheureux, mais il « fonctionnait ».

Les mois et les années passaient. Wilfrid était un homme riche et solitaire. Il était dur et cynique en affaires sans s'en rendre compte. Il ne se parlait qu'à lui-même et n'avait pas grand-chose à se dire. Il prenait des décisions fonctionnelles et ne rencontrait que des gens qu'il payait. Sa libido grandissant, il payait aussi pour cela et jamais ne l'effleurait l'idée qu'il pût en être autrement. Jamais il ne faisait venir qui que ce soit dans son appartement qu'il visitait comme un mausolée. On le disait gentil et généreux, mais lui s'était convaincu de n'être qu'un crocodile. Il se comportait donc en saurien au grand cœur. Les billets de banque donnaient le change et personne ne s'en plaignait.
La chaîne des Œufs Couronnés n'avait plus besoin de lui pour fonctionner. Il devenait oisif, mondain, superficiel, inconsistant. Il distribuait de l'argent à droite et à gauche. Même la Grand-mère et la tante Germaine eurent la surprise de voir toutes leurs dettes payées. Il

consulta ses conseillers pour savoir quoi faire pour être bon. Être bon... le souvenir d'Alex, celui d'Hassan, celui de Saïda, eux savaient ce que cela voulait dire.

Wilfrid J. n'avait fait que suivre la pente naturelle de sa vie. Il n'avait aucun souvenir d'avoir fait du mal à qui que ce fût. Pourtant, il se vivait comme un parasite de la vie. Il lui manquait une âme, il lui manquait ce je ne sais quoi de sensibilité qui lui eût permis de ne pas se retrouver seul dans sa Mercedes noire qui fendait le bitume de fortune en fortune.

Il ne savait plus quoi faire pour vivre. Il ne savait même plus prendre ses simples jambes pour marcher à travers Paris. Ces jambes qu'il avait vu devenir de vrais membres à marcher et qui ne lui servaient plus qu'à s'asseoir ou se coucher. Il errait sans but, d'un bout à l'autre de sa fortune sans savoir où aller. Il se laissait conduire par le chauffeur de son existence, vers des destinations qui l'ennuyaient toutes. Une fois encore, Wilfrid J., riche à ne plus savoir à quel point, s'emmerdait énormément.

Il s'adonna à tous les vices et n'en conçut que de l'ennui. Il se fit sado-masochiste et ne sut que rire du sérieux de ces pratiques qui lui semblèrent trop rituelles pour délivrer du plaisir. Il renoua avec le gothique, mais les adeptes étaient encore plus ennuyeux que les adeptes du fouet et des chaînes. Il se livra à la nécromancie, mais c'était pire encore. Il fit donc la fête avec les fêtards. Encore pires, ceux-là n'avaient rien dans la tête. Il se demanda donc ce qu'il pouvait faire de sa vie et de sa vigueur qui grandissait jour après jour. Rien.

Il était désespérément seul. Une fois de plus, il réalisa que l'on pouvait être encore plus seul au milieu des autres. Il s'occupa donc de ses affaires, faisant sienne la devise du « business is business ». Impitoyable, sans le savoir, il devint la terreur des comités d'entreprise, le pourfendeur des affaires mal menées.

Il se rendait parfois à l'Œuf Couronné de ses débuts, anonymement. Il y était accueilli exactement comme le stipulait le cahier des charges. Rien ne dépassait. La salle bondée le confirmait dans sa fortune. Si par hasard on le reconnaissait, cela devenait l'enfer et il devait fuir sa propre création. Il advint donc qu'il ne pût pas même apparaître dans son propre monde.

Il devint donc un fantôme en perpétuel transit à travers les villes et les pays.

Quinze ans avaient passé quand, Wilfrid J., dont le chauffeur cherchait à éviter les bouchons sur l'autoroute, passa par la Garenne Bezons. Instinctivement, il jeta un œil vers ce qui avait été le Coco Bel Œil. À sa grande surprise, le restaurant était là, défraîchi, usé par les ans, mais bien là.
Il fit se garer la voiture devant le restaurant et entra dans la salle presque vide. Momo était là. Il reconnut tout de suite Wilfrid J. et l'embrassa comme s'il se fut agi d'un frère. Rien de ce qui s'était passé ne semblait avoir eu de prise sur lui. Il ne semblait pas même plus jeune.
Les tables étaient désertes et les peintures écaillées. L'ardoise avait été effacée, mais elle était encore là.

« Saïda ? articula Wilfrid J.
- Elle n'est plus là. Elle va bientôt naître. Elle a travaillé ici autant qu'elle a pu.
- Pourquoi est-elle revenue ici ?
- Elle était chez elle. Même Hassan était ici chez lui.
- Et là-bas ?
- Là bas, c'était chez toi, tu as bien vu.
- C'était chez eux aussi.
- Regarde, c'est comme ça chez nous, c'est complètement usé, ça ne marche pas bien, mais c'est chez nous.
- Tu m'en veux ?
- Non, tu étais sincère, fou, mais sincère. Regarde, nous existons et toi ?
- Je vous aimais.
- Je sais. Nous aussi, nous t'aimions.
- Et Saïda ?
- Il n'y a pas un seul jour où elle ne t'a pas attendu.
- Dis-moi, Momo, elle avait quel âge ?
- À peine dix-huit ans, tu étais un père pour elle. »

CHAPITRE 13
MATHILDE EST REVENUE

Wilfrid J. s'était avachi sur la banquette, en attente d'un menu qui tardait à venir. La fatigue coopérait au sentiment de solitude. Cet endroit inconnu n'avait d'autre mérite que d'être en face de l'endroit où il avait soudain demandé au chauffeur de s'arrêter. Il était devenu coutumier du fait et ce dernier n'obtempérait qu'à bon escient. Wilfrid J. le savait, il faisait mine de ne pas s'en rendre compte, mais cela contribuait à son ennui, à son spleen.

Il faisait sombre. Les lampes éclairaient les tables, mais laissaient les visages dans l'ombre. Wilfrid J. détestait ce genre d'endroit où l'homme n'est qu'un être mangeant. Il s'apprêta donc à se lever et partir quand une silhouette se dressa devant le box dans lequel il était emprisonné. Une femme.

« Alors, toi, tu t'es enfin décidé à venir » déclara cette femme dont il ne pouvait voir le visage. Il scruta, mais l'ombre était trop dense et il se rendit compte que son visage à lui, était capté par la lumière. Où était-il, qui était cette femme ?

Elle s'assit. Il se repoussa pour s'éloigner autant qu'il pouvait. Puis il vit le visage. Un visage familier, un visage qui le rassurait.

« Mais qui êtes-vous Madame, dit-il, incertain de devoir l'appeler Madame ou Mademoiselle, elle lui semblait à la fois jeune et profondément mure.
- Je ne suis qu'une personne qui rencontre un homme qui se croit riche et qui n'a pas le sou.
- Je puis vous rassurer là-dessus, je ne sais pas pourquoi je suis riche, mais je le suis.
- Oh, vous vous appelez Wilfrid J. et, moi-même, je crois m'appeler Mathilde J. et notre fille s'appelle bien Anna. »

Wilfrid J. prit le choc. Il la contempla avec attention. Cette femme ne ressemblait à aucune autre, à aucune de celles qui venaient souvent, dans ce type de lieu, s'asseoir à sa table pour profiter de la nuit. Elle savait son nom, ce n'était pas étonnant, mais celui d'Anna, c'était impossible, improbable à tout le moins.

Il la laissa s'installer et commanda ce qu'il pouvait trouver de plus cher sur la carte. Elle se contenta d'un sandwich. « Je sais que je devrai payer, voyez-vous ? »
Il la laissa faire, accoutumé aux étrangetés de la séduction féminine. Il se contenta de choisir les plats les plus coûteux. Ils mangèrent face à face, en silence, se surveillant du coin de l'œil. Cela avait l'air de l'amuser alors que lui hésitait entre l'irritation et la curiosité. Elle lui versait du vin et semblait connaître ses moindres désirs. Lui, pourtant, en général si attentionné, affectait d'ignorer la moindre courtoisie.

Et pourtant, cette femme le fascinait. Il ne parvenait pas à surmonter sa surprise, sa réticence, son malaise face à la clairvoyance qu'elle manifestait à son égard. Il avait connu bien des femmes qui n'hésitaient pas à l'aborder. Au fond, cela lui facilitait la vie car il n'avait guère de dons pour la séduction. Ces femmes lui faisaient la conversation, nourrissant leurs propos de ce qu'elles avaient lu dans la presse. Il les connaissait une nuit, parfois plus, mais elles disparaissaient toujours après avoir profité autant qu'elles pouvaient de la situation et s'êtres faits offrir tout ce qu'elles pouvaient obtenir.
Ces rencontres avaient commencé dès l'instant où il avait cessé d'avoir des amis. Elles avaient lieu dans ces restaurants vaguement chic où traînent les célibataires désoeuvrés. Des restaurants ouverts tard la nuit dans des quartiers animés. Elles avaient commencé aussi dès qu'il avait eu un chauffeur. À croire que cela faisait partie des attributions d'un chauffeur.

Un chauffeur. Une grosse voiture. Des costumes sombres taillés sur mesure. Un coiffeur qui venait à son bureau. Des soins de peau, des manucures, des gens qui lui apportaient des chemises à choisir. Une secrétaire qui lui déclamait son emploi du temps le matin. Des dossiers de cuir noir contenant ses billets d'avion et le programme minuté de ses déplacements. Des banquiers qui venaient parler avec ses experts financiers et repartaient avec des ordres. Un portefeuille en cuir de Russie plein de cartes dorées et juste quelques billets. Un appartement nettoyé

par une entreprise spécialisée. Un bureau qu'il ne voyait jamais. Des chambres d'hôtel d'autant plus confortables qu'elles se ressemblaient toutes. Des soirées qu'il aimait passer seul. Des soirées qui se terminaient souvent avec une inconnue.
C'était venu tout seul. Il en avait conçu une très grande vanité. Puis cela l'avait ennuyé comme un plat de cuisine internationale.

Cette femme lui offrait son dîner. Cette femme connaissait un de ses secrets les mieux gardés, cette femme donnait l'impression de s'intéresser à sa personne et non à son portefeuille qu'elle prétendait être vide. Cette femme lui avait dit porter son nom de famille. Quelle sorte d'aventurière était-elle ?

Mal à son aise, il souhaitait que ce dîner étrange prenne fin. Elle ne parut pas s'en offusquer. Au contraire, elle le laissa sortir sa carte dorée et l'agiter vers le serveur avec un grand sourire. Elle sembla ravie de voir taper son code et eut un grand mal à contenir son rire quand le garçon, gêné, déclara qu'il était absolument désolé, mais « que la carte de monsieur devait avoir un problème. »
Il sortit une autre carte dorée... avec le même résultat.

Elle repoussa son portefeuille avec douceur et sortit quelques billets de son sac et les donna négligemment en minaudant : « Monsieur ne se souvient pas que c'est moi qui l'ai invité à dîner. »
Il constata que sa main était longue et fine et qu'elle ne portait qu'un seul bijou, une fine bague de diamant. Ce n'était pas une main habituelle des femmes de la nuit, cliquetant de bracelets et de bagouzes empesés. C'était une vraie main, une main qui l'intimidait.

Il ne pouvait faire autrement que de lui proposer de la ramener chez elle. Coincé entre le sentiment de la connaître et cette clairvoyance ironique, entre son libre-arbitre et la frustration de s'être vu refusé son paiement, il ne souhaitait plus qu'une chose, rentrer chez lui et oublier cette rencontre bizarre. Et pourtant, malgré tout ce qui le repoussait, il éprouva l'étrange sensation d'une présence familière qui le réconfortait. Elle n'était pas vêtue comme ces femmes qui venaient pour le « lever », elle était simplement élégante avec décontraction. Jamais une professionnelle n'eût porté un pull, une jupe sobre et longue... Elles se montraient bien plus que cela pour assurer leur conquête d'un soir. Cette Mathilde ne cherchait en rien à faire sa conquête. Il semblait lui appartenir de plein droit.

Il la conduisit jusqu'à la voiture qui venait de s'arrêter devant le restaurant et l'aida à s'installer. Il s'apprêtait à faire le tour pour gagner sa place lorsque le chauffeur, son chauffeur depuis au moins cinq ans, lui adressa la parole. Jamais il lui eût adressé la parole tant qu'il n'était pas installé.
« Monsieur, il faut que je vous dise, mais je vous raccompagne pour la dernière fois. J'ai reçu des ordres pour ne plus être à votre service et, ce soir, je vous conduis par pure amitié et par estime pour Madame. »
Il ne répondit pas. Pour la première fois, cet homme qui le conduisait la nuit à des frasques qu'il avait lui-même organisées et qui, le jour affectait une froide courtoisie empesée, ne l'avait jamais, comme ce soir, simplement regardé dans les yeux. « On » l'avait recruté pour lui, il ne savait même pas son prénom. Jusqu'à cet instant, il n'avait jamais été qu'un costume bleu nuit faisant partie de la voiture de luxe « qu'on » lui avait fournie.

Le chauffeur, sans un mot de plus, les conduisit chez Wilfrid J., ce qu'il n'eût jamais fait, en d'autres temps, quand il voyait que ce dernier était accompagné. Si Wilfrid J. repartait accompagné d'un restaurant, le chauffeur les déposait à la porte d'une « résidence hôtelière » où il avait un studio réservé à l'année. L'appartement était un monde à part, une retraite qu'il voulait inviolée. Il ne s'y rendait que pour se retrouver seul avec lui-même, débarrassé des oripeaux de sa richesse.
Le chauffeur les déposa et repartit sans un adieu. Wilfrid J. vit la grosse voiture disparaître lentement au coin de la rue et se retrouva devant Mathilde qui attendait, toujours amusée, devant l'entrée. « Shall we ? » demanda-t'elle en frissonnant un peu.

Ils entrèrent dans l'appartement. Wilfrid J. se sentait penaud, gêné de faire entrer cette presque inconnue dans son antre. L'endroit le déshabillait et le montrait tel qu'il était. Un homme de cinquante ans, les tempes un peu grises, le visage harmonieux et bien soigné, un corps qui avait échappé à l'embonpoint. Un assez bel homme qui se sentait un peu trop petit, un peu trop chétif. Un homme qui gardait le vague souvenir de son corps fripé et de guingois. Un homme horriblement timide.

Mathilde se rendit tout naturellement à la salle de bain et revint le trouver dans le salon où il se tenait debout et sans contenance. Elle s'assit dans un des fauteuils et le contempla, l'œil plissé, un léger sourire aux lèvres. « Assieds toi et raconte-moi tout ce que tu as fait pendant toutes ces années. »

Il alla chercher une bouteille de vin et deux beaux verres, leur versa le Mâcon rouge et s'assit. Puis il raconta tout ce que l'on sait. Il raconta, elle écoutait. Elle ne posait presque pas de question et conservait son léger sourire. D'abord laconique et factuel, son récit se chargea d'émotion. Au bout de quelques heures, alors que le jour pointait, elle écoutait toujours, et lui ne parlait plus que d'Alex, d'Hassan, de Saïda, des deux dragons, de sa fille et de tout ce qui avait fait son cœur.

De temps à autre, il contemplait son visage. Elle avait des traits réguliers dans une figure légèrement féline avec quelques taches de rousseur sur des pommettes rondes légèrement dessinées. Ses yeux devaient être vert, ou marrons, selon la lumière. Un léger pli se formait quand elle riait. Elle portait juste ce qu'il fallait de maquillage pour lisser les légères irrégularités d'un début de quarantaine. Sa bouche, sans aucun rouge, était juste assez charnue pour retenir son sourire. Ses cheveux auburn étaient assez longs, coiffés sans façon en effleurant ses épaules. Une mince chaîne d'or retenait un petit pendentif de pierre dure sur sa gorge lisse. Ce visage, qu'il détaillait au fil des heures, l'émouvait.

Elle se contenta d'écouter. Elle ne lui raconta rien sur elle-même. Elle éluda ses questions. À la fin, il avait totalement succombé à la passion ineffable de se raconter jusqu'à ses tréfonds. Elle n'avait pas bougé du fauteuil, cherchant de temps à autre à mieux se caler dans son inconfort gothique. Elle avait simplement pris la veste de Wilfrid J. et l'avait mise, par-devant sur ses épaules.
La bouteille était vide depuis longtemps. Elle avait fumé quelques cigarettes anglaises.

L'aube pointait, un rayon de soleil s'insinua dans la pièce quand elle conclut d'une voix douce : « Tout est bien, je n'aurais jamais aimé un homme riche. »
Elle se leva comme un chat lassé des caresses, se détendit sans façon et lui dit tout naturellement : « Bien, allons nous coucher. »
Elle disparut un moment et il la vit reparaître vêtue d'un de ses pyjamas.

« Allez, viens, tu es fatigué, il faut dormir. »
Wilfrid J. fut totalement étonné du naturel de cette invite. Il prit soudain conscience que c'était simplement la première fois.

Dans le lit, il se serra contre elle qui le prit dans ses bras et pleura. Avec beaucoup de douceur, elle lui fit l'amour.

C'est ainsi, qu'en un soir, une nuit, il avait appris qu'il était ruiné et qu'il avait rencontré celle qui donnerait un sens à sa vie.

Quand il s'éveilla, il faisait grand jour, il fut incapable de se représenter l'heure qu'il pouvait être. Il vit simplement qu'il était seul et nu dans le lit. Il fut pris d'une angoisse incommensurable.

Mathilde était partie sans laisser aucune trace de son passage. L'appartement était propre et rangé. Les verres avaient disparu. Ce qui s'était passé aurait pu être un rêve. Il demeurait cependant, flottant imperceptiblement, un parfum, une intangible empreinte qui laissait imaginer que ce n'avait pas été un rêve. Elle n'avait pas laissé de mot, pas un signe de ce qu'il adviendrait.

Wilfrid J. s'habilla machinalement et, à mesure qu'il s'adoubait des attributs de sa vie professionnelle, lui revinrent les propos du chauffeur, les incidents de la veille. Le cœur sourdement étreint, il se rendit au siège de l'Œuf Couronné où il fut accueilli par des regards en coin. Sur ce bureau auquel il ne s'était presque jamais assis, une lettre cachetée. Il l'ouvrit et la lut comme si elle ne lui était pas adressée.
La lettre lui expliquait, sous une en tête de Truc et Truc and Partners, que la société venait d'être rachetée à l'issue d'une longue tractation à laquelle on regrettait vivement qu'il n'eût pas participé. Il résultait de cette tractation que l'ensemble des parts de l'Œuf Couronné avait été cédé à une chaîne de restauration américaine qui désirait s'implanter en France. Les succursales américaines avaient déjà fait l'objet d'un rachat, il était donc naturel que le reste de l'entreprise soit intégralement absorbé. Il n'était plus indispensable que demeure une direction en France. Par conséquent, on avait le regret le plus sincère de le virer et de le dépouiller de l'ensemble des avantages dont il disposait. En dépit de son manque d'assiduité et de vigilance pour la bonne marche des restaurants de l'enseigne susnommées, on respectait son rôle de fondateur et l'on s'abstenait d'engager des poursuites à son encontre encontre.

On le priait de restituer ses cartes de crédit et tous les attributs de sa situation.
On lui faisait avec redondance comprendre qu'il valait mieux qu'il fît le gros dos et ne prenne ni ses clics ni ses claques et s'en aille sur le champ, les mains dans ses poches trouées. Et bla, et bla, et bla.
C'était signé par un Walter Z Truc II pas commode.

Il remit la lettre dans l'enveloppe, y glissa ses cartes dorées qui ne servaient plus à rien. La laissa sur le bureau et quitta le siège de l'Œuf Couronné sans avoir échangé un mot avec quiconque.

Il marcha longuement dans la ville, sans but précis. Il se repassait le film de ces années, se rendant compte qu'il s'était complètement désintéressé de l'Œuf Couronné. Il ne gardait le souvenir que de l'époque, où, en costume ceint d'un tablier, il inventait ses recettes chez Coco Bel Œuf, dans l'espoir d'un client. Il avait ensuite passé quinze ans à ne plus rien attendre, bercé de privilèges futiles et contraignants. Il allait libre, trois sous en poche pour s'arrêter à la terrasse d'un café et regarder, comme jadis, la vie qui allait et venait.

Rien n'avait changé. Lui-même n'avait guère changé. Les bruits du café étaient toujours les mêmes. L'odeur mélangée du café, du vin, de la bière et du tabac. Les gens qui se retrouvaient, ceux qui refaisaient le monde. Les couples qui se tenaient la main, les solitaires plongés dans leur lecture, les anxieux épluchant les petites annonces, les avinés qui dodelinaient au bar en râlant d'une voix en rocaille, les serveurs qui virevoltent sans vous voir, le verre trop plein que l'on boit en avançant les lèvres, la note déchirée pour dire qu'on a payé. Il resta assis à rêvasser, l'œil occupé à renouer avec les résurgences d'un passé un rien nostalgique. Il contempla le lent remplacement de la lumière du jour par les bariolages électriques, la progressive mutation de la clientèle qu'il avait si bien connue. Mêmes les odeurs changeaient, glissant vers celle des croque monsieur et des casse-croûte gras. La lenteur du temps était palpable. Il se fondait dans un ralenti de sensations familières.

La nuit était tombée, mais une sourde inquiétude le retenait de rentrer chez lui. Il craignait avec épouvante de trouver l'appartement vide. Lui, qui avait vécu comme un loup, avait peur de se retrouver seul. Il décida de rentrer à pied, à pas mesurés, par divers détours et prolongements. Il était très tard quand il gravit les étages de son immeuble. La minuterie s'était éteinte avant qu'il ne fût en haut. Mais il avait l'habitude de son escalier. Il buta dans une chose molle et la lumière s'alluma.

Mathilde était assise sur la dernière marche, un gros sac de voyage à ses pieds. Elle était en jean et gros pull irlandais, les cheveux retenus par une pince un peu de travers.
« Il ne fait pas chaud chez toi, j'ai apporté quelques affaires. »
Il s'effondra dans ses bras en sanglotant de bonheur.

CHAPITRE 14
LA GALERIE

La vie de Wilfrid J. s'alanguit dans son bonheur.

Il ne vivait pas à proprement parler avec Mathilde qui avait conservé un petit appartement dans le cinquième. Mais elle était presque tous les soirs avec lui. Chaque soir, elle lui demandait de raconter une nouvelle tranche de sa vie et il se laissait aller sans contrainte. Il se surprenait à se raconter ainsi. Sa vie était-elle donc si passionnante. Il racontait puisque cela faisait plaisir à Mathilde. Et tard dans la nuit, il se réfugiait, vidé de son histoire, dans ses bras et son parfum qui respirait la douceur.

Mathilde, elle, ne racontait rien. Elle répondait à ses questions par d'autres questions. Elle se livrait, de temps à autre à une fugitive confidence, mais, si Wilfrid J. lui demandait d'en dire plus, elle s'évaporait par une question sur lui-même. Il n'apprit que par recoupement qu'elle écrivait dans des journaux. D'autres recoupements lui indiquèrent qu'il s'agissait de revues d'art et de mode. Lesquels, elle ne le lui disait pas. Ce n'était pas un refus, un secret, une réticence à son égard. Elle ne le disait pas, c'est tout. Wilfrid J. n'osait pas affronter ce monde inconnu de front. Il lui semblait que de devoir se révéler la ferait souffrir. Il grappillait, il récoltait, çà et là, une pièce du puzzle et s'en contentait. Autant elle tenait à s'emplir de chaque instant et de chaque émotion de l'existence de Wilfrid J., autant elle semblait tenir à ce qu'il découvre la sienne par petites touches imperceptibles.

Et s'il semblait s'inquiéter de ne pas la connaître, de vivre loin d'elle, même au creux de ses bras, elle le serrait très fort et murmurait : « je ne veux surtout pas te perdre. »
A ces moments-là, elle lui semblait infiniment fragile.

Il ne mit jamais les pieds dans son studio. Là encore, elle ne refusa pas qu'il vienne, mais fit en sorte qu'il n'en passe jamais le seuil, n'en connaisse même pas l'adresse exacte. S'il lui faisait remarquer que, de connaître son cadre de vie lui aurait fait un grand plaisir, elle lui retournait doucement que le seul cadre de vie qui comptait était désormais chez lui. Pourtant, elle conservait ce studio et y disparaissait parfois pour une nuit ou deux. Ces nuits-là étaient des enfers pour Wilfrid J. qui se débattait dans l'angoisse de l'inconnu.

Il savait qu'elle y était seule. Il savait qu'elle ne répondrait pas au téléphone. Il ne savait simplement pas qui elle était, là-bas. Ces nuits-là étaient de glace et de frisson sinistre. Il les craignait d'autant plus qu'elles survenaient de manière imprévisible. Elle pouvait rester avec lui un mois et disparaître trois nuits dans une semaine. Puis elle revenait, pareille à elle-même, accompagnée de sa douceur et de son sourire.

« J'ai besoin de cela autant que de surtout ne jamais te perdre. »

Au début, elle faisait la distinction entre « chez toi » et « chez moi ». Puis, très vite, après avoir apporté dans son sac de voyage diverses affaires, elle dit « chez nous », mais elle continua de disparaître « chez moi ». Elle n'apportait que des vêtements, des objets de toilette, parfois un ustensile de cuisine pratique, des livres, des bibelots décoratifs. Mais jamais elle n'apporta le moindre objet qui révélât les secrets de ses goûts et de sa vie.

Par contraste avec ce jardin secrétissime, elle avait exploré le moindre recoin de l'appartement de Wilfrid J. et l'avait doucement réaménagé. Elle l'interrogeait sur chaque objet, chaque tableau, chaque livre, chaque disque. Elle découvrait chaque vêtement de sa garde-robe. Ce n'était pas une inspection, cela participait de son inlassable quête de lui-même. Quand elle n'aimait pas, elle se contentait d'une moue et d'un sourire. Elle lui demandait s'il y tenait « vraiment, vraiment ». Si Wilfrid J. ne répondait pas oui très fort, cela disparaissait discrètement. On n'en parlait plus.

Il arrivait que cette inspection l'irritât et qu'il revendique ses propres secrets. Mais il n'osait jamais se mettre ne serait-ce qu'un peu en colère. Elle le regardait avec indulgence et cessait pour un moment. « Tout en toi m'intéresse, chaque objet m'apprend à t'aimer. »
Que dire après cela ?

Wilfrid eût pu vivre dans un désert, sur la banquise, dans une crypte de béton vide, dans l'éther pour pouvoir se réfugier tout contre elle le soir venu, jusqu'au bout de la nuit, jusqu'aux brillances du grand jour.

Les Américains qui l'avaient dépouillé, dépecé, saigné à blanc, n'avaient pas songé à le priver du livret de Caisse d'Épargne qu'il avait ouvert du temps de Coco Bel Œuf et qu'il avait chichement nourri des années durant. Cette manne inespérée lui fournissait désormais assez pour n'être pas complètement pauvre et revenir chaque dimanche avec une rose et des croissants réveiller Mathilde d'un baiser attendu. Il pouvait aussi payer ses petits ballons de Mâcon Village à la terrasse des cafés auxquelles elle se laissa initier avec son rire et son regard empreints de poésie. Il lui suffisait de regarder un couple échanger un regard par-dessus des tasses vides pour lui raconter leur drame, leur solitude, leur déchirement et ce qu'ils vivraient, après. Il arrivait à Wilfrid, l'entendant prédire ces solitudes de retenir une grosse boule, là.
Elle le voyait et lui disait : « Mais non, ils viennent de divorcer, maintenant, ils vivront ensemble ! »
Et Wilfrid J. y croyait.
Puis elle l'entraînait dans un petit restaurant en lui disant : « Et maintenant j'invite mon Wilfrid qui n'est pas riche ! »

Lors d'un de ces déjeuners où il souffrait quand même un peu de ne pouvoir l'inviter, elle lui glissa : « Tu sais, ce n'est pas une question d'argent. Je pourrai toujours y pourvoir, nous n'avons pas de si gros besoins que ça. Mais j'aimerais bien que tu te retrouves une raison de vivre. »
Elle n'avait pas dit cela comme un reproche. Elle n'ignorait pas un instant qu'elle était à, elle seule, sa raison d'exister. Mais elle avait aussi ressenti l'humilité dans laquelle il se tenait. En dehors de cuire des œufs, que savait-il faire, au juste ?

De retour dans l'appartement, elle entreprit d'explorer la chambre inoccupée. Wilfrid J., comme à son habitude la laissa faire tout en lui tenant compagnie. C'est ainsi qu'il remarqua que ses dizaines de petites toiles avaient disparu. Il devait bien y avoir vingt ans qu'il n'avait pas jeté un seul regard sur ce lointain souvenir. Mais il ne lui fallut qu'un instant pour se rendre compte de leur absence.

« Dis-moi, Mathilde, il n'y avait pas un tas de petits trucs, des petites peintures, dans cette pièce ?
- Mais si, Wilfrid, il y en avait trois cent cinquante.
- Tu ne saurais pas ce qu'elles sont devenues ? Ce n'était pas grand-chose, mais j'y tenais. Tu sais, c'est du temps d'Alex...

- Bien sûr, mon chéri, je sais. Elles sont quelque part.
- Tu peux me dire où ?
- Tu le sauras demain. »

Wilfrid J. sut qu'il n'était pas utile de poser plus de questions. Mathilde ne répondait jamais aux questions auxquelles elle ne voulait pas répondre. A peu près toutes les questions. Il gambergea inquiet pendant vingt quatre heures.

Vers cinq heures, elle avait sorti un de ses costumes de l'époque où il se promenait avec un chauffeur d'endroit chic et coûteux en endroit chic et plus coûteux. Au lieu d'une chemise bien empesée, elle sortit un simple polo noir qu'il n'avait jamais vu. Elle n'avait jamais ainsi choisi sa tenue, sauf pour rectifier une de ses fautes de goût trop criantes. À ce moment, elle l'habillait et ne semblait pas lui donner la possibilité de discuter. Pour sa part, elle s'était contentée de son jean et de son pull irlandais. Il nota seulement qu'elle avait soigné sa coiffure et qu'elle était légèrement plus maquillée que de coutume. Elle avait pris un air professionnel faussement bohème qu'il ne lui connaissait pas. Devant son étonnement, elle lui caressa la joue en lui expliquant qu'il allait faire un exercice nouveau pour lui et qu'il fallait qu'elle l'aide un peu, juste un peu. Lui, il avait déjà fait l'essentiel.

Elle leur fit prendre un taxi à qui elle donna une adresse rue de Seine. Wilfrid J. sentit son cœur se pincer au nom de la rue. Il passa la durée du trajet à essayer de situer le lieu où il se rendait par rapport au café d'Alex. En face, forcément en face. Non, juste à côté. Mais non, à l'autre bout. Et si…
Eh bien si. Le taxi s'arrêta devant le café d'Alex qui n'était plus tout à fait un café. La table sur le trottoir avait disparu et une vitrine avait remplacé la charpente de la façade. L'atmosphère en mi-teintes du bistro avait cédé la place à l'éclairage blanc et intense des galeries. Seul, le bar, intact, semblait échoué dans cet espace déshabillé. Une foule de gens s'agglutinait dans la galerie. Les coupes de champagne indiquaient sans équivoque qu'il s'agissait d'un vernissage. Ils pénétrèrent et Wilfrid J. ne put plus se tromper : les murs étaient tapissés de ses petites toiles, au moins une centaine de ses toiles, toutes élégamment encadrées de baguettes dorées.
Il y en avait sur plusieurs rangées, sur tous les murs. Les visiteurs les contemplaient en se penchant le nez contre le minutieux dessin. Lui qui

ne les avait jamais déballées pendant toutes ces années éprouvait le sentiment de contempler le travail d'un autre.

Peu de gens firent mine de les reconnaître avant qu'un grand type ne les abordât en faisant la bise à Mathilde. « Alors Mathilde, tu nous as amené l'artiste ! »
C'était ce genre de grand type en T-shirt noir et jean moulant sur son long corps maigre et sec. Coiffé à ras, son visage hâlé était taillé à la serpe. Un de ces types auxquels Wilfrid J. ne savait jamais quoi dire. Mais l'autre ne le força pas à cet effort car il les avait abandonnés pour entreprendre un groupe de gens comme Wilfrid J. en rencontrait dans les hôtels, naguère.

Mathilde fut happée par les gens, comme une danseuse qui va de groupe en groupe effectuer ses figures. Il n'avait pas même eu le temps de lui dire son émotion. Il se retrouva seul avec cette œuvre qui était ni la sienne ni celle d'un autre. Il fit donc comme tout le monde, jouant des coudes, pour examiner chaque tableautin en approchant le nez de l'image au trait minutieux, entre l'enluminure et le dessin naïf. Personne ne semblait le remarquer. Qu'il fût « l'artiste » n'effleurait aucun des visiteurs. Beaucoup ne prêtaient aucune attention à l'exposition, trop occupés à faire assaut de cuistrerie entre habitués des vernissages.

Il s'absorba dans la relecture de chacune de ses petites toiles. Quelle minutie ! Comment faisait-il ? Combien de temps et de patience avait-il fallu à ce Wilfrid J. d'un autre temps pour remplir ces minuscules surfaces de tant de détails.

« Vous ne trouvez pas que les perspectives sont un peu fausses ? demanda-t'il à un homme qui avait chaussé une deuxième paire de lunette pour examiner les détails d'un tableau saturé de dessin.
- D'un point de vue classique, la perspective n'est certes pas correcte, mais l'artiste a su retrouver l'étagement des rôles et de la narration de la peinture médiévale primitive. C'est follement émouvant !
- Mais vous ne trouvez pas que les visages et les mains sont mal dessinés ?
- Cher Monsieur, vous n'y connaissez visiblement pas grand-chose. L'auteur a retrouvé la stylisation sacrée des enlumineurs. C'est ce qui rend le choix des sujets si fascinant. C'est le nouveau Jérôme Bosch, le successeur contemporain de Breughel !»

Wilfrid J. n'en demanda pas plus à l'homme qui affecta de se plonger dans une contemplation préoccupée. Il aurait tout aussi bien pu prendre des notes.

Au bout d'une grande heure, il avait tout regardé et se retourna vers l'assistance qui s'était très clairsemée. Mathilde l'observait en souriant.
« Tu en as vendu trente-six ! » lui dit-elle.
Il n'avait rien vendu du tout. Il s'était contenté de peindre tout cela en un autre temps et, elle, avait organisé tout cela. Il n'était pas du tout certain d'être heureux d'avoir vendu trente-six de ses œuvres. Il songeait à Alex. Il avait l'impression que tout cela profanait ses souvenirs.
Elle lut son désarroi dans ses yeux et le prit dans ses bras. Oui, elle savait qu'elle eût pu le prévenir, mais elle tenait à lui faire la surprise. En effet, ce n'était plus le café d'Alex, mais cela faisait très longtemps que ce n'était plus le café d'Alex. Et même si c'était une galerie comme une autre, on avait conservé le bar en souvenir de lui. Et la table dehors ? Elle avait disparu depuis longtemps et l'on n'avait plus le droit d'en mettre une, maintenant que c'était une galerie. Ses souvenirs s'envolaient pour de l'argent ? Elle n'avait pas tout exposé. Elle avait conservé les images les plus fortes et ils ne les montreraient à personne, c'était promis.
Mathilde, patiemment, comme si elle avait prévu et compris son désarroi, le rasséréna avec tant de douceur qu'il fut complètement heureux, enthousiasmé comme un enfant gâté.

Pendant que le grand type aux cheveux ras et T-shirt noir devisait avec les derniers visiteurs, elle refit la visite avec lui. Lui ne disait pas grand-chose. De temps à autre, il lui racontait quand et comment il avait dû peindre telle ou telle petite toile. Elle, lui racontait la toile elle-même. Avec une imagination sans frein, elle lui narrait ce qui avait dû se passer avant et après, lui montrait le récit se développer à travers le minuscule espace de l'image. Chaque tableau s'animait à ses propos. Ils se trouvaient devant une multitude de films qui mélangeaient les aiguës du gothique et l'âcreté des transes exotiques. Cela l'envoûtait car il n'avait jamais vu dans ces images que l'illustration de ses longues conversations avec son ami.

Elle s'arrêtait avec une certaine délectation sur les scènes les plus violentes et cruelles. Elle chantait les évocations morbides avec une sorte de sensualité macabre. Il le lui fit remarquer, s'étonnant pour lui-même, du ton qu'elle adoptait pour lui décrire les scènes d'épouvante qu'il s'était lui-même complu à détailler en abusant du noir et du rouge écarlate.

« J'adore ! » se contenta-t'elle de murmurer avec un regard trouble. Elle le pinça au côté en éclatant de rire.

Il éprouva un étrange sentiment. Une nouvelle touche imperceptible s'ajoutait à l'image énigmatique de cette femme qu'il aimait plus que tout. La connaîtrait-il un jour. Il en doutait.

Ils se retournèrent, se tenant par la taille et, dans la galerie presque vide, ils étaient comme deux touches de douceur dans cette constellation de fenêtre violemment colorées sur l'enfer de l'imagination. Le grand type était au bar, en train de remplir des papiers et consulter des documents avec les deux derniers clients. Sur le seuil se tenait un couple de jeunes gens. Anna, en pull et jean, comme Mathilde, et Alexandre, le cheveu court et raide à souhait dans un costume de carton gris.

Anna regarda Wilfrid J. en hésitant. Elle vint l'embrasser, puis elle se jeta dans les bras de Mathilde. « Maman, c'est vraiment génial de te revoir ! » Wilfrid J. eut soudain une illumination. Ce qu'il aimait tant en Mathilde, ce qui la lui avait rendue familière dès le premier instant, c'était que la mère et la fille étaient d'une stupéfiante ressemblance. Comment avait-il pu ne pas s'en rendre compte immédiatement ? Il ne parvenait pas à se l'expliquer. Peut-être était-ce parce qu'il n'avait pratiquement jamais revu sa fille pendant des années. Peut-être était-ce parce qu'il n'avait jamais eu l'idée de faire le lien évident entre ces deux êtres. Peut-être était-ce qu'on ne prend conscience d'une ressemblance que lorsqu'on peut se l'expliquer ? En tout cas, il restait sans voix, les regardant se serrer l'une contre l'autre et partir, comme deux complices de toujours examiner l'exposition, le nez sur chaque tableau.

Wilfrid serra la main d'Alexandre qui échangea des banalités engoncées dans leur mutuelle totale absence de talent à la conversation badine. Wilfrid J. trouva qu'Alexandre, avec la jeunesse, devenait de plus en plus ennuyeux et sans charme, n'étaient sa belle carrure et son visage sans défaut. Que pouvait donc faire sa fille avec ce bulletin fiduciaire sur pattes ? Il l'accompagna poliment faire le tour de l'exposition, sans jamais s'approcher des images qui semblaient ennuyer et indifférer le bonhomme qui lui répéta comme une sorte de maigre viatique à son attitude : « Je ne connais vraiment rien à la peinture. »

Anna revint vers son père et, dans un sourire, lui dit : « C'est quand même dommage qu'il n'y ait plus la table dehors et Alex pour nous faire à dîner. »
Elle lui rappela qu'Alexandre n'avait jamais mis les pieds dans cet endroit et qu'il était timide, mais si gentil. Wilfrid J. reconnut, dans ce souci de réconforter les autres, l'image la plus criante de la ressemblance entre la mère et la fille.

Comment, pendant toutes ces années, ne les avait-il jamais vues ensemble ?

Le grand type au T-shirt noir, débarrassé de ses clients vint les retrouver. Il s'adressa directement à Wilfrid J., comme s'ils s'étaient parlés toute la soirée. Il lui demanda simplement s'il pouvait, assez rapidement, produire une « série de cinquante, mais en plus soft ».
Cerné par les regards brillants de Mathilde, d'Anna, d'Alexandre, du type, de toutes les images exposées, il s'entendit murmurer : « Oui, pourquoi pas ? »

CHAPITRE 15
LA GALÈRE

Wilfrid J. avait accepté sans réfléchir.

Le succès de l'exposition ne l'avait pas significativement enrichi, les petits tableaux partant à des pris modestes. Il découvrait que l'art se mesure beaucoup en centimètres. L'idée d'une commande était beaucoup plus stimulante car elle signifiait qu'on attendait quelque chose de lui. Mathilde avait eu raison. Au-delà de l'argent, c'était le sentiment d'exister qui prévalait.

Désormais, il convenait de s'exécuter et d'honorer cette fameuse commande.

Le cœur léger, Wilfrid J. ressortit ses peintures, son stock de petites toiles, il lui en restait des dizaines qu'il avait soigneusement remisé des années auparavant en se jurant de ne jamais plus les ressortir. Il déroula sa toile cirée sur sa table de travail et se retrouva, avec une certaine délectation, dans la position de dessiner et de peindre qu'il lui sembla soudain avoir quitté la veille.
Il ouvrit son premier tube de peinture. Il était sec et inutilisable. Faux départ.

Il fallut donc aller faire l'achat de tout un matériel neuf. Puis il se remit en position. Mais tout ce matériel était neuf, pas à sa main, trop lisse. Peindre, c'est souvent se laisser conduire par sa palette, par l'usure même de ses instruments. Avec ce matériel tout lisse et propre, c'était partir en terrain inconnu sans la complicité de ses outils.
Allons, il suffisait de se refaire la main et tout rentrerait dans l'ordre.

Il manquait bien plus que la complicité des vieux outils. Il manquait la complicité bien plus profonde des circonstances. Qu'il était loin ce temps où les récits de zombis, ses rêves gothiques entraient en collision avec ses retours solitaires et les restes d'ivresse que procuraient les punchs d'Alex ! En ce temps-là, l'image existait bien avant que d'être dessinée. Il ne peignait pas, il dévoilait. Ses couleurs effaçaient le voile blanc qui masquait ses rêves.

Désormais, le blanc était le blanc et il exigeait de sa main qu'elle trace des formes qui n'existaient pas. Sa technique, il s'en souvenait. Il lui suffisait de répéter les gestes qui revenaient comme s'il n'avait jamais cessé de peindre. Ce qui ne revenait pas, c'était l'image. Il en conclut, après s'en être ouvert à Mathilde, qu'il lui manquait l'inspiration et, qu'au bout d'un moment, cette dernière reviendrait comme le geste était revenu. Mais ce n'était pas cela. Il s'en rendit compte en parvenant au bout d'une toile composée avec tous les ingrédients de sa recette. Pour faire bonne mesure, il ne s'était pas contraint d'adoucir le sujet. Il s'agissait d'une scène vampirique de transes sanglantes au milieu de ruines médiévales. Un sujet qu'il ne pouvait rater.

Sans grande conviction, après avoir peiné à l'ouvrage, il mit la touche finale et le fit voir à Mathilde. Elle lui déclara que « cela venait », mais il comprit que cela ne venait pas du tout. Jadis, la fin d'une toile était une évidence. La fin d'une toile était le commencement d'une autre. À ce moment, c'était un essoufflement, un point de côté, un aveu d'impuissance. Il se contenta de jeter la toile.

Il se prépara des punchs. Il évoqua avec Mathilde ses soirées d'antan aux lourds effluves de fantastique et de merveilleux. Elle se prêta sans réserva au jeu, faisant assaut d'imagination dans une noirceur qui se révélait à nouveau dans ses rêves. Se sentant échauffé, il se rendait à sa table, au milieu de la nuit et tentait de se lancer. Certes, il y avait un petit mieux, quelques images le fulguraient. Mais elles ne donnaient naissance, sur la toile, qu'à une laborieuse composition de thèmes décousus. Il lui suffisait de contempler ses œuvres passées pour se rendre compte que chacune était un rêve avec sa vie propre, une secrète unité qui frappait l'esprit. Ce qu'il produisait désormais, n'avait rien de la profondeur du rêve. C'était, à plat, des morceaux d'images choisies et proprement composées.

Mathilde lui fit remarquer qu'il était peut-être trop exigeant et que ses commanditaires ne sauraient faire la différence, tant que le trait et le sujet demeuraient dans l'esprit qu'ils avaient apprécié. Mais, n'avait-elle pas aussi remarqué cette différence ? Soit, cela valait le coup d'essayer...

Il réalisa, au prix d'un effort considérable, une courte série de ces fausses vraies peintures et les porta à la galerie. Il avait adouci les sujets, s'était abstenu de représenter des scènes sanglantes et des corps torturés. C'était, à n'en pas douter, exactement ce qui lui avait été demandé.
Au bout de quelques jours, ses toiles lui furent poliment retournées avec une lettre qui lui expliquait que ces toiles manquaient du « je ne sais quoi » qui faisait toute la force de celles qui étaient exposées. Les peintures qu'il avait envoyées pouvaient tout aussi bien avoir été peintes par un étudiant appliqué. On lui suggérait de ne surtout pas se presser, mais d'envoyer des œuvres véritables.

Il se retrouva, impuissant et désespéré devant ses toiles blanches, avec des outils qui avaient retrouvé leur patine, mais une inspiration inlassablement en berne. Le vide.
Mathilde lui suggéra que sa source d'inspiration pouvait bien être qu'il fût seul et malheureux. Ces chants désespérés qui sont aussi les plus beaux pouvaient bien être aussi des coups de pinceau. Sans prévenir, sans un mot, elle retourna vivre dans son studio. Elle fit en sorte qu'il ne pût la joindre, lui parler, même lui écrire une lettre qu'elle pourrait lire puisqu'il ne savait même pas le numéro de sa rue.

Pour la première fois depuis qu'ils s'étaient retrouvés, elle disparut pendant plus d'un mois. Wilfrid comprit immédiatement la raison de son départ. Il essaya donc de s'imprégner du désespoir que son absence lui causait. Sans le moindre effet. Puis le doute s'insinua en son cœur. N'était-elle pas aussi partie par dépit, en proie à une immense déception de le voir impuissant à créer ?
Il se sentit médiocre, laid et sans ressource.

Puis la jalousie s'insinua. Il la soupçonna de s'être lassé de leur affection si exclusive. Elle était partie chercher ailleurs une vie plus stimulante. Sa cruauté n'avait pas de nom. Elle n'avait pas même osé lui en parler en face. La colère s'agrippait au désespoir. Malgré toute sa capacité à retrouver la raison, son esprit vagabondait dans les limbes d'un manque intolérable.

Il se mit maintes fois à sa table. Mais l'angoisse et le soupçon le taraudaient. Il traça, le rhum aidant, à gros traits la violence de son dépit et produisit quelques horreurs bâclées et disgracieuses dont il eut tant honte qu'il les afficha au mur, devant lui, pour s'auto flageller de n'être plus capable de peindre bien.

Une nuit, alors qu'il s'était endormi, fin saoul, le nez dans la peinture, assis au milieu de ses croûtes. Elle pénétra en silence dans la pièce. Elle inspecta longuement l'étendue du désastre. Accrochées de travers sur les murs à des clous plantés avec rage, disséminées et piétinées sur le sol, des dizaines de toiles gâchées dégoulinaient de gribouillages furieux. Wilfrid J. ronflait.

Il lui parut qu'elle surprenait un amoureux qui s'endort au milieu des lettres d'amour qu'il n'osera pas envoyer. Elle sourit et le laissa dormir.
Au matin, après avoir décollé ses cheveux et sa joue de la peinture séchée. Il chassa les brumes de l'alcool sous l'eau glacée du robinet de sa cuisine. Ce n'est qu'à ce moment qu'il sentit, par son imperceptible fragrance, que Mathilde était revenue.

Il descendit rue de Lévis et, comme il en avait l'habitude, il acheta quelques croissants et une rose. Il posa la fleur près d'elle. Puis il retourna dans le coin du salon où il peignait et entreprit d'y mettre de l'ordre, silencieusement, comme un enfant fautif.

Il était à sa table, le pinceau à la main quand il entendit : « aïe, ça pique ! »
Puis elle entra dans la pièce, vêtue comme elle en avait pris l'habitude d'un des pyjamas de Wilfrid J.
Elle l'entoura de ses bras et l'embrassa dans les cheveux en lui murmurant : « Alors, ça vient ?
- Non. »

Ce fut Mathilde qui, au bout du compte, trouva la solution. Le commanditaire avait commencé de faire savoir que sa commande tardait et qu'il désirait connaître si Wilfrid J. l'honorerait ou non. L'urgence se faisait autant sentir que le manque d'inspiration.
« Vois-tu, Wilfrid, il existe encore un certain nombre de tes toiles que je n'ai pas montré à la galerie. Ce sont celles que je préfère et dont je suis sûre que, toi aussi tu les préfères…
- Tu voudrais donc que je les présente comme celles qui m'ont été commandées ?

- Non, ce ne serait pas possible car ce sont celles qui sont un peu... violentes, si je puis dire. Parfois plus violentes que celles que tu as exposées.
- Alors, que suggères-tu ?
- Recopie les. Il suffira d'enlever les trucs macabres.
- Mais, ce seront des faux !
- Pas plus des faux que les multiples versions que les peintres célèbres ont fait de leurs œuvres.
- Et tu crois que cela ne se verra pas ?
- En tout cas beaucoup moins que tes tentatives de faire du nouveau. Et puis, tu n'as plus guère le temps et le choix de faire autrement. »

Elle déballa une soixantaine de tableaux qui n'avaient pas été encadrés. Ils représentaient en effet les scènes les plus inquiétantes et brutales qu'il avait imaginé, jadis. Malgré leur caractère morbide, elles étaient aussi parmi les plus inspirées. Elle n'avait conservé pour l'exposition que les œuvres... acceptables, dirons-nous.
Une fois de plus, Wilfrid J. fut interpellé à la fois par son goût et par les angles sombres qui se dissimulaient en elle.

Il entreprit de recopier servilement la première. Cela ne lui demanda pas plus d'effort qu'à un habile copiste de son propre style. Il n'eut aucun mal à remplacer la scène d'horreur qui s'étalait en son milieu par une saynète un peu mystérieuse. Au bout de quelques heures, il put lui montrer l'œuvre achevée. « Eh bien voilà, c'est un vrai Wilfrid J. ! »

En quelques jours, il put achever un nombre suffisant de ses petits tableaux pour les porter à la galerie. Le commanditaire lui répondit par un petit mot : « Nous sommes enchantés par votre travail, cela valait la peine d'attendre, continuez... »

Wilfrid J., avec une opiniâtreté sans faille, travailla à recopier, une à une, les soixante-deux toiles qui constituaient sa réserve secrète. Toutes parfaitement imitées et soigneusement édulcorées.

Puis il en peignit une soixante troisième, une soixante quatrième, une dizaine d'autres. Il n'arrêtait plus.
« Je vois que tu as retrouvé l'inspiration, s'émerveilla Mathilde.
- Non, j'ai simplement trouvé la technique.

Il valait mieux qu'il eût trouvé la technique car les commandes se mirent à affluer, surtout depuis que les sujets étaient devenus moins macabres. C'est ainsi que Wilfrid J. embrassa une carrière de faussaire de sa propre peinture.

CHAPITRE 16
ANNA

Mathilde annonça à Wilfrid J. qu'elle avait invité Anna à dîner.

La nouvelle émoustilla Wilfrid J. qui n'avait, jusqu'alors obtenu aucune réponse à ses nombreuses questions sur les relations qu'avaient entretenues jusqu'alors la mère et la fille. A les avoir ensemble pendant une soirée lèverait au moins une partie du voile.
Il nota, en passant, que si Mathilde avait invité Anna, c'était qu'elle entretenait avec sa fille que lui-même n'entretenait plus depuis de nombreuses années que de façon superficielle et épisodique. Il était bien loin le temps où Anna passait chez lui plusieurs fois par semaine pour s'occuper de sa vie. Encore plus éloignée, perdue dans les limbes du passé, l'époque où il avait sa chambre dans la maison de ses enfants. Il ne l'avait plus jamais retrouvé lors de ses promenades dans Paris, lui faisant partager sa découverte du monde et de la vie.

Anna était venue à la galerie, invitée par Mathilde. Anna venait dîner, invitée par Mathilde. Tout un océan énigmatique s'étendait autour d'Anna et de Mathilde. Sans trop se le dire, il en concevait une trouble jalousie. Pas assez forte pour diminuer sa joie de la revoir, son envie d'en savoir plus, son désir de retisser son tissu familial effiloché.

Incidemment, il demanda à Mathilde, l'air de rien, comment il se faisait qu'elle avait invité sa fille, mais Mathilde, comme à son habitude lui avait répondu par une simple question sur ce qu'il comptait préparer pour le dîner. Elle savait que, pour Wilfrid J., un dîner était un dîner, donc un repas qu'il fallait préparer avec le plus grand soin. Grignoter ensemble, à la fortune du pot, était incompatible, dans son esprit avec la notion de dîner. Il lui fallait de la cérémonie, de la gastronomie, une sorte de protocole qui faisait qu'un dîner se passait en majeure partie à table. C'était ainsi, voilà tout.

Anna arriva, dans la grâce triomphante de ses vingt-quatre printemps. Wilfrid J. fut à nouveau frappé par la ressemblance saisissante entre Anna et Mathilde. Mathilde était l'original, avec des traits plus affirmés. Anna, comme les tableaux qu'il peignait désormais en série sans qu'ils fussent le fruit de rêves inspirés, était une copie fidèle, juste atténuée et édulcorée. Il se souvint que dans son souvenir, Anna ne ressemblait pas tant à sa mère, que ses traits avaient eu moins de finesse et de grâce.

Il fut surpris de ne pas voir arriver Alexandre.
« Alexandre, je ne le vois presque plus. Depuis que nous nous sommes mariés, nous ne nous rencontrons que de temps en temps. Je commence à le trouver assez ennuyeux. »
Il avait entendu parler de mariage. C'était une formalité assez simple et administrative qui consistait à confirmer qu'un couple ne désirait plus vivre ensemble. En général, cela se faisait à la mairie avec quelques témoins. Dans les familles religieuses, il s'agissait de se rendre dans une église, une mosquée, un temple ou une pagode pour rayer sous les yeux d'un officiant, les deux noms qui y étaient inscrits.
Il s'agissait d'une cérémonie ennuyeuse et sans charme que les couples menaient discrètement. L'usage voulait qu'on ne parle de mariage qu'une fois que ce dernier avait eu lieu.

En fait, les relations entre Anna et Alexandre s'étaient lentement distendues depuis qu'ils avaient revendu leur maison pour s'installer dans un appartement assez exigu près de la faculté où Anna était assistante. Le travail d'Alexandre avait connu une nette récession et l'argent était venu à manquer. Jamais ces deux-là n'avaient échangé un mot plus haut que l'autre, mais il fallait bien se faire à l'idée qu'ils semblaient de moins en moins bien se connaître. Anna avait l'impression de s'épanouir dehors et de se ratatiner chez elle. Si elle s'entendait toujours bien avec Alexandre, elle ressentait de moins en moins le besoin de vivre avec lui. Au point qu'elle se demanda vraiment si elle devait vivre sous le même toit que lui. Elle profita de ce qu'il devait partir en province pour un an pour faire un remplacement et mieux se former, pour lui suggérer le mariage. Un peu pris de court, Alexandre avait un peu regimbé, mais, une fois parti dans le Nord de la France, près de sa propre famille, il avait accepté la séparation et avait quasiment disparu. C'était le lot de la plupart des couples. Il était bien rare que l'on en voie durer jusqu'à l'adolescence.

Anna était restée seule dans son appartement proche du Quartier Latin et s'y trouvait bien. Elle savourait avec délice une indépendance qui lui manquait et qu'elle avait visiblement hérité de sa mère.

Wilfrid J. fut secrètement content de savoir qu'Alexandre était sur le point de sortir de la vie d'Anna. C'était peut-être pour cela que sa fille commençait à acquérir la grâce de Mathilde.

Tous les trois échangèrent d'affectueuses effusions. Wilfrid J. embrassa Anna avec chaleur. Mais il dut encore se rendre compte que Mathilde et sa fille échangeaient une tendresse bien plus intense, à laquelle il semblait à peine prendre part.
« Comment vas-tu, Maman, tu as l'air plus belle chaque jour !
- Tout va bien, ma fille, tout va bien. Maintenant que je suis avec Wilfrid, tout va mieux que jamais. »

Quand sa fille vint le retrouver en cuisine pour espionner ses nouvelles inventions, il ne put s'empêcher de la questionner d'une voix sourde et pressante.

« Papa, tu ne te rends pas compte. Tu as été si longtemps absent, inaccessible. Tu as vécu comme un zombi pendant vingt ans de ta vie. Tu as d'abord vécu comme un reclus à peu près bon pour l'asile. Puis ça a été pire. On ne savait jamais comment te joindre. On entendait parler de toi dans les journaux. Mais tu ne prenais jamais le temps de venir jusqu'à nous. Tu étais toujours ailleurs. Le pire, c'était quand tu envoyais du fric. On avait l'impression que tu nous prenais pour des primitifs dans la misère. Tu envoyais de l'argent à tes pauvres.

On essayait de te joindre, mais cela ne répondait jamais. Quand on te voyait, à l'occasion, si rarement, il était impossible de te dire quoi que ce soit. Tu ne t'intéressais qu'à te pavaner dans tes costards à trois milliards. Tu étais horrible.

Bien entendu, nous n'avons même pas pu te dire que Maman venait au jour. De toutes manières tu étais je ne sais où et tu ne serais pas venu. Et puis nous n'en avions pas envie car tu aurais tout gâché. »

Elle laissa un temps passer, l'aidant à éplucher quelques légumes. Wilfrid J. accusait le coup mais ne disait rien. Il était submergé par la culpabilité, le regret, une lourde honte de lui-même. Anna s'en rendit compte et lui prit l'épaule pour l'embrasser sur la joue. Mais elle reprit de plus belle son récit.

« Maman n'est pas venue au jour il y a longtemps. Tu n'étais pas là et nous ne t'avons pas prévenu, en effet. Elle est venue au jour très malade. Nous avons tous craint qu'elle ne vive pas. Tu sais, quand les gens viennent au jour avec un cancer comme le sien, ils risquent d'être morts-morts. Mais nous nous sommes battus pour elle. Chaque jour nous allions la voir et nous ne voyions aucun progrès. Mails, elle, elle voulait vraiment vivre et elle a surmonté tout. Pendant plus d'un an, personne ne savait vraiment ce qu'il allait advenir. Mais nous étions présents. Pas toi. Alexandre a été admirable à cette époque. L'argent que tu nous as envoyé, et même celui que tu as envoyé à Grand-mère et tante Germaine, a servi à payer un traitement aux États Unis qui a fini par réussir. Maman a été guérie.

C'est à ce moment qu'on a commencé à lui parler de toi. On lui a dit que c'était grâce à ton fric, donc un peu grâce à toi quand même, qu'elle était désormais en bonne santé. Cela l'a énormément touchée. C'est alors qu'elle a parlé de vouloir te connaître.

Mais ce qu'elle a appris sur toi l'a retenue de chercher à te rencontrer. Elle nous disait que, si elle te rencontrait, tu ne la verrais même pas. Elle nous a dit qu'elle saurait bien quand il faudrait qu'elle te rencontre. Elle a donc décidé de vivre sa vie seule et indépendante.

Il faut que tu saches qu'elle est venue au jour jeune, Elle avait à peine quarante-huit ans. C'est souvent ainsi pour ceux qui viennent avec le cancer. Elle a tout de suite lutté contre sa maladie, puis elle s'est vite éduquée et elle a trouvé du travail qui lui permettait de continuer ses traitements, toute seule, chez elle. Nous l'adorions, nous voulions nous occuper d'elle, mais elle a cette curieuse volonté de tout faire par elle-même. Très vite, nous avons eu l'impression qu'elle s'occupait plus de nous que nous, nous occupions d'elle.

Quand nous lui reparlions de toi, elle nous répétait qu'elle ne voulait pas te rencontrer tant que tu étais trop riche pour que tu puisses la toucher. Elle nous disait qu'elle sentait que le temps viendrait vite où tu serais exactement celui dont elle rêvait. Tu sais, Maman se dit un peu medium.

Elle parle de l'avenir comme s'il s'était déjà produit. Parfois, elle me fait peur en faisant mine de me raconter comment je vais naître. Déjà que je trouve si cruel que nous sachions tous quand nous naîtrons, je ne veux pas savoir comment. C'est normal, n'est-ce pas ? En tout cas, elle nous disait qu'elle te trouverait un soir, tu te croirais encore riche et que tu te réveillerais pauvre et que, ça, elle ne le raterait sous aucun prétexte.

Un jour, elle m'a téléphoné, et m'a déclaré que « ce soir, je vais rencontrer ton père ». C'était comme ça, à brûle pourpoint. Elle avait l'air tranquille et assuré. Et c'est comme ça que cela s'est passé, n'est-ce pas ? »
Wilfrid touillait sa sauce. Il ne voyait pas très bien ce qu'il faisait car il avait des larmes dans les yeux.

S'il n'avait pas obtenu de réponses à toutes ses questions, il venait d'en recevoir d'essentielles sur lui-même. Il se sentit futile, égoïste, préoccupé de son malheureux petit sort de rien du tout. Il avait traversé sa vie comme une brindille à la surface des choses. Le récit de sa fille lui faisait boire la tasse.

Mathilde entra dans la cuisine et les trouva collés l'un à l'autre devant le fourneau. Elle rit.
« Qu'êtes-vous entrain de comploter tous les deux ?
- Rien, Maman, j'apprends à faire la cuisine, tu sais bien combien j'en ai besoin ! »
Mathilde ressortit, les laissant faire leur cuisine. Elle se dit qu'il était bien temps qu'ils fassent leur cuisine ensemble.

Le dîner se déroula dans la chaleur et les rires. Mathilde expliqua à Anna la ruse qui avait permis à Wilfrid J. de continuer de peindre. Anna confessa qu'elle préférait les « faux » aux « vrais » tableaux car elle éprouvait un malaise certain devant la violence des originaux. Mathilde lui fit remarquer que la violence était aussi la vie. Anna rétorqua qu'elle n'avait jamais complètement saisi l'intérêt que tous deux portaient à ces choses qui l'effrayaient et lui répugnaient. On parla de la beauté de la guerre, cette beauté terrible qui en fait la source d'inspiration d'un nombre incroyable d'artistes. Mais Anna n'en démordit pas. Il n'y a rien de beau dans la guerre, que des hommes, des femmes et des enfants qui souffrent.

Wilfrid J. ne participait pas à la discussion. Il y prêtait une oreille distraite. Il connaissait les arguments des uns comme des autres et ne ressentait pas le besoin d'ajouter son lot de lieux communs. Il préférait se plonger dans la contemplation de ces deux femmes aimées qui se connaissaient si bien. Qui se connaissaient si bien et que, lui, connaissait si mal. Alors il se nourrissait de les observer, pour grappiller chaque miette de cette intimité.

Cela dura jusqu'aux profondeurs de la nuit. Ils avaient émigré au salon que Mathilde avait rendu plus confortable en y installant des canapés à la place des rigides banquettes médiévales. À la lueur des lampes anciennes et devant une dernière bouteille de vin, elles continuèrent leur conversation que rien ne semblait devoir tarir. Une de ces conversations qui passe d'un sujet à l'autre au gré des souvenirs et des allusions. Cela berçait Wilfrid J. qui somnolait, vaguement ivre. Une phrase l'éveillait, puis le bruit des voix le berçait. Il se disait que ces voix étaient comme des couettes douillettes. Il adorait chacune de ces voix-là. Il avait envie qu'elles ne se taisent pas. Surtout pas.

Puis vint le moment où les voix s'espacèrent. Elles formaient l'écume d'un silence sous la brise tiède de la nuit qui avançait.

« Tu as vu l'heure ?
- Oh, mon dieu, il n'y aura plus de métro !
- Il y a longtemps qu'il n'y en a plus.
- Appelle-moi un taxi, alors.
- Tu ne veux pas dormir ici ? Il y a une chambre inoccupée et demain c'est samedi.
- Tu es sûre que cela ne te dérange pas ?
- Mais tu es chez toi ici. »

Mathilde enjoint doucement à Wilfrid J. d'aller se coucher. Elle viendrait vite le retrouver. Comme un gamin, il alla se brosser les dents et se glissa dans le lit pour s'assoupir immédiatement.

Pendant ce temps-là, Mathilde et Anna préparèrent la seconde chambre, celle qui n'avait jamais servi. Anna la trouva agréable et, quand le lit fut fait, elle dit à sa mère qu'il lui semblait que cette chambre lui était très familière. Puis elle s'allongea sous les draps. Sa mère s'assit sur le bord du lit, comme pour lui lire une histoire. Elles échangèrent encore un mot, puis un autre. Puis elles continuèrent de se parler, à mi-voix, pour ne pas réveiller le silence.

Le lendemain matin, Wilfrid J. se réveilla seul.

Il lui fallut un moment pour remettre en place ses souvenirs de la soirée et s'expliquer l'absence de Mathilde à ses côtés. Il parcourut l'appartement vide puis il poussa la porte de l'autre chambre. Anna dormait dans le lit, Mathilde était allongée en travers, la main posée sur le ventre de sa fille.

Il descendit en catimini acheter des croissants et des roses. Plein de roses, parce qu'il se sentait incroyablement heureux.

CHAPITRE 17
LA FAMILLE

Wilfrid J., très largement poussé par Mathilde et Anna, redevint à part entière un membre de sa famille. On ne dira pas qu'il en devint un membre actif, un stakhanoviste des réunions familiales, mais il prit conscience de l'existence tous ces gens qui formaient, bon an mal an, un tissu plus ou moins uni dans le reste du monde.

La présence de Mathilde à ses côtés avait singulièrement adouci les rugosités de sa personnalité et l'on avait cessé de considérer comme un original aussi incontrôlable que difficile à supporter. S'il gardait ses distances, ce n'était plus par défi ou par le fruit d'inexplicables bizarreries, mais simplement parce qu'il était comme ça. Tout à fait au fond de lui, il se moquait bien de la famille. Mais il savait que Mathilde y tenait beaucoup. Elle lui faisait remarquer qu'elle-même ne tenait pas forcément à se faire envahir. Mais elle lui rappelait à l'occasion qu'une famille était une sorte de gage de permanence, d'immortalité. Wilfrid J. y croyait moins qu'à moitié, mais il n'eût jamais rien refusé à Mathilde.

C'est ainsi que, très épisodiquement, mais régulièrement, il rencontra les autres membres de sa famille. Il était loin le temps où il avait songé qu'Hassan,, Saïda et Momo avaient été sa famille d'adoption par dépit de cette famille-là qu'il abhorrait. Aujourd'hui, Hassan avait disparu. Saïda aussi… S'il demeurait une insondable nostalgie, il ne restait rien d'autre. Alors, cette famille qui était la sienne, même s'il ne l'aimait pas de la même manière, loin de là, cette famille durait. Et puis, il y avait Mathilde et Anna.

Wilfrid J. consentait à tout pourvu que Mathilde et Anna fussent là. Et elles étaient toujours là pour lui rendre cette famille bien douce.

C'est ainsi, qu'au 21 juin de sa quarante huitième année, il organisa la quatrième tentative de fêter son anniversaire. L'événement revêtait à ses yeux un caractère symbolique considérable. Ce serait l'occasion de renouer ce qui ne s'était jamais vraiment noué, de symboliser une nouvelle vie par une célébration dont il ne pouvait s'empêcher de penser qu'elle était à haut risque. Mathilde et Anna durent longuement le rassurer pour qu'il ne se défile pas.

Les préparatifs furent menés avec précautions. Wilfrid J. savait trop bien qu'un menu trop audacieux lui avait coûté l'opprobre des siens. L'appartement fut briqué comme il se devait et tout fut fait pour un accueil lisse et imperméable aux critiques les plus inattendues.

Wilfrid J. prit un soin méticuleux à choisir ses vêtements. Mais son choix fut balayé par Mathilde qui lui suggéra tout simplement d'enfiler un jean. « Sois un peu moderne, ce n'est qu'un anniversaire, pas une cérémonie d'investiture ! »

Elle le persuada de préparer un menu simple, pas un repas d'ambassadeurs ou un banquet tribal. Anna était venue aider et toute la matinée fut consacrée à préparer le débarquement.

Pour son menu, il s'abstint instinctivement de toute présence d'œufs. En tout état de cause, il avait cessé depuis quelques années d'aimer les œufs. Il préféra élaborer une recette qu'il savait tendre et savoureuse. Tout d'abord, il désossa soigneusement un beau gigot d'agneau. D'un couteau précis, il parvint à ôter l'os sans défaire le morceau, se contentant de réserver la souris. Puis il malaxa un mélange de feta grecque, d'origan fraîchement cueilli, d'ail et d'huile d'olive de Kalamata. Il sala ce mélange, y ajouta du poivre et une pointe de piment. Il plaça cette pâte épaisse là où se trouvait l'os, y ajouta la souris et ficela la viande pour qu'elle semble ne jamais avoir été désossée. Il posa son gigot sur une feuille d'aluminium et, après avoir ajouté de petits oignons pelés tout autour de la viande, il referma hermétiquement la feuille et mit le tout dans un plat qu'il plaça dans le four dont la chaleur était juste moyenne.
« Nous allons le laisser là trois bonnes heures, décréta-t-il.
- Tu te rends compte que cela nous fera manger à trois heures, lui fit remarquer sa fille.
- Il faut savoir attendre son plaisir ! Et puis nous allons préparer des mezes.
- Des quoi ?
- Des antipasti, des tapas, des amuse gueule... »

Anna ne discuta pas. Jamais son père n'avait l'air plus maître de lui que lorsqu'il était en cuisine, capitaine de son navire. Elle saurait bien faire attendre les invités. Un parfum de soleil emplissait déjà la cuisine.

Les premières qui arrivèrent furent Germaine et Simone. À leur allure, nul n'eut pu les traiter encore de tante et de Grand-mère. Wilfrid J. s'aperçut qu'il n'avait jamais connu cette dernière par son prénom. Même lorsqu'il vivait avec elles, il continuait de les traiter de tante et de Grand-mère et elles y consentaient par la force de l'habitude. Mais, désormais, astiquées, parées à l'extrême, elles ne semblaient pas avoir plus de la trentaine (ce qui était faux) et ne toléraient plus qu'on leur donnât leur titre de venue au jour. Elles détestaient leurs prénoms et se faisaient souvent appeler Karin et Nathalie. Mais en famille, elles n'échappaient pas aux à leurs noms de baptême. Donc, Germaine, alias Karin, mince comme une règle d'institutrice, le cheveu court coiffé avec une raie et figé par le gel, vêtue d'un costume noir sur une chemise ouverte, arriva en compagnie de Simone, alias Nathalie, en robe vichy et choucroute, ce qui eût été charmant si elle n'avait pas pesé deux fois le poids de Brigitte Bardot.
Elles ne s'étaient donc jamais quittées, ces deux-là. Pourtant, il ne manquait pas un bouton de guêtres à leur acrimonie dont elles ne s'épargnaient pas l'une l'autre, bien au contraire.
Comme à leur accoutumée, elles menaient leurs attaques en deux temps. Simone, puis qu'il faut bien l'appeler ainsi, identifiait la cible et artillait sans nuance. Puis Germaine, mine de rien, nettoyait les tranchées au couteau. Cela donnait, par exemple :
« Ah, Wilfrid, tu as de nouveaux canapés ! On voit que c'est Mathilde qui les a choisis. C'était la désignation de la cible par Simone.
- C'est vrai qu'ils sont plus confortables que ces horreurs que tu avais avant. Petit coup de fiel sans conséquence de Germaine.
- C'est vrai qu'ils sont confortables, mais ils sont un peu mastocs pour la pièce. Panzer Mama était à l'œuvre.
- Nous avons failli choisir les mêmes pour chez nous. Mais nous avons vu comment étaient les finitions. Ce doit être ça qui les rend un peu lourds. Nous avons trouvé chez Machin, une petite boutique qui n'a l'air de rien, des petits canapés d'un goût exquis, pour une bouchée de pain... Germaine finissait le travail. »
Wilfrid J., sentant l'insulte s'envoler vers Mathilde, fut, par cette dernière circonvenu d'intervenir. Elle leur annonça, dans un vaste sourire qu'elle n'avait pas payé ces canapés et que leurs petits défauts ne les

empêchaient pas d'offrir aux deux vipères assez de confort pour le moment. C'était dit avec une onction et une douceur désarmantes. Wilfrid J. ne les avait jamais vues aussi penaudes avec leurs flingues fumants.

Germaine et Simone ne firent aucune allusion à l'épisode où il avait vécu en leur compagnie. Mais, à sa grande surprise, elles se montrèrent affectueuses avec lui. Lui prodiguant des vacheries suffisamment modérées et indolores pour que cela passa pour de la gentillesse. Germaine inspecta la cuisine et n'y trouva pas grand-chose à redire. Même que, « pour une fois », cela sentait bon. « J'espère que tu n'as pas mis trop d'ail ! »

Puis arriva Michael, Il devait ne pas avoir trente ans. Il était en compagnie d'une petite jeune femme pâlote, à l'air complètement défait. On lisait sur le visage de ce grand gaillard aux regard doux la fatigue et le désenchantement. Ils semblaient tous les deux très amoureux, mais profondément marqués par une épreuve qui pesait déjà sur leur entente.
« Notre fille est née le mois dernier, cela a été très pénible. Ma femme a beaucoup de mal à s'en remettre » dit-il sur un ton qui prouvait qu'il était le premier à ne pouvoir s'en remettre.
Un enfant qui naissait était toujours une épreuve difficile. Neuf mois et puis plus rien. Tout un passé qui s'effaçait, toute une relation qui perdait son lien et sa mémoire. Wilfrid J. se sentait gourd à trouver les mots qui réconfortaient. Mathilde, elle, sut prendre fraternellement son cousin par l'épaule pour lui rappeler qu'ils étaient toujours là. Personne ne se préoccupa de l'épouse qui se laissa avaler par un fauteuil. Elle n'était même pas une cible valable pour Germaine et Simone qui l'ignorèrent.

L'autre oncle arriva très en retard. Il s'était perdu car la rue était mal indiquée sur le plan. Il n'y avait pas de place pour se garer et pas de numéro sur l'immeuble, et pas de noms sur les boîtes à lettre. Il était accompagné d'une jeune femme étriquée qui tournait la tête partout comme un poulet. Lui-même ne semblait pas lui accorder beaucoup d'attention. Quand il vit les tableaux de Wilfrid J., il lui demanda comment il faisait pour peindre. « Avec des pinceaux », répondit ce dernier. Les deux guerrières furent fatiguées par avance de devoir se le faire.

Wilfrid J. nota, avec une touche de regret, à quel point la famille s'était resserrée. Pour la première fois, à son anniversaire, il n'y avait ni adolescents renfrognés, ni enfants turbulents, ni bébés vagissants. Tout le monde était plus jeune, certes, mais il n'y avait plus d'enfants. C'était une assemblée d'adultes qui gagnait en sérénité ce qu'elle perdait en animation. Il manquait cette jeunesse qui oblige aux entorses aux bonnes manières et ajoute un je ne sais quoi de liberté. « C'est trop sage, se dit-il. »
En matière de sagesse, il allait être servi.

Grand-père arriva en compagnie de Mamy. Wilfrid J. savait qu'ils étaient venus au jour quelques années auparavant, de fait, quelques mois avant Mathilde. Leurs venues au jour s'étaient succédées de quelques semaines. Encore pendant sa période d'absence. Mathilde ne lui en avait parlé que très évasivement. Anna pas du tout. Pourtant, ils étaient là, sur le seuil de la porte. La statue du Commandeur, accompagné de sa Commandeuse.
Quand Wilfrid J. avait demandé à Mathilde pourquoi elle les invitait puisqu'elle semblait ne pas aimer jusqu'à prononcer leurs noms, elle lui avait répondu : « Il faut bien que tu connaisses tes parents. »
Tous les deux se tenaient droits dans l'embrasure de la porte, droits et figés. Ils étaient très âgés, certainement des quatre vingtenaires. Lui était tenu à la verticale par un pardessus bleu sombre, elle par un manteau de fourrure. On se serait cru en hiver. Pourtant, ce 21 juin était doux et estival.
Mathilde avait demandé à Wilfrid J. d'aller ouvrir alors qu'elle s'était précipitée pour tous les autres. Ainsi se trouva-t'il en face de cet homme au regard bleu pâle et aux cheveux parfaitement blancs coiffés durs vers l'arrière. Il était décontenancé et l'homme le regardait fixement. Sottement il tendit la main et l'autre la prit fermement tout en se penchant pour poser sa joue contre la sienne. « Bonjour mon fils. »
Puis il se trouva en face de Mamy, grande et mince aussi, le regard aussi bleu, les cheveux aussi blancs et aussi rigides. Elle lui picora les deux joues de ce qui devait ressembler à des baisers.
« Bonjour mon fils. »
Wilfrid J. fut pris de vertige pendant que les deux aïeux s'avançaient dans l'appartement comme s'ils pénétraient dans un bouge. Un vertige qui lui annonçait sa jeunesse, son enfance.
Il comprit en un instant que, pour ces deux-là, il avait simplement mal tourné et que Mathilde en était la cause, qu'Anna en était la conséquence impardonnable. Il les aida à ôter leurs manteaux et se retrouva avec un

homme en costume strict et une femme en tailleur encore plus strict. Ils entrèrent dans le salon dans un silence de mort. Germaine et Simone se ratatinèrent dans leur canapé. Les oncles devinrent transparents. Mathilde et Anna avaient soudain beaucoup à faire dans la cuisine.

Autant dire que les effusions furent limitées. Les deux vieux se contentèrent de hocher la tête en direction de l'assistance et occupèrent, au strict sens du terme Occupation, les deux fauteuils qui s'étaient miraculeusement libérés à leur arrivée. Wilfrid J. se souvint, presque avec nostalgie, de son premier anniversaire où Grand-mère et tante Germaine avaient investi le salon avec un effet délétère sur l'atmosphère qui avait au moins le mérite d'être explosif.

Et son gigot à la Kalamata ne serait prêt que dans plus d'une heure !

L'ambiance était celle d'une classe dissipée dans laquelle viennent d'entrer le censeur et le surveillant général. Après l'arrêt brutal des gestes et des conversations, chacun reprenait vie, ou plutôt ses positions. Aux voix animées succédaient des conversations de confessionnal. On se tenait juste comme il faut, sans trop bouger, sans trop parler. Simone oublia de lamper son whisky, les autres contemplaient leur verre comme s'il était trop plein. À la cuisine, Anna et Mathilde s'affairaient comme si les casseroles étaient devenues en feutre. Wilfrid J. remarqua un phénomène qu'il n'avait jamais encore vécu : il n'était pas la cause du malaise. Dans cette brusque réfrigération climatique, il faisait partie de la tribu. Et dans cette tribu, il avait la sensation que tous cherchaient plus ou moins à le protéger d'un danger presque palpable.

L'oncle qui posait toujours les bonnes questions s'adressa au Grand-père et lui demanda s'il avait eu du mal à trouver. L'assistance lui fut reconnaissante, pour une fois, d'avoir inventé un sujet de conversation. La Mamy répondit que les taxis étaient payés pour ça. Fermez le ban.
Mais, à la surprise générale, le Grand-père prolongea le propos en leur faisant un cours d'une précision diabolique sur le style néo-gothique qui, dans le sillage de Viollet-le-duc s'était développé tardivement au XIXe siècle à la périphérie des quartiers haussmanniens par des familles d'une bourgeoisie qui s'était enrichie tardivement. La Mamy le regardait parler en hochant la tête et balayait l'assistance comme si elle était courroucée qu'on ne prit pas de notes sur son cahier.

« Maxime fait déjà ses recherches généalogiques. Il lui tarde de pouvoir fonder étude notariale, justement dans ce quartier, spécialisée dans les biens créés au Second Empire, déclara-t'elle, c'est une vraie situation, une profession convenable. »

Tout cela sentait l'encaustique et la paperasse jaunie. Mais Wilfrid J. nota quand même que le Grand-père, malgré le balai qu'il avait avalé dès sa venue au jour, vivait une véritable passion. Pour cela, cet homme froid et dur ne pouvait pas être complètement mauvais. En revanche, la Mamy n'offrait aucun signe qui pût la rattacher au genre humain.

Mathilde vint glisser un mot à Simone et Germaine et elles donnèrent le signal de passer à table. C'était comme si tout le monde s'était donné le mot. Un protocole invisible plaça chacun là où il fallait qu'il soit. Mathilde et Anna était protégées des deux aïeux par au moins un convive.

Sous chaque serviette, Wilfrid J. avait glissé un minuscule petit tableau. Plutôt que de recevoir des cadeaux, il lui plaisait d'en faire aux autres et son anniversaire était l'occasion de créer une nouvelle coutume. À cette intention, il avait innové en peignant des scènes colorées et gaies, sans vaudou, sans cachots.

Chacun s'extasia devant la miniature qui lui était destinée. Chacun sauf la Mamy qui posa la sienne de côté comme s'il s'était agi d'un cafard dans les couverts. Le Grand-père inspecta la sienne pour faire remarquer que le style gothique flamboyant n'incluait jamais de chapiteaux ioniens. Mathilde et Anna lui adressèrent un regard admiratif qui le réconcilia avec la vie.
La Mamy, finit par considérer sa propre miniature d'un œil gelé : « C'est donc cela, tu fais de la peinture. Ce n'est pas un métier, ça. »

Le mezes arrivèrent. Chacun essaya de s'en régaler en respectant les bonnes manières. Rien n'y fit. La Mamy décréta que ces choses se mangeaient salement. Le gigot arriva, embaumant des parfums des îles grecques. La Mamy décréta que le fromage gâchait complètement la viande trop cuite. La pincée de piment qu'y avait semée Wilfrid J. faillit lui causer un choc anaphylactique. Il était temps que les deux aïeux prissent le large. Leur départ manqua de dignité, le Grand-père soutenant son épouse aux joues écarlates.

Sur le seuil de la porte, alors que Wilfrid J., gêné, se confondait en excuses, le Grand-père lui donna deux tapes sur la joue. « Va, continue, mon fils, ce n'est pas de ta faute. »

Après leur départ, la tablée resta un moment silencieuse, puis il y eut comme un long soupir. Puis on éclata de rire. Un instant après, Anna se mit à pleurer. Mathilde la prit dans ses bras et, doucement la consola.

On finit par apporter le gâteau et Wilfrid souffla ses bougies. Avait-il jamais réussi à souffler ses bougies lors d'un de ces repas ? Il n'en avait pas le souvenir. Tout en regardant Germaine couper le gâteau avec une précision d'architecte, il se fit la réflexion qu'il se trouvait en famille pour la première fois. Qu'il les aimât ou non, qu'il appréciât leur personnalité ou non, cela ne comptait pas beaucoup. Il sentit, qu'arrivé au milieu de sa vie, autour de cette tablée, sous le regard de Mathilde, devant sa part de gâteau. Il avait enfin cessé d'être seul.

La journée s'étira jusqu'à la nuit. Personne ne faisait mine de vouloir s'en aller. On but un peu trop, on se partagea les restes du déjeuner pour prolonger la soirée. Puis chacun prit le départ gratifiant Mathilde, Anna et Wilfrid J. d'une gentillesse, même Simone, même Germaine. L'oncle Michael avait même retrouvé le sourire. L'autre oncle acheva de les faire rire par une sottise si mal à propos qu'elle confinait au génie.

Resté seul dans la salle à manger que l'on n'avait pas encore complètement débarrassée, Wilfrid J. remarqua qu'il restait une de ses miniatures. C'était celle qui était sous la serviette de la Mamy. Il la contempla longuement. Il eut envie de la briser, de la détruire. Puis il se ravisa. Le petit tableau n'y était pour rien. Il se servit un verre de vin et songea. La pénombre noyait les angles de la pièce. Il était là, devant la nappe blanche, ce petit tableau sous les yeux. Il avait été heureux, mais sa fille avait pleuré. Il n'était plus seul, mais un pressentiment, sournoisement, taraudait son bonheur.

Un jour, inéluctablement, cela s'était écrit aujourd'hui, sa vie aboutirait là, au cœur de cette femme qui semblait ne pas en avoir. Comment parviendrait-il à ce non-sens effrayant ?
Il laissa le temps s'écouler autour de lui, sa rêverie figée dans l'inconnu.

Le silence s'était fait complètement quand il décida d'aller se coucher. Il posa la tête contre le ventre de Mathilde qui dormait profondément. Il s'assoupit avec la main de sa femme posée sur sa joue.

Il lui restait quarante-huit ans à vivre.

CHAPITRE 18
UNE VIE EN FUSION

Anna venait de plus en plus souvent dîner. De plus en plus souvent, elle restait si tard, qu'elle dormait dans la seconde chambre. Lorsque cela se produisait le vendredi, il n'était pas rare qu'elle passe tout le week-end avec ses parents.

Elle avait complètement oublié Alexandre qui ne revenait plus.

Puis elle eut de plus en plus de mal à payer son loyer car son travail d'assistante, d'abord devint épisodique, puis fut supprimé. C'est ainsi que Mathilde, tout en jetant un regard vers Wilfrid J. pour chercher son approbation, lui proposa de venir s'installer dans l'appartement. Ils convinrent tous que c'était la solution idéale.

De fait, chacun, dans son for intérieur, n'attendait que cela.

Wilfrid J. avait bien suggéré, incidemment qu'Anna investisse le fameux studio où Mathilde ne faisait plus que menacer de retourner lors de leurs rares disputes. Mais cette dernière, et Anna en chorus, avaient exclus cette option avec de hauts cris. Il avait donc assisté à l'invasion de montagnes de vêtements, d'une ménagerie de peluches, de livres perclus de notes, de meubles bricolés, d'affiches d'art et de cinéma qui couvrirent tous les murs de cette chambre assez exiguë.

En peu de mois, il était tout entier enfoui dans cet environnement dominé par Mathilde et Anna. L'ascèse médiévale de son environnement de vieux mâle avait cédé le pas à la multitude des touches de la féminité. Rien de fanfrelucheux, ses deux anges n'en avaient aucunement le style. Cela ne ressemblait en rien à la bonbonnière de mauvais goût de Germaine et Simone, mais une sorte de souplesse dans l'espace qui, au fond, l'enchantait. D'autant que, par un goût marqué des zones sombres des rêves, Mathilde conservait au décor une part essentielle de mystère.

Comme tous les trois avaient le goût d'écrire et de créer, lui ses peintures, Mathilde ses articles, Anna ses essais, ils campaient avec délice au milieu de leur création. Cela conférait à l'espace une touche de bohême, de désinvolture inspirée.
Il s'établit entre les trois une complicité de tous les instants. Une telle complicité qu'ils avaient tendance à se replier sur eux-mêmes, se manquant dès que l'un ou l'une devait s'absenter pour une cause ou pour une autre. Seule Mathilde semblait toujours, avec une grande discrétion, par l'esquive plutôt que par le refus, conserver le secret de ses activités et de ses œuvres.

Au bout de quelques années, Wilfrid J. se fit la réflexion qu'il n'avait jamais lu rien d'elle sinon quelques bribes abandonnées par hasard. Il avait bien tenté, une fois, de s'emparer d'un de ses articles qu'elle avait enfermés dans une sacoche fermant à clé. Elle l'avait pris sur le fait et, dans une de ses très rares colères, elle avait déserté l'appartement pour une semaine, le laissant en tête à tête avec sa fille. Cette dernière l'avait foudroyeusement engueulé et lui avait battu froid jusqu'au retour de Mathilde.
Désormais, il s'abstenait de toute intrusion tout en gardant au cœur, une légère amertume de ne pas être, à part entière, membre du club de sa fille et de sa femme.

Au bout du compte et des années qui s'écoulaient avec une onctueuse nonchalance, ce secret devint une part de son existence qu'il ne ressentit même plus. Il vivait heureux près d'un monde secret qui brûlait quand on s'en approchait. Et alors ?

Leurs vies les envahissaient et l'appartement devenait une outre gonflée de leur fusion. Ils éprouvaient le besoin d'être ensemble et de partager le plus clair, et le plus sombre de leur temps. À dix-huit ans, sous prétexte de regarder un film particulièrement angoissant, Anna venait les retrouver dans leur chambre, armée de son oreiller et d'une énorme peluche. Mathilde ne refusait jamais, tout en se plaignant de son encombrante invasion. Mais il les découvrait le matin, sa fille blottie contre sa mère, dormant comme des bienheureuses. Anna suçait son pouce... Il contemplait le spectacle avec tendresse et courait chercher des croissants.

Lors des réunions familiales, qui demeuraient rares et de moins en moins nombreuses, leur étrange trinité appelait quelques remarques, en particulier de Germaine devenue assez intégriste depuis qu'elle avait cessé de vivre avec Simone pour vivre seul dans une chambre sans confort qu'elle briquait à l'extrême. Germaine, qui exigeait de plus en plus fort de se faire appeler Karin, prônait l'autonomie, l'indépendance, la pureté essentielle, le détachement suprême de l'être. Les voir ainsi partager leur espace, leur air, leurs habitudes, leur couche, la révulsait. Elle leur prédisait les pires dégradations de l'âme et du corps. Simone, alias Nathalie, mais cela n'était qu'un jeu, se contentait de trouver tout cela un peu contre-nature. Pour elle, l vrai problème était que la présence d'un homme n'était pas souhaitable pour l'épanouissement de la femme.

Ils ne songeaient pas à quitter l'appartement que bourrait un invraisemblable bric à brac de livres, de documents et de peinture. Leur promiscuité était leur énergie. Un appartement plus grand les eût fait se perdre, se diluer, se défaire.

Wilfrid J. peignait ses miniatures avec une assiduité qui s'était depuis longtemps départie de toute véritable inspiration. Il ne peignait pas vraiment, il fournissait la galerie qui se contentait avec un profit considérable de miniatures qui se ressemblaient toutes. Son travail, complètement allégé de toute référence mortifère, était devenu lumineux, coloré, exotique. Les ogives en ruine avaient cédé la place à des maisonnettes, les démons avaient cédé la place à des animaux familiers. Son œuvre se vendait en masse pour la décoration des chambres d'enfant. Loin de le rendre célèbre, sa peinture était simplement devenu un travail qui occupait une grande partie de son temps. Ce travail consistait à appliquer des recettes simples, à recombiner à l'infini des formes et des couleurs. Loin de souhaiter qu'il se renouvelât, la galerie ne réclamait qu'une diversité dans la plus stricte constance du genre.
« Je suis une photocopieuse, maugréait-il parfois, une photocopieuse qui fait des erreurs ! »

Parfois, Mathilde lui soufflait dans l'oreille : « Fais m'en un comme avant, bien noir ! »
Il s'exécutait avec onction. Sa technique lui permettait de s'affranchir de son inspiration à jamais évanouie. Il se contentait de renouveler les images de cauchemar comme il reproduisait les scènes naïves. Mais ce

qu'il peignait alors lui procurait un plaisir nostalgique et il y passait un temps plus long et plus intense. Puis il l'appelait : « J'ai fini ! »
Elle regardait l'offre d'un œil gourmand, puis elle la remisait avec le reste de la collection. Au secret de tous. Ces soirs-là, elle était particulièrement tendre avec lui.

Bien qu'ils n'eussent jamais manqué d'inviter le Grand-père et la Mamy aux anniversaires, ces derniers déclinaient l'invitation par l'envoi d'un carton qui indiquait avec une froide politesse que tous deux avaient le regret de ne pas pouvoir venir, retenus qu'ils étaient par d'autres obligations. Sur le coup, tout le monde poussait un soupir de soulagement. On se retrouverait entre soi.

Qui venait ? Karin qui se donnait des airs de garçon ambigu, Simone (qui avait renoncé à se faire appeler Nathalie, mais pas à se déguiser en starlette des années soixante), l'oncle Michael gentil et grand comme un ours en peluche. On oubliait souvent l'autre oncle. Les épouses s'étaient évaporées. Wilfrid J., Mathilde et Anna étaient devenus « la famille ». Wilfrid J. était, en approchant la quarantaine, le doyen de ce petit monde. Simone, qui avait de la suite dans les idées, déclarait souvent qu'il était gâteux.
On riait beaucoup, on résistait bien aux vacheries des deux vipères. On se sentait bien ensemble. Il arrivait que tous restent la nuit, se débrouillant pour se partager les canapés et les lits. C'est sûrement à l'occasion d'une de ces nuits de bivouac que Karin et Simone trouvèrent agréable de dormir ensemble.

Mathilde et Anna se ressemblaient de plus en plus. Wilfrid J. en venait à les confondre quand il les voyait de dos, en gros pull et en jean, leurs cheveux auburn répandus sur les épaules. L'une et l'autre s'échangeaient leurs vêtements, usaient du même parfum, avaient la même voix, à peine plus rauque chez Mathilde. Les deux lui prenaient ses pyjamas. Il avait la sensation de vivre l'original et la copie, avec les deux doigts d'une même main. Il puisait son bonheur de cette duplication.

S'il y puisait son bonheur, il n'en faisait, peu à peu, plus complètement partie. La peinture de ses tableaux l'absorbait considérablement. Les commandes affluaient et il devait souvent passer une grande partie de la nuit à terminer une commande. Elles s'abstenaient de le déranger, sauf, par moments à venir l'enlacer par-derrière sa chaise et l'embrasser dans les cheveux, sur le front, tout en regardant sa main opérer sa magie dans les détails ténus des miniatures. Il ne se retournait pas et laissait Anna ou Mathilde le taquiner en faisant mine de maugréer. Plus d'une fois, il ne sut pas laquelle des deux l'emprisonnait dans sa tendre affection. Un regard sur les mains, seul, eût suffi à le renseigner, mais il affectait de ne s'intéresser qu'à son ouvrage. Cette troublante gémellité ne lui déplaisait pas.

Quand, au cœur de la nuit, la fatigue l'emportait, il se dirigeait vers la chambre et découvrait Mathilde et Anna endormies devant la télé dont elles avaient coupé le son. Largement étalées, séparées seulement par une énorme peluche, liées par le bout de leurs doigts elles ne lui laissaient aucune place, ni au propre, ni au figuré. Alors il battait en retraite après avoir éteint le poste et allait dormir dans la chambre de sa fille.

Son bonheur, c'était l'immobilité. Le temps s'était alangui et il rêvait que rien ne change.

Il reçut un jour un de ces petits cartons qui était la spécialité du Grand-père. Ce dernier lui était spécifiquement adressé, contrairement aux autres qui les désignaient, Mathilde et lui. Sur le carton, une petite écriture précise, lui demandait d'appeler son père à tel numéro. Ce qu'il fit après avoir hésité longuement, la peur au ventre.
Son père le convoqua aimablement, mais fermement dans un restaurant de l'avenue Marceau. Un de ces restaurants chic et sérieux où se discutaient avant tout des affaires. Il arriva juste à l'heure, mais son père était déjà là, assis près de la vitre, sa silhouette droite en costume bleu se dressant devant la nappe blanche, sa main faisant négligemment tourner les glaçons d'un généreux scotch. L'homme se laissa embrasser sur sa joue bien rasée, mais ne rendit pas le baiser. Il invita son fils à s'asseoir en face de lui d'un geste de la main. Le Grand-père n'était pas un homme loquace.

Wilfrid J. était intimidé, à moitié paralysé par le regard pâle qui l'observait sans presque jamais ciller. Il abandonna à son père le soin de choisir le menu. Ouf, son père était un gourmand. Ils n'échangèrent pas dix phrases avant d'avoir fini le hors d'œuvre. Puis le Grand-père lui posa des questions précises et acérées comme celles d'un juge d'instruction. Dès que Wilfrid J. se laissait aller à trop de détail, l'autre le coupait par un « je sais » polaire. Son père semblait, non pas chercher à connaître le détail de la vie de son fils. Il semblait avoir lu tout ce qui précède et bien plus. Il cherchait plutôt à élucider ce que Wilfrid J., lui-même, ne pouvait s'expliquer : ses motivations. À aucun moment, le père n'émettait un avis. Quand une réponse semblait le satisfaire, ou, à tout le moins avoir cerné un épisode de la vie de Wilfrid J., il passait à un autre, sans ordre précis.

Wilfrid J. était prisonnier de ce regard et de ces questions. Il ne pouvait pas même s'esquiver par la dégustation des mets qu'un serveur efficace et silencieux apportait devant eux, pas plus que le vin ne lui permettait de s'affranchir par une salutaire griserie. Il ne se voyait ni manger ni boire. Il répondait en cherchant ses mots, en tentant de ne pas se recouper. Il en fut au troisième café sans avoir le souvenir de ce qu'il avait mangé, profondément épuisé. Pourtant, à aucun moment, son père n'avait élevé la voix, porté de jugement ou posé de question malveillante. Il parlait d'une voix sèche, presque métallique, mais avec une certaine douceur. N'importe qui, les observant, eût conclu qu'un vieux monsieur très courtois s'intéressait à un quadragénaire assez nerveux.

Chacun des épisodes de la vie de Wilfrid J. avait été fouillé. À chaque fois, son père ne s'intéressait guère aux événements eux-mêmes. Il ne cherchait à connaître qu'une chose : comment Wilfrid J. avait choisi de se trouver là. À chaque fois, Wilfrid J. confessait qu'il n'avait pas choisi. Ce n'était pas son père qui lui disait cela, qui posait le verdict de son absence de capacité de choisir, c'était lui-même, guidé par l'acuité acérée des interrogations, qui en venait à cette conclusion. En face de cet homme qui était une décision vivante.

« Vois-tu, mon fils, j'ai le sentiment, à t'écouter, que tu ne mènes pas ta vie, que c'est elle qui te mène. Je ne suis pas certain que ce soit un moyen de réussir son existence. »
Wilfrid J. tenta de se défendre en alléguant de sa quête d'amitié, de la création de l'Œuf Couronné, des réussites indéniables de son existence.
« Mais, mon cher fils, à chaque fois que tu as pris une décision, où t'a-t-elle conduit. Tu ne sais trouver ton bonheur que si les autres te l'apportent ».
Touché, coulé.

Son père s'abstint de lui opposer sa propre volonté qui s'était déjà traduite par sa rapide union avec la Mamy, et venait, cas exceptionnel à son âge, par la fondation d'une florissante étude notariale spécialisée dans la généalogie et les successions. Il s'abstint même de lui expliquer comment il avait su se préserver des diktats de son épouse pour demeurer un être humain. Cela, Wilfrid J. le savait et le Grand-père était adversaire de la redondance, de la resucée et du pléonasme.

De la même manière, il n'eut pas à se donner la peine de porter le moindre jugement sur ce que Wilfrid J. tenait pour sa famille. Une lueur dans le regard de son père, lorsqu'il faisait allusion aux récentes assemblées familiales auxquelles il s'abstenait de venir, lui fit comprendre qu'il tenait tout ce monde pour un zoo, un cirque, une sinistre plaisanterie.

C'est alors que Wilfrid J. comprit. Dans toute sa bienveillante mais rigoureuse investigation, son père n'avait cessé de poursuivre un seul but. Il n'avait pas levé le moindre voile sur ses intentions secrètes. Mais Wilfrid J. voyait, il comprenait. C'était sa propre famille, sa vie avec Mathilde et son enfant adorée qui étaient sur la sellette. Son père ne l'avait fait venir et ne l'avait interrogé sur toute sa vie que pour qu'il remette lui-même en question son bonheur et l'harmonie qu'il avait enfin découverts. Le message était sans équivoque. Il vivait avec sa femme et sa fille, non parce qu'il avait choisi de le faire, mais parce qu'elles avaient envahi la friche de son existence au moment opportun pour profiter de son manque de volonté. Il n'était pas un peintre à la petite semaine parce qu'il avait choisi de l'être, mais parce que cela convenait aux aspirations de Mathilde et de son âme damnée, sa fille.

En l'absence de décisions qui lui seraient propres, Wilfrid J. se transformait en légume, perdait tout espoir d'acquérir une position sociale aussi enviable que celle de son propre père. Un vieillard.

Wilfrid J. n'écoutait plus le Grand-père aligner ses phrases au cordeau. Il n'avait plus en face de lui qu'un homme gelé qui répandait la désolation dans ce qui lui était le plus cher. Malgré toute son acuité, son père ne semblait pas se rendre compte que son fils ne l'écoutait plus et bouillait au fond de lui-même. Il parlait, tout imbu de sa sagacité venimeuse. Il distillait d'une voix nette et sans accrocs ses vérités toutes faites qui sentaient la naphtaline.
Wilfrid J. avait envie de hurler, de l'insulter, de le renvoyer au cimetière de Montmartre d'où il était, bien entendu, venu au milieu d'une

assemblée de ses semblables. Mais le regard le verrouillait sur son siège. Il était prisonnier de ce restaurant ennuyeux, de cette voix d'autorail, de cette présence judiciaire.

Il se laissa surprendre, au bout d'un moment, par son père qui se levait en chiffonnant sa serviette juste ce qu'il fallait et lui déclarait qu'il était temps qu'ils se quittent et que la conversation avait été très fructueuse et qu'il faudrait qu'ils se rencontrent plus souvent et qu'il espérait que Wilfrid J. ferait enfin quelque chose de son existence et qu'il souhaitait plein de bonnes choses à… Mathilde, c'est ça ?

Ils se séparèrent. Bise unilatérale et sans enthousiasme.

Il rentra à pied, ce n'était pas bien loin. Il avait besoin de marcher pour diluer l'âcreté de sa colère. Son petit monde lui manquait, mais il craignait de leur montrer son amertume de s'exposer en vaincu. Il éprouvait, au fond de son cœur, un sentiment de nostalgie. Un ver s'était insinué dans le fruit de sa passion.

Quand il fut à nouveau dans l'appartement, il retrouva la chaleur et la douceur de la vie. Il lui suffit de se laisser aller dans les bras de Mathilde pour que cette dernière se rende compte qu'elle accueillait un blessé. Elle aimait réconforter Wilfrid J., et lui aimait cela aussi. Ce soir-là, elles l'entourèrent d'une grande douceur sans lui demander la cause de son bouleversement. Elles savaient.

Il essaya de se consacrer à sa peinture, mais son trait s'était asséché. Il se sentait fatigué, son toucher ne convenait pas à la délicatesse des miniatures enfantines. Il partit dormir. Mathilde et Anna étaient enlacées dans la contemplation d'un film d'horreur qui les faisait glousser.

« Ne crois-tu pas qu'Anna devrait dormir dans sa chambre. À son âge ! Et puis j'aimerais bien t'avoir un peu pour moi tout seul. »

Anna, sans un mot, prit son nounours géant, se leva, passa près de lui, le gratifiant d'une bise rapide.

Le lendemain, la vie reprit son cours, rien ne semblait changé. Chacun vaquait à ses occupations avec la même tranquillité, la même douce assurance de la présence des autres, juste là, comme une part de soi-même. Peut-être Wilfrid J. se sentait-il peindre d'un pinceau plus décidé, mais ce n'était qu'une vague impression qui ne demandait qu'à se dissiper. Mathilde lui offrait toujours les bras de sa tendresse et de ses mystères. Anna continuait de regarder la télé dans leur lit, mais prenait soin de décamper quand il convenait de le faire. Enfin presque toujours.

Les assemblées familiales survenaient en de multiples occasions, s'achevant tout aussi souvent par des séances de camping désorganisées. Wilfrid J. ne se sentait jamais aussi heureux que lorsque tous étaient réunis dans la chaleur de l'appartement bondé. Le Grand-père et la Mamy étaient invités aux grandes occasions, mais ils envoyaient toujours un carton pour décliner l'offre, avec la même froide politesse.

Wilfrid J. regardait tout cela avec bonheur et gourmandise. Il se posait aussi la question de savoir ce qu'il avait fait pour en arriver là. Il lui arrivait de s'envoler au-dessus des siens et de les contempler secrètement d'en haut, là où se forment les jugements. Et il trouvait tout cela étrangement provisoire.

Un vilain petit ver s'était niché dans le fruit.

CHAPITRE 19
VAGABONDAGES

Alors qu'Anna était devenue une adolescente curieuse du monde qui l'entourait, ils prirent la décision de voyager.

Ils parcoururent le monde avec une gourmandise insatiable.

Jusqu'alors, ils ne s'étaient jamais éloignés de leur nid assez loin pour ne pas pouvoir y retourner le soir pou y dormir. La proximité de l'appartement leur paraissait une condition essentielle de la survie. Ils n'y dérogeaient pas, d'une sourde peur de se perdre. Wilfrid J. qui avait, en des temps déjà lointain, traversé le monde de classes affaire en classes affaire, d'hôtels internationaux en hôtels internationaux, ne se sentait aucune envie de recommencer cette bourlingue monotone qui faisait se ressembler Athènes et Stockholm, New York et Tokyo.

Ils s'étaient sédentarisés au point de ne pouvoir s'évader un seul jour de leur port d'attache.

Puis Mathilde était rentrée un jour, l'air à la fois enthousiaste et préoccupé. Elle annonça à Wilfrid J. qu'elle avait déjeuné avec son père et que ce dernier lui avait confié une mission qu'ils pouvaient à eux deux, seuls, remplir. Wilfrid J. se crispa dans la méfiance. Il l'accabla de questions auxquelles elle répondit avec un naturel sans retenue. Pourquoi était-il si réticent devant une offre aussi alléchante ? Comment lui expliquer que son père la haïssait et lui tendait un piège mortel ?
Anna que sa vie de lycéenne ennuyait au plus haut point, elle avait le sentiment de désapprendre chaque jour un peu plus, mit fin à la dispute. Entre eux et en l'absence du Grand-père, quel risque courraient-ils à s'envoler pour Saint Pétersbourg.

C'est ainsi que par un matin d'hiver, ils débarquèrent à l'aéroport de Saint Pétersbourg, invisible sous les bourrasques de neige glacée et aboutirent à l'hôtel Europa, tous près de la Perspective Nevski. Ils avaient traversé la ville figée dans la glace, entrevu les bâtisses d'un baroque austère et se retrouvaient dans la chaleur intrigante de ce lieu hanté par les musiciens et l'histoire.

Ce fut le début de leur passion pour le dépaysement.
Pendant que Mathilde débroussaillait avec talent les méandres de la famille Bolkonski, Wilfrid J. accompagné d'une Anna avide, s'emplissait des merveilles de l'Hermitage et des détails lumineux des icônes. Ce qui les poussa vers Moscou. Un Moscou polaire et déserté par la vie, mais qui laissait transparaître ses passions par les fenêtres embuées des cafés.

Wilfrid J. fut saisi au cœur par l'œuvre d'Andreï Roublev et de Théophane le Grec. L'image de la Vierge à l'Enfant bouleversa définitivement sa vision de la peinture. Il rêva qu'il devenait muet pour ne plus s'exprimer que par des images sublimes.
Au cours de nuits moscovites frénétiques, il découvrit encore une fois le goût de Mathilde pour un monde trouble et torturé. Anna s'émut profondément, dans les rues désertées, sur le seuil des églises aux couleurs violemment rehaussées par la neige immaculée, de la lancinante présence de vieilles babouchkas qui mendiaient.

Ils rentrèrent à Paris, les yeux pleins d'images intenses, chacun celles qu'il avait choisies, qui s'étaient imposées à lui. La mission de Mathilde était remplie. Wilfrid J. avait fait sa révolution dans l'art de peindre. Anna avait saisi le monde à plein cœur.

Peu de temps après, le Grand-père les expédiait à Vienne, puis à Linz pour élucider une autre généalogie. C'est à Vienne, au Kunsthistorische Museum, qu'il fut confronté à Breughel, Bosch et Arcimboldo. À Linz, au sommet d'une colline enneigée, il découvrit St Florian, une fabuleuse pâtisserie baroque toute d'ocre et de volutes blanches où il renoua avec la splendeur de Bruckner. Dans ce sanctuaire libre du temps et des contingences du passé, figé dans la blancheur immaculée du cœur du continent, de l'histoire, de l'esprit du monde, Wilfrid partagea avec Mathilde et Anna la puissante harmonie d'une musique illuminée. Il n'empêche qu'Anna trouva tout cela un peu longuet. Anna était gentille.

Ils rapportèrent au Grand-père son lot de précieuses informations et, pour eux-mêmes, le goût de l'aventure et des horizons lointains. Une question taraudait Wilfrid J., sans qu'il pût obtenir de réponse de la part d'une

Mathilde aussi mutique que jamais sur ses propres arcanes. Pourquoi son père s'adressait-il à Mathilde pour leur confier des missions et les expédier aux quatre coins de l'Europe. Il se rendit simplement compte, au détour d'une introspection sans but, que son père lui montrait par l'exemple, qu'il ne faisait dans sa vie que se plier à l'ordre des événements, comme on voulait bien les lui présenter.

Si le goût du voyage lui était venu, il décida de ne plus accepter de partir au service de son père. Mais ce dernier, miraculeusement, avait aussi cessé de leur confier des missions. Le vieil homme précédait implacablement le cheminement de sa propre pensée.

Au bout de quelques mois, en l'absence de toute demande du Grand-père, ils se décidèrent pour un nouveau voyage qui les poussa à Florence, à Sienne, puis à Venise. Chacun y fit sa moisson de merveilles. Wilfrid J. découvrit le détail extrême des visages de Bronzino, Mathilde se perdit maintes fois dans les détours obscurs des ruelles désertes du ghetto de Venise, dans les détours vertigineux de Sienne et de San Giminiano, Anna se passionna pour les chats errants qui formaient un peuple silencieux dans les venelles de la cité des Doges.

Ils firent une escapade tonitruante à Oslo, un 21 décembre. Perdus, à trois heures de l'après-midi dans la nuit, la neige et les montagnes qui bordent la ville, ils jouèrent à se faire peur de rencontrer des Trolls. Mathilde était aux anges. Parvenus en ville au cœur de la nuit, ils découvrirent que le froid ne freinait en rien la frénésie des vikings à consommer de l'aquavit, de la bière et du Lutte Fisk, une horreur de morue longuement décomposée avant d'être cuisinée dans l'aneth et la moutarde. Wilfrid J. se familiarisa avec le trait tragique de Munch. Ils firent escale à Stockholm pour le simple plaisir de contempler l'œuvre de Karl Larsson à la lumière du musée qui surplombe le port.

À Prague, ils se noyèrent dans les mystères du Château, rendant hommage à Kafka dont les seuls vestiges, dans cet univers astiqué pour les touristes, ne résidait que dans des marionnettes au visage triste vendues à chaque coin de rue. L'ombre du Procès ne plane plus sur Prague. Mathilde fut privée de métamorphose et de colonie pénitentiaire. Ils se rabattirent sur Mozart après avoir été rabattus eux-mêmes par des rabatteurs en livrée d'opéra-bouffe. Wilfrid J. trouva son bonheur sur le pont Charles où officiaient une multitude de miniaturistes aux talents disparates.

Ils parcoururent maintes cités d'Europe, chargés de missions futiles et souvent inutiles confiées à Mathilde. Lisbonne, Athènes, Hambourg, Dresde, La Haye, Copenhague, Séville, Istanbul, Rome, Edimbourg, Dublin... Chaque cité leur apportait à chacun son lot de rêve, d'inspiration et d'attachement. Ils y passaient souvent de longues journées d'errance à la découverte des secrets qu'on ne peut découvrir qu'avec ses jambes. Ils évitaient les palaces et les hôtels chics pour se fondre dans la chaleur familière de petits établissements au cœur animé des villes. Cela leur valut certes des déconvenues, comme de cuire à Athènes, dormir dans un puits sans lumière à Rome, avoir une chambre grande comme une valise à Stockholm. Mais ils respiraient la ville et s'en sentaient plus proches.

Puis ces missions en Europe les lassèrent. Ils ressentirent l'appel d'horizons plus vastes, moins familiers, plus âpres.

C'est ainsi qu'ils prirent le goût de choisir des destinations qui combleraient leurs mondes imaginaires respectifs tout en demeurant soudés par une unité qui demeurait intense.

Mathilde suggéra un jour à Wilfrid J. qu'il était peut-être temps de se rendre aux Antilles pour s'imprégner des images du vaudou qui hantaient ses premières œuvres. Mais Wilfrid J. n'avait puisé ces images que dans l'âme d'un Alex désormais disparu. Il ne désirait, sous aucun prétexte, confronter ces images à celles d'une incertaine réalité. Les Antilles devaient demeurer du domaine des songes. Peut-être, aussi, sans se l'avouer, craignait-il de rencontrer un Alex qui ne serait plus Alex.

De la même manière, il refusa de s'aventurer à New York qui risquait de porter les stigmates de sa vie d'homme d'affaires oisif et indifférent.

Ils se tournèrent vers le Sahara et de longues randonnées sous les tentes berbères. Le soir, assis devant un bédouin sans âge, il contemplait ce dernier tracer pour lui des dessins dans le sable, inlassablement, effaçant chaque image pour en dessiner une nouvelle, d'un geste calme profondément inspiré par l'immensité et la voix du sacré. Plus encore que dans les antiques galeries des musées magnifiques, il ressentit devant

l'éphémère geste tutélaire l'intensité du geste, le sens ineffable de la forme qui ne perdure que dans le cœur de celui qui la contemple.
La sagesse d'Hassan lui revenait devant cet homme taciturne qui lui parlait avec le bout de son bâton sur un sable qui emportait ses paroles. Il aima le désert.

Il tint à prolonger son séjour pour répéter à l'envi ce rituel qui le fascinait. Pour la première fois, il demeura seul dans le désert alors que Mathilde et Anna avaient repris le chemin de la ville.

Plus que les icônes et le bleu d'Andreï Roublev, plus que les détails parfaits des maîtres du baroque, plus que la richesse des galeries éternelles, le geste de cet homme dont il n'entrevoyait que les yeux, eurent une influence décisive sur sa manière de peindre. Il s'attacha désormais à ne composer ses peintures comme si elles devaient s'évanouir à la première brise. Cela conféra à son trait une finesse et une fragilité qui cernait les couleurs comme si elles n'étaient plus qu'un nuage d'épices attendant le vent. Ses œuvres devinrent fugitives, presque mouvantes au gré du regard. Achevées jusqu'au moindre détail, elles semblaient devoir s'envoler au moindre souffle. Au-delà de l'image, l'émotion fugace et légère conférait à chaque miniature une touche d'éphémère éternité.

C'est alors qu'il revit son père.

Le Grand-père l'avait appelé avec une voix qu'il ne lui connaissait pas. Il semblait gêné et las. Il lui suggéra de choisir un restaurant, un endroit « plus accueillant » que la dernière fois. Il désirait lui parler. Lui parler ? Son père était plutôt homme à « auditionner ». La curiosité de Wilfrid J. en fut émoustillée et il fixa rendez-vous à son père dans un restaurant saharien où, à l'abri de paravents sculptés, autour de tables basses en cuivre travaillé ils dégusteraient la semoule et le méchoui sans autre forme de garniture.

Comme la fois précédente, son père était arrivé suffisamment en avance pour qu'il se sentît lui-même en retard. Comme la fois précédente, il se tenait dignement sur son pouf. Comme la fois précédente, son embrassade hésitante ne connut aucune réciproque.

Wilfrid lui expliqua qu'il avait choisi ce lieu en souvenir des tentes du désert où il avait cru rencontrer la sagesse. « Pussé-je la rencontrer moi-même » répliqua son père d'une voix altérée.

Assis l'un face à l'autre, ils se jaugèrent dans la pénombre. Le père comme le fils éprouvaient que l'autre le fuyait. Le regard de son père, aussi bleu fût-il, se perdait. Wilfrid J. semblait flou et insaisissable à son père. Ils se contentèrent pour un temps d'échanger des banalités sur l'air du temps et les choses de la vie, reproduisant ainsi des règles de bienséance qu'induisait ce lieu bercé de lointains rythmes et mélopées.

Puis, sans prendre son souffle, comme dans une urgence soudaine, son père lui fit un discours qu'il récita comme s'il l'avait longuement préparé, d'une voix atone, contenant une émotion à laquelle il n'eut surtout pas cédé.

« Nos rencontres ne semblent pas se dérouler sous de bons auspices. Il me semble que chacun de nos échanges nous éloigne quand il devrait nous rapprocher. Ni toi ni moi n'en sommes responsables car nous sommes ce que nous sommes et trop de choses nous opposent. Nous avons même le malheur de ne pas nous estimer l'un l'autre. Pourquoi nous manquons-nous d'estime, je ne le sais pas.
Je comprends bien que la première fois fut difficile, ta mère est difficile pour le monde entier, même pour moi. Mais c'est ma femme et je sais que je lui suis lié.
C'est pourquoi je n'ai pas souhaité que se reproduise un tel épisode. Nous ne nous rendons pas à vos fêtes. Je le regrette plus que tu ne le penses, mais il m'en coûterait bien plus de vous voir vous affronter.
J'avais espéré te connaître, la fois où nous avons déjeuné ensemble. Je m'étais permis de te questionner et tu avais consenti à m'ouvrir ton cœur. Cela m'avait procuré un immense plaisir. Mais, vois-tu, mon expansivité se limite à un mouvement de sourcils. Je le sais.
Puis, à un moment que je n'arrive pas à saisir, j'ai compris que je t'avais blessé. Je ne savais pas pourquoi, je ne savais pas comment. Je ne savais pas non plus comment te demander comment j'avais pu te blesser en ne m'intéressant qu'à toi.
J'ai longuement hésité. Il me semblait que tu étais devenu complètement inaccessible. J'ai donc opté pour la facilité. Pardonne-moi, j'ai dû te sembler lâche et sournois. Mais j'ai eu l'idée de contacter Mathilde.

Mathilde ne m'aime pas, tu dois le savoir aussi. Je crois qu'elle ne m'aimera jamais. Mais Mathilde est, comment dirais-je, pragmatique.
Je lui ai fait part de mes sentiments et de l'inquiétude qui naissait en moi à vous voir vivre refermés sur vous-mêmes. Elle partageait mon opinion sans pour autant s'inquiéter plus que cela. Votre vie, comme à toi, lui semblait heureuse et sans souci. Mais elle sentait, tout comme moi que cette béatitude montrerait vite ses limites. Elle me dit que ta peinture en était le premier signe et, qu'au lieu de s'enrichir et de s'étoffer, elle perdait chaque jour sa substance.
Il nous a paru que les voyages seraient un moyen, une occasion renouvelée, de redonner substance à votre vie, à ton talent aussi, à vos passions à tous les trois.
Je lui ai donc suggéré l'idée de missions vers des lieux qui sauraient vous inspirer, à charge pour vous de faire perdurer votre goût du grand large après un temps qui vous aurait familiarisé avec le goût du voyage.
C'est, à ma connaissance, bien ce qui s'est produit et ce qui me comble de joie, n'était cette sombre hostilité que tu me voues. »

Il n'avait pas dit cela d'un trait. Chaque phrase venait après de longs silences, des hésitations que démentait l'ordre rigoureux de ses idées.

Wilfrid J. avait écouté sans mot dire, ne cherchant pas à combler les silences, à profiter des hésitations pour répliquer. Ce que venait de lui dire son père était le pire, comment il l'avait dit le réconciliait avec lui. Il avait entendu un père qui, contre toute attente s'était profondément préoccupé de lui. Il avait entendu un père qui avait ourdi une machination qui impliquait l'être qui lui était le plus cher comme complice. Il eut furieusement envie de jeter le grand plateau de cuivre au visage de son père.
Puis, d'une voix altérée, il articula :
« Je crains, mon père que nous ne nous soyons pas compris. Que moi-même je n'aie pas compris tes intentions que tu masques si bien sous ton apparence trop sérieuse pour moi.
Lorsque nous nous sommes vu, la dernière fois, tu m'as énormément blessé en me révélant, en me faisant me révéler à moi-même, que je n'étais qu'un second rôle dans ma propre vie et que je n'avais jamais mené à bien les seuls projets que j'avais volontairement entrepris.
Voilà maintenant que tu m'expliques que tous ces voyages, je ne les ai entrepris que parce que Mathilde et toi êtes convenus de me les faire faire.

Je ressens bien tes intentions, mais comprends-tu que je puisse les ressentir comme des insultes, comme le plus parfait déni de ce que je suis ? »

Ils allaient continuer de s'envoyer du Rostand à la figure quand un rai de lumière accrocha le con de l'œil de son père et Wilfrid J. crut y déceler une larme.

« Nous sommes idiots, nous ferions mieux de nous pardonner nos bonnes actions que nous prenons si mal ». Il se leva et embrassa son père qui lui rendit ce qui, dans sa raideur, pouvait s'appeler un baiser.

« J'ai encore une mission pour toi.
- Une vraie, pas une boutade sur les Tolstoï ?
- Une vraie, à Hanoï »

CHAPITRE 20
UN HIVER À HANOÏ

Hanoï, contrairement à Saigon, est une ville tempérée en hiver. Il peut même y faire presque froid. Le quartier français y prend des allures de Deauville exotique.
Bercée par le Fleuve Rouge qui la borde sur deux côtés, la ville s'étend interminablement au Sud. Mais son centre est ramassé autour d'un élégant petit lac qui surgit au détour de bien des rues.
Peu industrielle, la ville est toujours proche d'une nature luxuriante. Son architecture qui change du tout au tout d'un quartier à l'autre, est un mélange étonnant de style colonial et chinois.
Calme jusqu'à l'austérité, parfois, la vie trépidante de l'Asie y semble adoucie, mise en sourdine malgré le concert assourdissant des milliers de vélomoteurs, de bus et de camions qui se fraient un chemin par les avenues poussiéreuses et les rues débordantes de petits métiers.
Hanoï est une capitale politique qui a abandonné à la tentaculaire Saigon le soin de la prospérité tapageuse. Policière, certes, la ville est avant tout policée.

C'est par une nuit de pluie épaisse et froide que Wilfrid J., Mathilde et Anna débarquèrent dans un de ces hôtels aux prétentions luxueuses construits à la va vite par un exploitant de Hong Kong qui ne manquait de rien, sauf de goût. Le faux jade y livrait un combat sans merci à l'or en plastique et aux meubles de bois sombre outrancièrement sculptés.
Un portier nageant dans un uniforme de soie émeraude, casquette comprise, s'empara de leurs bagages pendant qu'ils se faisaient confisquer leurs passeports par un réceptionniste qui aboyait en riant aux éclats un langage qui pouvait ressembler à de l'Anglais.
Parvenus au onzième étage par un ascenseur aux caprices imprévisibles, ils prirent possession d'une chambre plutôt confortable, n'était la robinetterie qui leur restait dans les mains. En penchant la tête par le balcon, ils pouvaient entrevoir le flot ininterrompu d'une circulation anarchique entre les échoppes brillamment éclairées qu'ils n'avaient cessé de longer depuis l'aéroport. Ils avaient peine à croire qu'ils se

trouvaient au cœur de la cité et que la tache sombre, sur la droite n'était autre que le lac de l'Épée qui est son centre de gravité.

Le lendemain, ils firent ce que l'on fait toujours dans ce type de ville, ils s'aventurèrent dans les rues bondées qui bordent le centre et constituent la « ville chinoise ». Ils ne faisaient pas un pas sans se faire héler par des hommes accroupis et fumant du tabac lao dans des pipes en bambou : « Papy Vietnam, Papy Vietnam ». Depuis quelques années déjà, on pouvait s'offrir une ascendance dans ce pays qui tenait ses vieux pour des forces inutiles à la société.

Ils étaient bien venus, eux aussi, comme des centaines de gens de tous les pays occidentaux, pour un papy. Mais ce papy s'appelait Monsieur J.

Le Grand-père, généalogiste par vocation, mais aussi par obsession était parvenu à la conviction absolue qu'un double de lui-même devait être venu au jour en même temps que lui, ou presque, à l'autre bout de la planète et qu'il était essentiel pour toutes sortes de raisons qu'on l'identifiât et qu'on lui signifiât son appartenance à la lignée des J.
Il allait de soi que ce Monsieur J. ne pouvait que rentrer en France et vivre là où les J. se devaient de vivre.

Ce qui avait finalement convaincu Wilfrid J. de se lancer dans cette aventure, c'était qu'elle démontrait que son père, malgré son apparence, ses manières et ses prétentions à la sagesse, était au moins aussi fou que lui.

L'intense cohue de la ville leur fit toucher du doigt la complexité de la tache. Comment retrouver, dans cette ville surpeuplée, ce Monsieur J. qui était né des spéculations du Grand-père ?
Ils se rendirent comme tous ceux qui venaient en quête d'un Papy, au ministère des affaires sociales où ils furent reçus, avec beaucoup de sourires autour de minuscules tasses de thé froid sans cesse renouvelées, par une jeune fonctionnaire en uniforme. Ils lui expliquèrent leur cas et elle leur répondit, comme à tous ceux qui lui rendaient visite, mais cela, ils ne le savaient pas, que ce serait très difficile.
Ils remplirent des papiers qui furent dûment tamponnés et, sous leurs yeux, scrupuleusement posés sur une pile énorme qui semblait dormir définitivement sur le bureau de la jolie fonctionnaire.

De retour à l'hôtel, exténués, couverts de poussière, saturés des bruits incessants de la ville, ils s'affalèrent dans le bar où trônaient deux vélomoteurs que l'on préférait garder là que de se les faire voler. Ils commandèrent des 333 Export, les fameuses Ba Ba Ba qui sont un vestige frappant de la culture française dans ce pays. Comment pouvaient-ils imaginer trouver ce Monsieur J.

« Monsieur Ty (certains sons n'existent pas ou bien sont déformés au Vietnam), répéta la dame qui parlait français, il y a beaucoup de Monsieur Ty au Vietnam. Mais vous avez de la chance, il y a beaucoup plus de Monsieur Nguyen !
- Notre Monsieur J. est venu au jour il y a environ cinq à dix ans, ici, à Hanoï.
- Cela fait encore beaucoup de monde. »

La dame s'était approchée d'eux parce qu'elle les avait entendus parler français. Comme beaucoup de personnes de son âge, le plaisir de parler la langue était demeuré vivace. Ils avaient vécu leurs premières années dans le souvenir de la présence française et en gardaient, en dépit de tout, une nostalgie indéfectible.
Elle les écouta, savourant la langue plus qu'elle ne la comprenait vraiment, puis leur expliqua d'un ton pédagogique. « C'est très compliqué. »

Il ne leur fallut pas longtemps pour se faire à l'art de la litote et de l'antiphrase chez les Vietnamiens. Tant que c'était « très compliqué » cela n'était simplement pas impossible. Un « petit problème » signifiait une catastrophe, tandis qu'un « gros problème » se réglait avec quelques billets. Ils apprirent aussi qu'il fallait savoir « prendre le temps » que les choses se fassent ou ne se fasse pas. Ils apprirent enfin qu'il était extrêmement inconvenant de parler du vrai sujet de sa visite à quelqu'un qui vous recevait. Comme si cette personne ne le savait pas, puisqu'elle vous recevait. Par conséquent, lors de leurs démarches, il était rarissime qu'ils fissent la moindre allusion à leur quête de Monsieur J.
En revanche, il était très convenable d'affirmer son admiration pour le Vietnam et les bienfaits de la politique sociale qui y était menée, en particulier pour les vieux qui étaient juste venus au jour sans famille pour s'occuper d'eux.

L'émissaire qui avait pris le rendez-vous se chargeait, quelques jours plus tard, de leur faire part du fruit de leur rencontre. En général, c'était la dame charmante qui parlait si bien français et qui avait beaucoup de relations bien placées, prêtes à se démener pour des gens intelligents et généreux.

C'est ainsi qu'elle vint les trouver un jour en leur disant qu'on avait trouvé un Monsieur Ty qui faisait l'affaire dans un hôpital de Hanoï.
On les conduisit à dos de moto, chacun enlaçant son motard fou qui slalomait dans le taillis de la circulation à travers la banlieue sud de la ville. Ils découvraient en passant que, si la densité des constructions s'atténuait, celle de la population et de l'activité demeuraient intenses. Au bout d'un chemin empli de fondrières boueuses, ils découvrirent l'hôpital. Une bâtisse en béton lépreux aux fenêtres sans vitres.
Dans le hall, quelques banquettes de bois sombre et de moleskine rouge tenaient compagnie à des empilements de sacs de ciment. Des banderoles devaient proclamer les mérites du système de santé sous un portrait de l'oncle Hô.
On leur fit gravir des escaliers carrelés pour les mener au second étage dans un dortoir immense où s'affairait une foule de visiteurs autour de lits aux couvertures bariolées. Il régnait un désordre extraordinaire. Autour de chaque malade, des empilements de nourriture, des autels où fumait de l'encens, des vêtements, des radios braillant de la chansonnette locale. Dans les lits, des malades qui avaient l'air très malades.
La dame les conduisit dans un bureau où les attendaient deux médecins, en blouse blanche et bonnet de coton. Les deux hommes pétunaient joyeusement, assis sur leur bureau. Il y avait de la poussière plein les meubles et un buste de Hô Chi Minh sous cloche.

Une longue conversation s'engagea entre la dame et les deux carabins. Si la langue vietnamienne est douce et chantante, elle se transforme dans les discussions où il est question d'argent en un infernal caquètement. Au bout d'un quart d'heure de ce qui leur parût un affrontement sans merci, la dame se retourna vers eux et leur dit : « Tout va très bien. Les docteurs vous demandent si vous avez les papiers. »
Les papiers ? Quels papiers ?
Après une nouvelle querelle de basse-cour, la dame se retourna : « Alors cela va prendre beaucoup de temps. Vous avez l'enveloppe ? »
L'enveloppe ? Ah oui, cette enveloppe contenant cent dollars qu'elle leur avait demandé de préparer sans rien marquer dessus. Elle prit l'enveloppe, et la donna à l'un des médecins qui la fit disparaître immédiatement sans l'ouvrir.

« Maintenant, nous pouvons aller voir Monsieur Ty. »

Au bout d'un dortoir, au quatrième étage, dans le quartier le plus misérable de l'établissement, une zone abandonnée de tous et de tout, se trouvait un lit perdu dans la pénombre d'un angle poussiéreux. Quelque part, dans ce lit, recouvert d'une couverture usée, raide de saleté, gisait un être inerte qui semblait ni vivant, ni mort. Son corps ne faisait aucun relief sous la couverture : c'était plat.
« Monsieur Ty ! » couina le médecin en rabattant d'un geste triomphal la couverture.
Au bout du corps squelettique qui gisait là, qui n'avait pas même frémi, il n'y avait pas de pieds.
Wilfrid J. et Mathilde reculèrent d'horreur. Heureusement, Anna regardait ailleurs et bayait aux corneilles comme elle commençait à le faire de plus en plus souvent.
Ils abandonnèrent leurs cent dollars, la salle et l'hôpital, poursuivi par le rire des médecins qui avaient bien gagné leur journée.

De retour à l'hôtel, ils retrouvèrent la dame qui riait d'autant plus fort qu'elle avait perdu la face. Elle leur expliqua que leur recherche risquait bien de poser quelques petits problèmes et qu'il faudrait « prendre le temps ». On ne pouvait plus compter sur les médecins qui s'étaient sentis déshonorés de pouvoir passer pour des malhonnêtes avides d'argent. Elle ne savait donc pas comment les aider, désormais.

Au fil des jours et des semaines, ils s'aguerrirent et commencèrent à connaître les codes subtils de la recherche d'un Papy. « Ah, s'ils avaient recherché une Mamy. Il y en avait plein. Peu importait qu'ils fussent à la recherche d'un Monsieur J. bien précis. Le pays croulait sous les ancêtres, l'un valait bien l'autre et il était logique qu'ils préférassent un Papy en bon état.

Les familles se débarrassaient des ancêtres surnuméraires et il était fréquent qu'on abandonna aux hôpitaux de pauvres êtres dont le handicap était non seulement annonciateur d'une charge insupportable, mais aussi un augure excessivement mauvais. Il était difficile de se nourrir et ce comportement tenait moins de l'égoïsme cynique que de l'instinct de survie. Le papy fringant était donc une denrée rare.

Ils sillonnèrent le pays, de sénilité en hôpital éloigné, de village en familles, de familles en comités populaires, d'entremetteurs en entremetteurs. Les enveloppes de dollars s'envolaient à un rythme soutenu et ils durent faire appel à la prodigalité du Grand-père qui obtempéra sans barguigner tant cette recherche lui paraissait essentielle.

Un beau matin, la jeune fonctionnaire du ministère des affaires sociales se déplaça jusqu'à leur hôtel, armée d'un interprète qui articulait lentement un Français méticuleux.
Bien que leur dossier soit très incomplet et que leur cas soit encore très en hauteur sur la pile, elle avait obtenu un renseignement qui les avait rappelés à son attention pourtant très sollicitée.
Il existait, dans la province de Hoa Binh, loin de la ville, sur la route de Mai Chau, un personnage assez intrigant. Un Monsieur Ty d'une soixantaine d'année qui ne semblait avoir aucune famille et qui insistait souvent pour faire rectifier son patronyme en Try (ce qui se prononce Tchy et qui ne veut strictement rien dire). Son informateur, qui était convaincu qu'ils étaient intelligents et généreux, était disposé à les conduire à la rencontre de ce personnage. À combien de dollars se calculait l'enveloppe de gens intelligents et généreux comme eux, pour une telle rencontre ? Les enchères s'envolèrent devant un visage indifférent et des réponses évasives. Ce ne fut qu'à 1200 dollars que la jeune femme poussa les hauts cris : « Mais c'est beaucoup trop ! »
La visite fut donc évaluée à mille dollars…

À la sortie de Hoa Binh, triste cité de relégation construite au pied d'un énorme barrage, le quatre-quatre branlant qu'ils avaient pris s'aventura sur une route à peine carrossable qui piquait vers les escarpements de montagnes en pain de sucre. La route faisait des lacets que le véhicule prenait avec une dangereuse allégresse en faisant des embardées à chaque fois qu'il croisait un camion. Arrivé sur un plat, à mi-pente, il s'engagea sur un chemin boueux au milieu de cultures de riz en terrasses qui reflétaient un ciel tourmenté. Ils durent vite s'arrêter à l'entrée d'un sentier étroit bordé d'une rigole de ciment.

Wilfrid J. s'enfonça deux fois jusqu'au genou dans les fondrières, au grand bonheur de leur accompagnateur, un homme sans âge, les yeux masqués par des lunettes d'aviateur. Mathilde se cramponnait à Wilfrid J. Anna gambadait.

Ils aboutirent après dix minutes de bain de boue à une maisonnette de pierre vermoulue avec une porte et une fenêtre sans carreaux.
Ils toquèrent à la porte ouverte, mais il n'y avait personne. L'accompagnateur entra sans façon et les invita à en faire autant pour qu'ils puissent s'asseoir sur les chaises minuscules qui, avec une table, une banquette de bois et une armoire branlante formaient le mobilier près d'un fourneau à charbon environné de gamelles en aluminium. Les murs étaient nus et moisis. Le sol en terre battue était soigneusement balayé. Mais la terre battue...
C'était d'une pauvreté absolue, mais c'était aussi propre que cela pouvait l'être.

Il se passa une heure avant qu'un homme, suivant la rigole, qui bordait le chemin vers les profondeurs de la nature, revienne à pas tranquilles, portant une bassine pleine de petites pommes vertes et de papayes.
Il portait un short militaire, une chemisette d'une couleur inconnue et des tongs. Encadrant dans la porte sa haute silhouette, il ne parut pas le moins du monde étonné de trouver du monde chez lui et il entreprit tout simplement de préparer le thé.
Il avait des cheveux gris, coupés très courts et une barbe digne de l'oncle Hô. Mais surtout, il avait des yeux d'un bleu pâle qui pénétraient tout ce qu'il regardait.
Il échangea quelques mots avec l'accompagnateur qui, soudain, ses lunettes à la main, se fit servile et obséquieux. Puis il se tourna vers Wilfrid J. et Mathilde.
« Je m'attendais plus ou moins à votre visite, commença-t'il d'une voix douce et sans aucun accent, j'avais tout tenté pour qu'elle se produise.
Mon patronyme est J. mais, dans ce pays, il est difficile de s'appeler autrement que Ty ou Try comme je tente de l'obtenir. Mon nom me vient de parents du temps de l'occupation française qui sont nés depuis longtemps. Je suis le dernier de la lignée. Compte tenu de mes origines, il m'est très difficile d'exercer ma profession d'historien et de généalogiste. Alors, pour ne pas avoir à me livrer à la servitude ou à la compromission, je vis ici, en autarcie, très heureux comme je suis.
C'est un grand bonheur pour moi de vous accueillir car je suis certain que nous avons quelques liens de famille. »

Il leur offrit ses pommes, prépara ses papayes et leur servit de la bière qu'il faisait rafraîchir dans l'eau du ruisseau. Tout ce qu'il possédait était à eux.

Ils l'observèrent avec attention. Indiscutablement, il était un Vietnamien. Les yeux bleus sont rares en ce pays, mais il se produit que des gens possèdent ce type d'yeux. Il se comportait à leur égard comme la coutume l'exigeait, mais aussi avec tous les signes d'une grande douceur désenchantée.

Quand ils lui expliquèrent que le projet du Grand-père était de le faire venir à Paris et de lui faire rejoindre le cercle de la famille, il sourit tristement et leur répondit que cela était tout à fait impossible. C'était d'abord impossible parce qu'on ne le laisserait jamais sortir du pays. On l'avait rendu inutile, mais on tenait à le garder dans la prison de son inutilité. Puis il leur expliqua qu'une raison supérieure le retenait là : son attachement indéfectible à son pays à sa terre et à sa culture. Il lui restait toute une jeunesse et une énergie qui lui permettraient, un jour ou l'autre, d'être utile à la société de son pays et, à cela, il ne voulait pas se soustraire.
Il fallait qu'ils se rassurent. Leur visite lui avait causé le plus grand des bonheurs. Il tenait à ce que son « frère » à Paris soit convaincu qu'il avait eu raison de le faire recherché mais, les liens du cœur suffiraient désormais qu'ils se connaissaient.

Il sortit de ses affaires une feuille de papier fripée à l'enseigne d'une certaine Binh Duong Company sur laquelle s'égrenaient des lignes d'incompréhensibles monosyllabes et, avec le stylo de Wilfrid J., il entreprit, au dos de la feuille, d'écrire un mot au Grand-père. Il s'appliquait et traçait les mots avec lenteur, en rayant un parfois pour en choisir un autre plus approprié. Il s'excusa de son Français approximatif et cacheta la lettre dans une enveloppe usagée qui pouvait encore servir.

Puis il les pressa de partir car la route était longue. Il fallait qu'ils se méfient des gens qui les accompagnaient. Il ne voulait pas qu'ils roulent de nuit avec des « trafiquants ».

Ni Wilfrid J. ni Mathilde n'y avaient pensé, mais Anna le mitrailla de photos. Pour chaque cliché, il se composait le visage le plus sérieux qu'il pouvait. Elle parvint quand même à lui arracher un sourire involontaire. Au Vietnam, il est inconvenant de sourire sur une photo.

Ils reprirent la route et se retrouvèrent à Hanoï alors que la nuit venait de tomber. Les accompagnateurs se saisirent de l'enveloppe d'argent, l'ouvrirent et partirent en imprécations. On avait parlé de mille dollars, mais c'était mille dollars par personne. Ils hurlaient dans un Anglais rudimentaire et brutal. Wilfrid J. et Mathilde ne savaient que faire. Soudain, un grand type en saharienne et chapeau de brousse les poussa à l'intérieur de l'hôtel en invectivant les deux compères en vietnamien. Les deux hommes disparurent, furieux dans leur guimbarde.

Une fois à l'intérieur, l'homme se présenta : « Johnnie, je suis australien. Je vis ici. Vous savez, avec ce s gens là, il faut savoir se mettre en colère ! »
Il dégoupilla une flasque de whisky et en enfila une grande rasade avant d'essuyer d'un revers de manche sa trogne burinée et joviale.

Ils passèrent la nuit à boire, de bar en bar, pour finir à l'" Apocalypse Now », depuis des années le haut lieu des baroudeurs et des aventuriers à Hanoï.
Johnnie fut à la fois désolé et content qu'ils décident de retourner en France rapidement car les deux accompagnateurs étaient de vrais malfrats qui pouvaient leur causer bien des désagréments. « L'un d'eux est le cousin du chef de la police », leur expliqua-t'il.

Le surlendemain, ils s'envolaient pour Paris. Mission accomplie.

CHAPITRE 21
LORSQUE L'ENFANT DISPARAÎT

Anna atteint l'âge de ses dix ans.

Les voyages avaient, au sens propre, formé sa jeunesse. L'habitude de partir ensemble, de partager les mêmes rituels de nomades et de se trouver, la plus grande part de leur temps, hors de leur cadre de référence, l'appartement, avait substitué à l'attachement attentif des parents, le regard fonctionnel et pragmatique des compagnons de route. Anna savait tout aussi bien voyager que ses parents, ses réflexes de voyageuse ne semblaient jamais pris en défaut. Cela gommait les détails sans grande signification tels que la traversée de la puberté, la mutation de la physionomie, le glissement de ses centres d'intérêts qui se détachaient du monde extérieur pour devenir ceux de l'imaginaire et du jeu.

Le méthodique processus de désapprentissage que procurait l'école n'avait que peu de prise sur Anna qui vivait, depuis des années, dans la peau d'une bourlingueuse surtout habituée à chercher et trouver ses repères dans des environnements sans cesse renouvelés.

Physiquement, Wilfrid J. et Mathilde avaient plus remarqué la nécessité qu'il y avait de renouveler sans cesse sa garde-robe, toujours trop grande, que la lente simplification de sa silhouette et de ses traits. Pourtant, Anna n'était plus, depuis longtemps le double de sa mère, son portrait délicatement lissé par l'estompe. Elle était devenu le bouton de la fleur, l'esquisse, seulement l'idée de ce qu'était vraiment Mathilde.

Elles ne s'échangeaient plus leurs vêtements et, si Anna s'emparait d'un pull de sa mère, s'était pour se noyer dans sa douceur, son parfum, sa protection, les soirs de grand froid, d'ennui profond, de besoin de sommeil et de câlins. Anna, de plus en plus souvent, collait son visage contre le ventre de sa mère et roucoulait longuement contre cette douceur accueillante.

Wilfrid J. avait remarqué, au fil du temps que sa fille, sans s'éloigner de lui complètement, se tournait de plus en plus instinctivement vers les bras et la douceur de Mathilde qui s'emparait d'elle comme si elle avait été une part de son propre corps. Il ne pouvait plus s'irriter de les trouver endormies comme une portée de chatons. Il devait s'adapter, ce que facilitait le contexte des voyages et des chambres d'hôtel.

Il avait aussi remarqué, mais en se faisant la réflexion que sa fille n'était que lassée de changer d'horizon à longueur d'année, que sa fille, jadis passionnée par la découverte des cités, des paysages et, surtout de l'intimité des cultures, jetait un regard de moins en moins incisif sur la réalité.

Pendant leur séjour à Hanoï, il n'avait pas pu s'empêcher de remarquer qu'Anna s'ennuyait. Elle ne reprenait vie qu'en fréquentant la rue des jouets, qu'en se fondant dans l'univers bariolé des marchés en se faisant peur à traverser les étals de marchands de chien, les baquets des vendeuses de poissons chat, les cages de serpents, de singes et d'oiseaux caquetants. Elle qui composait des photos comme des témoignages humains, se contentait de mitrailler, par jeu, à la recherche d'un sourire, du souvenir d'une rencontre amicale.

Ils prirent tous deux pleinement conscience que quelque chose d'essentiel s'était produit en Anna quand, au retour du Vietnam, alors qu'ils reprenaient possession de leur monde à eux, elle surgit dans le salon en geignant : « Je m'ennuie, je sais pas quoi faire. »
Ils étaient en train de collecter leur documentation, de trier le butin de leur expédition, de préparer ce qu'ils remettraient au Grand-père, avec le souci nouveau de ne pas le blesser. Ils levèrent le nez. Devant eux se tenait une petite fille au regard boudeur, les bras ballants.

Mathilde abandonna sa tâche pour aller vers elle et, avec son infinie patience, lui concocta une occupation. Wilfrid J. mâchonna son irritation d'être interrompu dans la sienne, moment béni où il se sentait si proche de sa femme. Plus, encore, que la découverte soudaine que sa fille n'était plus qu'une enfant, il prit conscience qu'ils étaient trois personnes et non plus un tout indissociable. Il prit aussi conscience que leur trinité, pour autant qu'il en demeurait une grande part des apparences et des instincts, n'était que provisoire, vouée, dans les dix ans à venir, à s'étioler, à disparaître. Cela l'emplit d'une indicible angoisse.

Son père, assis dans le salon, avait ouvert la lettre et l'avait lue avec soin, relue, absorbée en silence. Puis il avait regardé, avec la même intense attention, les photos prises par Anna. Surtout celle où, les commissures des lèvres de Monsieur J. esquissaient un fugitif sourire. Sur la photo, il souriait, c'est tout. Il joignit cette photo à la lettre. Puis il sembla émerger de la transe de la découverte et contempla Wilfrid J. et Mathilde qui avaient attendu en silence, en face de lui.
« Vous avez fait du beau travail. Grâce à cette photo, je l'entends me lire sa lettre, me parler. Désormais je sais qu'il existe et que nous ne sommes plus seuls au milieu de cette planète. »

Il était venu, se pliant au prétexte qu'ils avaient trop de choses à lui montrer pour que Wilfrid J. se contente de le retrouver dans un quelconque restaurant. Il avait embrassé Mathilde sur la joue, sans façon. Puis il avait serré Wilfrid J. contre lui dans une étreinte, une seconde de plus que ce que laissait espérer sa raide distance. Il s'était même accroupi pour qu'Anna puisse le picorer de deux bises sans conviction. Wilfrid J. avait été surpris de voir cet homme rectiligne épouser avec souplesse les courbes de la douceur. Puis le Grand-père avait redressé son éternel costume bleu nuit, posé son pardessus sur le dossier d'une chaise et s'était assis sans façon. Son visage glabre, lisse comme s'il avait été maquillé pour le cinéma, son regard fixe et métallique les faisaient balbutier dans de confuses explications. Mais lui, il avait simplement posé la main sur les documents, saisissant sans hésiter la lettre et la décachetant.
« Metternich » songea Wilfrid J. qui, un jour avait vu surgir dans le grand salon du Sacher, un homme en pardessus et costume bleu, accompagné d'une femme en robe du soir d'une sublime élégance. L'homme avait perforé l'espace du regard et était allé s'installer avec sa compagne comme un paquebot vient à quai.
Son père était assis, pensif, contemplant l'enveloppe, puis les regardant tour à tour. Une sorte d'image dédoublée émanait de lui : l'homme froid et métallique, un être humain avec ses faiblesses. Il craignait l'homme froid, il ne comprenait pas l'être humain.

« Ta mère et moi-même serions heureux de vous avoir à dîner, un jour prochain. Wilfrid, il serait peut-être temps que ta mère et toi vous connaissiez un peu mieux. Je sais que ce n'est pas une femme très… facile, mais il serait bon de vous rassembler.

- Mon cher père, répondit Wilfrid J. qui ne s'était pas attendu un seul instant à cette invitation, c'est avec plaisir que nous viendrons.
- Je t'en remercie mon fils. Et vous Mathilde, vous viendrez ?
- Bien sûr, Anna et moi avons envie de connaître toute notre famille.
- Je sais que ce que je vais vous demander risque de vous choquer, mais, pour une première fois, il me semble qu'il serait préférable que vous fassiez garder Anna et que vous ne veniez que tous les deux. Cécile est encore une femme fragile.
- Mon cher Maxime, vous permettez que je vous appelle Maxime ? Notre fille est notre fille. Elle fait partie de la famille comme nous tous. C'est elle qui vous a rapporté l'image de Monsieur J. que vous avez dans les mains. Il me semble qu'elle a autant droit que nous de faire la connaissance de sa Grand-mère.
- Ne vous méprenez pas Mathilde, il n'est nullement question d'exclure votre fille. Mais, pour cette première rencontre, il s'agit de, comment dirais-je, de rompre la glace.
- Ma fille, comme vous dites, fait partie de notre glace à nous, Mamy serait bien avisée, et vous-même aussi, d'accepter ce fait.
- Il sera toujours temps que Cécile la connaisse. Mais elle est assez... complexe comme personne.
- Maxime, libre à Wilfrid d'aller dîner chez vous, mais en ce qui me concerne, ce ne sera jamais sans ma fille ! »
Un bruit de verre brisé retentit et une porte claqua. Anna venait de quitter la pièce en faisant rageusement tomber le vase dans lequel baignaient les fleurs que le Grand-père avait apportées.

Le dîner n'eut donc pas lieu et Wilfrid J. resta longtemps en froid avec son père pour autant qu'il y eût eu une quelconque chaleur entre eux.

La vie reprit son cours. Ils ne voyageaient presque plus, vers des destinations sans relief particulier, vers des plages de vacances qui permettaient de satisfaire les besoins de loisir d'Anna. Wilfrid J. avait repris son métier de peintre, enrichissant son art du kaléidoscope des multiples influences qui l'avaient marqué de par le monde. Ses œuvres plaisaient. Elles avaient même cessé de n'être que l'apanage des chambres d'enfant. Un vernissage, de temps en temps, lui permettait de cultiver sa cote. Personne n'était obligé de savoir qu'il peignait comme il eût pu fabriquer des coucous ou tricoter des pulls. Sa technique était parfaitement accomplie, il peignait ce qui plaisait. L'inspiration et l'émotion ne surgissaient que pour de rares peintures qu'il ne réservait qu'aux yeux de Mathilde.

Mathilde avait repris son activité. Son expérience du monde semblait aussi lui avoir assuré des commandes plus nombreuses et une sorte de facilité à écrire qui rendait son travail plus aguicheur, moins personnel.

Anna voulait des jouets. Avec les jouets, elle imaginait ce qui lui venait le plus facilement à l'esprit : des voyages. Au fond, ses rêves d'enfant étaient bien plus inspirés que les travaux de ses parents.

Ils vivaient ensemble, chacun dans son monde. Il arrivait souvent que les jeux d'Anna irritassent Wilfrid J. ou sa mère qui réclamaient un silence dont leur promiscuité les privait. Il arrivait souvent que les activités de l'un débordassent sur le temps des autres. Ainsi, Mathilde ne se rendait plus systématiquement aux vernissages de Wilfrid J. dont elle avait déclaré un jour qu'ils n'étaient que d'ennuyeuses formalités mondaines.

Ils sortaient chacun de son côté, faisant garder Anna par Simone. Cette dernière tirait le diable par la queue du fait de son excentricité, de son caractère abrupt, de son manque de culture chaque jour plus criant. Elle avançait à petits pas vers ses trente ans et n'avait pas réussi grand chose dans sa vie. Curieusement, malgré ses sautes d'une humeur qu'elle avait souvent mauvaise, elle avait un faible pour Anna auprès de laquelle elle fondait. Toujours déguisée en starlette, elle était une poupée qui jouait à la poupée.

Il eût été injuste de penser que Wilfrid J., Mathilde et Anna ne s'adoraient plus. Mais ils semblaient avoir des vies qui ne faisaient plus que s'entrecouper. Leur tendresse était épisodique. Il y avait un temps pour cela et un temps pour le reste. Le bonheur d'être ensemble puisait son intensité du temps qu'ils ne se consacraient pas les uns aux autres. Jamais ils ne s'étaient autant dit qu'ils s'aimaient. Mais il fallait se faire une raison : la fusion avait bel et bien disparu.

C'est ainsi, qu'au bout d'un certain temps, ils ne furent pas particulièrement de se faire à nouveau inviter chez Maxime et Cécile. Ils proposèrent de faire garder Anna par Simone. Mais Cécile, c'était elle, oui, qui avait appelé Mathilde, avait décidé de sa voix haut perchée, qu'il faudrait bien que Maxime se fasse à l'idée qu'ils avaient un enfant.

« Mon Petit, s'extasia la Mamy en saisissant la tête de Wilfrid J entre ses deux mains fines et sèches, comme je suis contente que tu sois venu ! »
Elle le tint ainsi de longues secondes sur le pas de la porte, comme un agneau dans les serres d'un aigle. Puis elle le lâcha pour aviser Mathilde et Anna.
« Vous devez être Mathilde, et toi Anna ! »
Mathilde eut envie de lui siffler à l'oreille qu'elles s'étaient déjà vues et que sa fille n'avait pas changé de nom. Mais sur le pas de la porte, cela ne se faisait pas d'engager les hostilités. On verrait bien après.
Ils pénétrèrent donc dans l'appartement. Cela sentait le grand, le spacieux, l'absence de besoin de compromis sur l'emplacement des meubles. Cela sentait l'encaustique, la cuisine luxueuse et les bougies désodorisantes. Cela avait l'air de s'étendre très loin en quantité de pièces inutiles. Mathilde détesta tout, en bloc.
C'était un appartement décoré par un architecte d'intérieur, meublé par un ensemblier dont les prix ne se calculaient pas avec des unités qu'elle connaissait. Passée l'entrée, un salon affichait tous les signes indispensables de la réception convenablement préparée. Pus loin encore, une table, parfaitement dressée attendait le juste nombre de convives.
Elle, qui se souvenait de la vieille dame glaciale d'un jour d'anniversaire désormais lointain, se trouvait devant une femme d'une cinquantaine d'années, habillée au cordeau, l'œil brillant de plaisir et pourtant animée des restes d'une lueur impitoyable.
Cécile plia le buste pour s'extasier devant Anna comme sur un bichon récemment toiletté. Elle n'avait pas fait trois pas qu'elle voulait déjà s'enfuir, flairant le danger. Mais Wilfrid était déjà dans le salon, empoté par l'accolade de son père, en bras de chemise et mules de cuir. C'était un petit dîner en famille, n'est ce pas ?
Anna était déjà au milieu de la pièce, inspectant les lieux comme une tête chercheuse, une poupée de chiffon à la main gauche, une valisette bourrée d'accessoires à la main gauche, la robe à smocks en bataille. La Ligne Roset allait devenir sa Ligne Maginot.
Elle s'avança en terrain ennemi avec la sensation du tic-tac d'une bombe à retardement.

Elle se faisait des illusions. Si elle souffrit beaucoup de cette soirée où chaque geste et chaque parole la traitait comme une prostituée repentie, l'éducation parfaitement huilée de Maxime et Cécile, l'impeccable ordonnancement de la réception, la prévoyance inexorable qu'ils cultivaient à l'égard des enfants, la voix onctueuse mais implacable, la politesse exquise des questions perfides désamorcèrent toute velléité de perdre le contrôle de soi-même.

Si Wilfrid et elle-même avaient su se préserver du besoin et vivre dans un confort qui leur convenait bien, le Grand-père et la Mamy vivaient dans une richesse et une aisance qu'ils n'avaient pas besoin d'afficher. C'était naturel. La moindre émergence d'un mouvement d'humeur était nivelée d'une voix aussi douce que catégorique. Anna ne renversa pas deux fois son jus de pomme sur les canapés de box noir sous prétexte d'étancher la soif de sa poupée. Une jeune fille soumise en robe noire et tablier blanc vint réparer les dégâts pendant que la gamine était expédiée en cuisine pour nourrir « son jouet ». Ils avaient affaire à des professionnels. Ils ressentirent soudain qu'ils menaient une existence d'amateurs.

Avec son sourire en coin, Maxime ne ratait rien de la confrontation. Il faisait le pont entre les deux mondes. Mathilde sentait parfaitement qu'en dépit de l'estime modérée qu'il avait pour la façon de vivre de son fils, de sa femme et de sa fille, il l'avait admise et espérait, en son for intérieur, qu'ils pussent trouver la voie d'une improbable quiétude. Elle sentit bien que Wilfrid J., qu'on pouvait mener au gré du vent qui passe, ne résisterait pas. C'était une raison suffisante pour se cabrer et défendre ce qui était sa vie.

Toute l'habileté de Cécile ne suffit pas à entamer sa détermination. Mais elle se sentit fatiguée et désemparée quand, à la fin de cet interminable dîner, vers onze heures, sa fille endormie dans ses bras, elle entendit Wilfrid J. déclarer qu'au fond, cela s'était très bien passé.

La vie reprit son cours. Le moindre de ces inconvénients était que les deux aïeux se gardaient de lancer des invitations plus de deux à trois fois par an, tout en regrettant d'une voix chagrine qu'on les négligeât. Elle parvenait, prétextes mensongers à l'appui, à échapper à la plupart de ces soirées. Wilfrid J. s'y rendait avec une application soutenue. Tant et si bien qu'il commença de prendre le pli.
Tandis qu'elle luttait, bec et ongles, pour retarder l'inéluctable régression de sa fille, il se rapprochait de son père pour les plus ineptes prétextes. S'il n'en avait pas l'inspiration, il en acquerrait la technique.

Il tint à inviter ses parents à l'un de ses anniversaires. Cela tourna, une fois de plus au cauchemar. Maxime et Cécile, avec sa bénédiction implicite, insultèrent Michael (toujours seul ?), Karin (elle ne s'appelait pas Cécile ?) et Simone (il faut vraiment être mince comme un fil pour porter ça !). Il laissait faire et dire. Il lui paraissait que le bon sens parlait avec la bouche de sa mère.

Au bout du compte, Maxime fut celui qui sut s'insurger devant cette comédie amère. Ce fut lui, et lui seul, qui, après que Cécile eût distribué ses quolibets envenimés, s'emporta et déclara que l'on était ce que l'on était et qu'elle n'avait rien à leur apprendre à ces jeunes qui vivaient leur vie comme ils l'entendaient. Il lui imposa un verdict sans appel. Elle acceptait sa famille telle qu'elle était ou allait se faire cuire un œuf chez elle. Cécile se tut. Elle contempla son mari. D'une voix sourde elle gronda : « Et toi, que serais-tu sans moi ? »
Elle se leva et partit.

Les invitations à dîner chez eux s'espacèrent. Mathilde évitait de s'y rendre. De fait, elle n'y allait plus du tout. Wilfrid J. en revenait, taciturne, attristé. Soucieux, il s'enfermait dans sa peinture. Mathilde se consacrait à sa fille qui perdait ses mots, sa conscience, sa mémoire.
Devenir un petit enfant était une cruelle expérience.

Wilfrid J. sentait bien que la grande jeunesse d'Anna sollicitait Mathilde dans l'espoir désespérant de conserver ce qui pouvait l'être. Mais mois après mois, il fallait s'accommoder d'irrémédiables pertes que le charme de l'enfant rendait encore plus cruelles. Il se souciait de ce qui se passerait après. Si Mathilde le négligeait pour se consacrer à sa fille, qu'en serait-il après, quand il n'y aurait plus d'Anna ?
Qu'en serait-il de lui-même quand il perdrait, comme sa fille, tout l'édifice de son existence ?
Mathilde ne lui apportait aucun réconfort. Il ne lui en apportait aucun. Le ciment essentiel de leur vie rétrécissait à vue d'œil. Wilfrid J. se ratatinait et son anxiété ne se levait que devant la méthodique assurance de son père. Le pire était qu'il commençait à comprendre la sourde hostilité que ce dernier vouait à Mathilde.

Puis survint l'inéluctable. Mathilde fut contrainte de se rendre à la maternité. Comme toujours, Anna survivrait encore, peut-être neuf mois, peut-être un peu moins, mais guère plus si elle la portait en elle.

Qu'il était loin le jour où, vieillard à demi inconscient il l'avait entendue sangloter de bonheur en proclamant : « c'est mon père ! ». Qu'ils étaient loin ces jours bénis où Anna découvrait les cités de l'Europe en défendant les minorités oubliées de l'histoire officielle !

Anna avait disparu dans le corps de Mathilde. Son père lui glissa à l'oreille, alors qu'il revêtait les oripeaux de la déprime : « Va la trouver, c'est maintenant qu'elle a vraiment besoin de toi ! »

Et pendant de longs mois. L'oreille collée contre son ventre, il berça Mathilde de souvenirs. Il lui jurait qu'il entendait encore Anna chantonner. Il ne la lâcha pas un instant. Ils restèrent de longues nuits l'un contre l'autre. Malgré son ventre qui s'aplatissait, Wilfrid J. continuait d'affirmer sentir sa fille. Mathilde compta les coups de pied, puis les attendit, puis ne les attendit plus.

Un jour, le médecin, habitué à le dire, leur déclara de la voix qu'il fallait qu'il n'y avait plus rien.

Ils se serrèrent l'un contre l'autre et pleurèrent.

CHAPITRE 22
DEPENDANCE DAYS

« Votre peinture doit plus aux maîtres dont vous vous êtes inspiré qu'à vous-même », déclara le nouveau patron de la galerie. C'était un homme sec, cultivé, armé de petites lunettes cerclées d'acier sous une coiffure courte et pointue comme ses vues.
Il avait regardé avec attention chaque petit tableau et avait repoussé le tas vers Wilfrid J. avec un air ennuyé.
« Je sais que vous vous entendiez bien avec mon prédécesseur, mais j'ai décidé de donner une toute autre impulsion à cette entreprise. »
Que l'homme parle de la galerie comme d'une entreprise avait choqué Wilfrid J.
Les murs avaient été repeints, l'éclairage refait, le bar retiré. Ce bar qui était là depuis des dizaines d'années. La lumière brutale rendait encore plus froide la peinture qui était exposée. De grandes toiles pour de grands salons et de gros portefeuilles. Si la peinture de Wilfrid J. pouvait manquer d'inspiration, ce n'était pas ce butor qui pouvait s'en rendre compte. Le vrai problème était que ce dernier ne vendait que du mètre carré et non des centimètres carrés.
Perdu au milieu de ces flaques de barbouillage à la mode, Wilfrid J. se sentit presque sale et pressé de partir, son paquet sous le bras comme un colis honteux.

Mathilde, à son retour outré, fut de peu de réconfort. Elle l'écouta sans faire écho à sa révolte. Elle semblait lointaine, irritable, fatiguée. Ils se parlèrent peu pendant le dîner et, quand, comme à son habitude, il retourna à sa table de travail, il eut soudain la sensation d'un grand vide.
Mathilde faisait mine de lire. Mais Wilfrid J., tout à son ressentiment, ne voyait pas qu'elle ravalait une colère au moins aussi grande que la sienne. Mais, elle ne lui avait jamais parlé de son travail et ne commencerait pas, ce soir, de lui expliquer les amères déconvenues qu'il lui causait depuis un moment. Depuis la naissance d'Anna, en fait. Elle aussi se trouvait confrontée à jeunes brutes instruites et sans âme qui soupesaient ses articles pour lui demander aigrement de se tenir à la ligne éditoriale et au

positionnement du support. Un support ? Elle écrivait pour combler l'espace entre des annonces de publicité qui étaient la principale source de revenu de son magazine. Elle devait écrire certains mots un certain nombre de fois, éviter des tournures choquantes pour la « cible » et proscrire de son répertoire toute prise de position qui eût pu vexer les annonceurs et les consommateurs des annonceurs.
On lui avait expliqué que le magazine tenait à son indépendance et à la liberté de ses vues. Mais ses vues étaient celles du lectorat. Et le lectorat était celui qui achetait les produits de ceux qui payaient pour passer des annonces.

Contrairement à Wilfrid J., Mathilde luttait pour conserver son droit d'écrire. Son droit d'écrire était sa vie. Mais les types en costume gris, des Alexandre, mais en plus méchant, en plus arrogant, en plus bête, reprochaient avant tout à Mathilde d'écrire dans ce magazine depuis bien trop longtemps pour pouvoir s'adapter à son « positionnement » éditorial. Un « positionnement » qui avait beaucoup changé du jour où un groupe américano-hollando-italien avait acquis le magazine, précisément « pour son style et son indépendance ».

Wilfrid J. et Mathilde se parlaient peu et faisaient beaucoup l'amour. Accablés par leurs frustrations, inconsolables de la disparition d'Anna, peu à peu persuadés qu'ils n'étaient plus capables de dominer leur savoir faire, ils finissaient dans les bras l'un de l'autre, se rassurant dans la chaleur de leur tendresse partagée. Il était rare qu'ils s'aventurent dans la chambre d'Anna. Ils n'avaient conservé près d'eux que le grand nounours qui était assez grand pour avoir conservé quelque chose de son âme, de son odeur.
Si leurs esprits ne fusionnaient plus, il leur restait leurs corps.

Wilfrid J. fit quelques tentatives pour placer ses peintures, directement auprès des acheteurs de la galerie. Mais ces derniers lui répondirent que s'ils avaient cessé leurs demandes auprès de la galerie, ce n'était pas pour s'intéresser au peintre lui-même. Ils faisaient désormais fabriquer des « produits » très satisfaisants dans une petite entreprise tchèque. Cette dernière leur fournissait dix à quinze fois plus de tableaux qu'ils pouvaient vendre au même prix. De plus, la « gamme » se diversifiait beaucoup plus facilement…

Mathilde ne parvenait pas à écrire dans le moule prescrit. On se contenta de la reléguer à des activités annexes. Elle devint correctrice des articles d'illettrés qui respectaient la ligne éditoriale. Elle tenait.

Mais, au bout d'un temps relativement court, après s'être bordé d'illusions et d'un recours constant à leurs économies, le propriétaire vint leur faire remarquer que le loyer était une chose qui se payait tous les mois. C'était un homme compréhensif et son affection pour Wilfrid J. et Mathilde ne s'était jamais démentie. Il était profondément désolé de les presser de s'acquitter de leur loyer mais, depuis que son immeuble était géré par un groupe bancaire, on lui demandait des comptes, le menaçant de s'emparer purement et simplement de son bien. Le groupe en question, qui couvait le projet de transformer ce bâtiment « extrêmement bien placé » pour en faire une résidence de « grand standing avec prestations de haut niveau », attendait le faux-pas, la brèche.
Et la brèche, c'étaient Wilfrid J. et Mathilde.

Il ne restait pas beaucoup de solutions à envisager. Ni l'un ni l'autre n'avaient assez de ressources pour continuer de vivre comme ils avaient si longtemps vécu. Wilfrid J. prit rendez-vous avec son père.
Ce dernier l'écouta avec attention. Puis il lui reprocha de ne pas l'avoir prévenu plus tôt. À ses yeux, cette situation était inévitable. Il ne comprenait pas très bien comment ils pouvaient « tenir ». Il sortit son chéquier et offrit à Wilfrid J. une somme considérable, « pour voir venir ».
Quand Wilfrid J. voulut le remercier, Maxime fit un geste irrité de la main, il se contenta de lui recommander de ne pas parler de cela à sa mère.

La vie reprit son cours. Miraculeusement, à intervalles irréguliers, comme si son père, soudain, pensait à ses finances, Wilfrid J. recevait un chèque d'une somme toujours assez considérable. Mais si la vie avait repris son cours, elle était suspendue à cette enveloppe qui arrivait quand elle voulait bien arriver.
Et si la vie avait repris son cours, elle avait singulièrement perdu son but.

Ils sortaient peu, ils recevaient encore moins. La crainte de manquer les rendait chiches, inquiets, pour tout dire, radins. Bien entendu, aucun voyage ne se profilait à l'horizon. Maxime, qui leur avait fait sillonner l'Europe sous divers prétextes souvent futiles, leur envoyait de l'argent sans contrepartie.

Les assemblées familiales s'étaient évanouies. Simone se remettait plus mal que quiconque de la disparition d'Anna. Elle vivait d'expédients. Michael était le plus souvent indisponible car il avait décidé de faire des études dans une université de province. Karin avait totalement disparu. Ils tentèrent de se réunir, mais y renoncèrent, le moral en berne.
Ils avaient invité, un soir, Simone à dîner. Tous les trois avaient passé la soirée à évoquer le passé, se gardant bien de parler de leur futur. Elle était devenue une adolescente boulotte et mal dans sa peau. Elle dissimulait son acné sous des couches de fond de teint. Déguisée en chanteuse « yé yé » avec des couettes rousses, son apparence contrastait étrangement avec son pessimisme rageur.
Mathilde lui suggéra de rechercher Karin. Mais Simone balaya l'idée du revers s'une réflexion acide. Cela n'en valait pas la peine, elle était devenue une étrangère, ce qu'au fond, elle avait toujours été. Ah, si elle pouvait se trouver un homme ! Wilfrid J. lui rappela tous les bonheurs qu'elles avaient eu ensemble, cela ne s'oubliait pas, quand même. Puis il y avait la solidarité familiale.
Non, elle n'oubliait pas ce qu'elle avait vécu. Karin était bien le seul homme qui l'ait jamais aimé. Cet homme était une femme, mais c'était bien le seul qui ait bien voulu d'elle. Elle ne l'oubliait pas. Lesbienne par dépit, elle ne vivait plus que du chagrin de n'avoir plus ce qu'elle avait tant aimé : s'occuper d'un enfant, elle qui n'en avait jamais eu.
Wilfrid J., qui avait tout le temps libre qu'il voulait, lui proposa de partir en quête de Karin. « C'est quand même une de nos tantes !
- Une de nos tantes ? Mais Wilfrid, elle n'a jamais été une de nos tantes. On l'appelait tante Germaine pour qu'elle ait l'air de faire partie de la famille ! Je ne sais même pas d'où elle vient.
- Au début, vous vous détestiez. Alors pourquoi avez-vous joué à ce jeu ?
- Elle cherchait une famille, je cherchais un homme. Au début, ce n'était vraiment pas le coup de foudre. Elle m'en voulait d'être comme je suis, je lui en voulais qu'elle soit une femme. Nous faisions payer l'une à l'autre le prix du compromis. Et puis Karin pensait que cela éviterait bien des questions.
- Et après ? Nous avons vécu ensemble. Souvent nous nous reprochions mutuellement ce que nous étions. Et puis Karin m'a dit, un jour, qu'elle n'avait plus besoin de ça pour vivre et elle est partie. Après quarante ans. S'il vous plaît, ne la recherchez pas. Ce serait pire que tout ! »

Simone repartit, emportant sous ses dehors tapageurs, sa tristesse, son amertume et sa solitude. Et la vie reprit son cours.

Chacun, dans son oisiveté, était confronté chaque jour, aux vestiges de son existence. La table de peinture, les palettes, les toiles vierges ou esquissées. Les dossiers bien ordonnés, la documentation bien classée de Mathilde, son ordinateur prêt à se réveiller. Il leur arrivait souvent de se mettre en position, de revenir à leurs attitudes et à leurs gestes pour se lancer dans l'aventure créative.

Peindre quoi, écrire sur quoi ? la jeunesse s'installait avec son avenir en peau de chagrin, ses projets en voie d'extinction. Déprime en vue.

Cécile leur téléphona pour les inviter. Toujours de cette voix haut perchée qui vous parvenait du dessus. Un miel de gentillesses polies aigri par un insondable dédain. Elle ne les invitait pas, elle les convoquait.

Le dîner fut un festival de faux-fuyants où l'on évitait de faire allusion à toutes sortes de sujets qui eussent pu vexer l'autre. Cécile était particulièrement habile à cela. Elle évitait toute allusion à Anna pour ne pas avoir à compatir. L'oisiveté forcée de Wilfrid J. et Mathilde était aussi un sujet tabou, il en allait de leur dignité. L'argent était aussi un thème à éviter. Ils dînèrent à ne se parler de rien, servis par une soubrette effacée en robe noire et tablier blanc. Cela suait d'ennui et de malaise, mais Cécile semblait aux anges.

Les plats se succédaient dans un ordre impeccable, précédé des parfums que l'on sent dans les restaurants chics. Cette odeur de beurre, de pâte levée et d'épices suaves. Cécile faisait le panégyrique de chaque met et l'éloge de sa cuisinière (la soubrette qui changeait de rôle en changeant de pièce, priant désespérément pour le destin de son tablier). Elle avait donné ses ordres le matin et la « cuisinière » s'était exécutée, rendant des comptes tatillons à sa patronne qui commentait aigrement chaque achat. Chaque plat était préparé en cuisine, sous l'œil vigilant de Cécile qui n'aurait jamais pelé un oignon, mais qui savait comment cela devait être fait. Puis la jeune femme faisait le tour des convives pour les servir convenablement, comme il se devait dans une bonne maison. Wilfrid J. frémit une ou deux fois quand la sauce ou la tranche de gigot montraient des tendances à vouloir s'envoler de la cuiller ou de la subtile prise entre cuiller et fourchette auxquelles s'escrimait la malheureuse. Cécile veillait au grain, l'œil féroce.

On se régalait, chichement, mais on se régalait. Il n'était pas question d'en reprendre ! Cécile mesurait les portions à l'aune de la bienséance, c'est-à-dire bien au-dessous de celle de la gourmandise.

Puis elle invita tout le monde à passer au salon pour le café. Porcelaine de Saxe, napperons, cassonade et petites cuiller d'argent. Cliquetis qui résonnent dans une pièce trop vaste. Conversation étique. Puis…

« Mes chers enfants, nous avons assez d'argent pour vivre convenablement, mais nous ne sommes pas le roi Midas. »
Maxime piqua un fard. Wilfrid J. n'eût jamais imaginé voir son père rougir.
La Mamy était devenue une grande bourgeoise astiquée à l'extrême. Autant Maxime avait, en rajeunissant, acquis un je ne sais quoi de décontraction sous ses dehors de cyborg, autant elle campait son personnage de grande duchesse avec un aplomb sans faille. Rien ne clochait dans sa tenue. Le collier avait le juste nombre de rangs de perles du diamètre qui convient. Sa jupe arrivait exactement aux genoux. Son cardigan de cachemire s'assortissait parfaitement au chemisier. C'était la tenue exacte d'une femme qui reçoit « sans façon ». Ses yeux pénétraient en chacun juste assez pour ne pas se salir.

Elle avait incliné ses jambes comme il est indiqué dans le protocole de la bienséance des altesses. Un regard força Maxime à se redresser alors qu'il s'était étalé dans son canapé. Mathilde et Wilfrid J. se trouvaient donc exactement comme ils devaient se trouver, en face des deux parents, parfaitement redressés, imprudemment en position d'infériorité.

Elle avait lancé son attaque avec une voix ennuyée. Puisqu'il fallait bien aborder le sujet ! Elle leur expliqua à tous, après avoir chassé d'un geste la soubrette qui venait débarrasser la table, qu'il lui arrivait de s'intéresser à ses comptes. C'était à cette occasion qu'elle avait pu constater que Maxime semblait leur verser de façon régulière, des sommes qu'il était impossible de complètement négliger. Elle ne pouvait pas en vouloir à un père qui prend soin de la vie de ses enfants. Absolution. Mais elle eût préféré en être avisée pour examiner toutes les possibilités qui s'offraient. Coup de baquette sur les doigts. On ne

pouvait pas dire que tout cela les ruinerait. J'ai de l'argent, vous pas. Mais, comme elle avait dit, elle n'était pas Midas.
Devant le silence contrit de l'audience, elle continua sur le ton d'une intense réflexion. Wilfrid J. se rappela son banquier lui annonçant, qu'après vingt-cinq ans de parfaite tenue de ses comptes, il se voyait forcé de lui retirer ses cartes de crédit, son chéquier, et tout ce qui lui permettait de vivre décemment.

Il était évident que, désormais, ils devraient recevoir une aide de la part de leurs parents. Elle ne se soustrairait pas à ce rôle. C'est moi qui ai l'argent, pas Maxime, entrez-vous cela dans la tête, mes chéris. Mais il fallait examiner la situation avec soin pour ne pas courir le risque de malentendus. Ce n'était plus une voix, c'était le glas.

« Cet appartement dans lequel vous vivez, vous ne pensez pas qu'il est devenu trop grand, désormais ? Et vous, Mathilde, j'ai cru comprendre que vous aviez un studio en ville que vous n'occupiez jamais. Vous comprenez que si nous voulons bien, Maxime et moi, prendre soin de vous, nous ne pouvons pas jeter comme cela l'argent par les fenêtres. »
Wilfrid J. sentit Mathilde se raidir.

Cécile n'avait cure du raidissement de qui que ce soit. Elle continua de réfléchir tout haut, cherchant les mots qu'elle savait parfaitement qu'elle allait prononcer. Elle leur expliqua donc qu'il lui semblait évident qu'ils se séparent de ces appartements aussi inutiles que dispendieux. Il se trouvait justement, qu'au cinquième, elle avait fait aménager un ravissant petit deux pièces avec tout le confort. Et puis, il y avait l'appartement. Elle avait songé y installer un couple de gens de maison, mais la soubrette suffisait et elle vivait ailleurs. Ce petit nid douillet leur tendait les bras. Maxime, affreusement gêné, opinait du bonnet.
« Nous pourrions nous voir bien plus souvent ! »

Wilfrid J. avait senti les mâchoires du piège se refermer au ralenti sur sa vie. Ce n'était pas une suggestion, c'était un ultimatum. Il se rappelait le jour où son père lui avait fait découvrir qu'il était incapable de choisir sa vie. La confirmation rutilait dans cette ambiance engluée de menace et de ressentiment.

Mathilde laissa Cécile aller jusqu'au bout de ses sirupeuses suggestions. Wilfrid J. sentait en elle une énergie féline qui s'apprêtait à jaillir. Il ne l'avait jamais connue si tendue. Puis, au lieu de feuler comme un fauve bondissant, elle partit d'une voix douce et lente. Une voix définitive.

« Je vous remercie Cécile, pour cette proposition. Il est vrai que Wilfrid et moi, vivons des moments difficiles. Il est vrai aussi que je ne vois pas comment nous pourrions nous en sortir sans ce que nous donne Maxime. Vous avez même peut-être raison de dire que notre appartement est trop grand pour nous deux.

Mon studio est à moi. Je ne m'en séparerai pas. J'ai toujours trouvé l'argent pour le payer et je continuerai. Jamais ce que nous a donné Maxime n'a servi à payer ce loyer.

Pour ma part, je ne compte pas aller habiter dans vos chambres de bonne. Je comprendrais parfaitement que Wilfrid le fasse. C'est votre fils. Moi, j'ai mon studio. Nous trouverons toujours le moyen d'être ensemble. Je ne sais pas comment, mais en tout cas pas dans vos communs. »

Wilfrid J. sentait sa vie se désintégrer. Sa mère lui imposait de déménager. Mathilde le mettait à l'encan, sans hésiter.

Quand ils prirent le chemin du retour, abattus et moroses, ils ne se tenaient plus par la main. Mathilde était à ses côtés, à une insondable distance. Une fois rentré dans ce qui ne serait bientôt plus chez eux. Elle le regarda fixement et lui déclara avec beaucoup de tristesse : « Je t'aimais quand tu n'étais pas riche, je ne peux plus t'aimer quand tu deviens esclave. »

Chacun s'endormit dans son désert.

Ils entreprirent, dès le lendemain, le lent dépeçage de ce qu'ils avaient vécu. Mathilde fit disparaître ses affaires avec une incroyable rapidité. Comme elle était venue dans la vie avec quelques sacs de voyage, elle fit de même pour quitter l'appartement. Au bout de trois jours d'allers et retours, elle avait tout effacé de sa présence. Au bout du compte, elle lui montra la pile des tableaux qu'elle avait gardés et qu'elle ne regardait plus depuis longtemps. Elle lui demanda ce qu'il comptait en faire. Il lui répondit d'une voix atone qu'ils étaient à elle et qu'elle pouvait les prendre. Les petits tableaux plein de feu et de violence s'évanouirent comme leur passion.

Le déménagement de Wilfrid J. fut une entreprise compliquée et douloureuse car il lui fallait abandonner la plupart de ses meubles et de ses objets pour s'installer dans son minuscule appartement. Pour rien au monde il n'eut renoncé à son petit Méphistophélès. Mais il dut se livrer à de tristes arbitrages, en particulier en abandonnant les affaires d'Anna que les contraintes de son nouvel espace lui arrachaient sans pitié, sans émotion, sans m'ombre d'un égard pour la mémoire de la vie. L'appartement, deux petites pièces mal fichues, s'ouvrait à lui comme un lieu d'exil et de réclusion. Il bourra ce dernier de tout ce qui pouvait y entrer et du se résoudre à trouver où caser le reste. Il n'abandonnait pas des meubles et des objets, il abandonnait des pans entiers de passion et de rêve. Il ne triait pas, il s'amputait. Mathilde était absente. Elle ne voulait pas participer. Ou bien, soudain à une distance infinie, elle ne ressentait pas le besoin de le soutenir dans ses renoncements.

Il passa une petite annonce dans un journal. Ce n'étaient que quelques mots sans grâce et vaguement descriptifs, une sorte de message laconique pour un abandon infini. À sa grande surprise, quelqu'un répondit sur le champ. Deux grands gaillards costauds vinrent et embarquèrent tout ce qui se trouvait encore là pour l'emporter chez une antiquaire un peu collectionneuse, un peu brocanteuse qui tenait une petite boutique poussiéreuse dans une rue de traverse.

Il ne restait rien.

CHAPITRE 23
DÉSESPERRANCES

Wilfrid J. se retrouva pour la première fois dans cet endroit qui n'était marqué d'aucune des empreintes de son existence. Son mobilier ne meublait pas, il encombrait. Mathilde n'était pas là.

Mathilde n'était pas là pour la nuit, pour la semaine, pour un temps qu'elle n'avait jamais signifié. Wilfrid J. était habitué à ces désertions ombrageuses et solitaires. Mais cette disparition était différente car il n'avait aucune idée de ce que pourrait en être l'avenir. Il savait simplement que ce lieu ne serait jamais celui de Mathilde. Même s'il revoyait Mathilde, elle ne reviendrait plus.

Deux étages plus bas, le pire le guettait. Ses parents qui avaient assisté à son installation avec toute l'onction de la terre. Il était le bienvenu. Ils lui exhibèrent leur somptueuse salle de bain, leur cuisine grande comme une gare, le petit salon inoccupé qui ferait un joli bureau. Pourquoi ne lui avaient-ils pas dit qu'il pouvait utiliser cette pièce alors qu'il se déchirait de ses biens les plus précieux ?

Il devait se sentir absolument à l'aise et utiliser leur appartement comme s'il était chez lui. Chez lui ? Comme la soubrette ?
Ils lui proposèrent de dîner avec eux à chaque fois qu'il en avait envie. « Il y aura toujours un couvert pour toi ! ».
Cécile mettait les petits plats dans les grands. Elle était mielleuse, mais son regard n'était que son regard, arctique et victorieux.

Wilfrid J. passa une première nuit de fatigue et de désenchantement. Il dormit si brutalement, qu'au matin le grand ours d'Anna était tombé du lit. Un geste familier lui prouva que Mathilde n'était pas là. Il prit son café debout au sommet de la falaise de la journée. Il était midi.

Il prit son trousseau de clés et descendit son escalier de service. Une fois dans la rue, il respira l'air de la liberté et partit à l'aventure, en quête d'une terrasse d'où il pourrait contempler le monde. Il commença par fuir le huitième et ses canyons de pierre de taille, les Champs Elysée et leurs fastes clinquants. Il marcha longtemps pour retrouver l'air de ce Paris qu'il aimait, mélange d'histoire et de petits métiers, de fourmillement besogneux et de quiétude. Un de ces cafés d'angle qui résonnent des voix familières de ses habitués. Et là, prenant position pour un long moment sous un soleil d'automne, il commanda un ballon de rouge. Si Mathilde lui manquait, il retrouvait, pour un moment, l'atmosphère qui lui appartenait.

Il commanda plusieurs ballons de rouge. Il se souvenait des dernières gorgées et joua à se remémorer ces rituels enfouis. Il faisait bien sombre quand il décida de rentrer. Son pas n'était pas très assuré. Il était pompette. Il était content d'être pompette, même si le vin n'avait pas fait disparaître complètement son sentiment d'abandon.
Il n'était pas arrivé qu'une clé tourna dans sa serrure. Sa mère s'encadrait dans la porte, balayant le désordre des cartons et des meubles entassés avec désolation.
« Nous t'avons attendu pour dîner. Ce serait bien que tu nous préviennes.
- Je suis... désolé. »

Il aurait voulu rugir de colère, mais il se sentait un peu trop gris pour lancer une offensive. Malgré le vin, il comprenait que, s'il avait le droit d'utiliser les commodités de l'appartement de ses parents, ces derniers s'arrogeaient le droit de pénétrer dans le sien quand bon il leur semblait. Il rassembla ses idées et ses mots et, se redressant il articula une phrase de légitime révolte sur ce sujet. Pau importe la phrase. La réponse fut péremptoire : « Mais Wilfrid, tu es ivre ! »

Cécile prit la fuite, s'éloignant au plus vite de ce pestiféré. Wilfrid J. en conclut qu'il avait au moins découvert un moyen de la faire fuir.

Un moment plus tard, on toqua à la porte. Longtemps car il était en train de s'assoupir, tout habillé en travers de son lit. Il alla ouvrir. « Mais Wilfrid, tu es ivre ! ». Mathilde lui tenait la tête entre ses mains et le conduisit vers la salle de bains.
Il dormit comme le plomb à ses côtés. Il s'éveilla, mais elle était partie, il était midi.

Il repartit à l'aventure. Il s'installa à une autre terrasse de café, commanda un ballon de rouge. Il s'abstint d'en commander tant qu'il serait de nouveau pompette car Mathilde pouvait revenir.
Mais, ce soir-là, il dut subir l'ennui mortel d'un dîner et se retrouver seul car Mathilde ne vint pas.

Mathilde venait, toujours tard le soir. Il ne savait jamais quand. Il ne pouvait jamais s'accorder avec elle pour se préparer le cœur. Elle ne lui avait pas sonné son numéro de téléphone et partait très tôt le matin, alors qu'il dormait ou s'éveillait à peine. Elle lui offrait, de temps en temps, un rêve de douceur et s'évanouissait pour quelques jours, parfois quelques semaines. Elle venait tard, en secret, sans bruit. Elle ne venait que pour lui, surtout pas pour Cécile et Maxime qu'elle s'était juré de ne jamais revoir. Elle lui demandait même de taire ses visites à ses parents. C'était leur jardin secret, c'était le vestige des jours passés. C'était une tendresse qui lui manquait autant qu'elle manquait à Wilfrid J.
Ses apparitions étaient la raison de vivre de Wilfrid J. Il vivait désormais entre ses vagabondages et l'espoir de nuits enchanteresses et fugitives. Il vivait comme un voleur d'émotions.

Maxime frappa à la porte et attendit que Wilfrid J. vînt ouvrir. Il attendit que ce dernier l'invitât pour entrer et s'assit comme il put sur un fauteuil qui n'était pas encombré. Il expliqua d'abord à Wilfrid J. combien il était désolé des manières intrusives de sa femme. « C'est elle qui paie tout. Elle ne comprend pas ce que veut dire l'intimité. Elle a toujours eu des domestiques qui entraient dans sa chambre, alors, elle ne voit pas pourquoi, elle, qui possède tout, n'aurait pas ce droit. Mais je pense être parvenu à lui expliquer... enfin je pense. »
Wilfrid J. regardait cet homme dans la force de l'âge, mince et sportif, en possession de son corps, mais que marquait au visage un souci inexpugnable. L'œil était bleu et métallique comme il l'avait toujours été, mais il y avait comme un voile de douceur pour en émousser le tranchant.

Wilfrid J. sentit que cette visite était importante pour cet homme qu'il ne voyait, presque chaque soir, dans le froid protocole de dîners empesés. Il tentait, une fois encore, de tisser un lien avec son fils. Ce n'était pas facile pour cet homme peu enclin aux effusions. Wilfrid J. lui offrit du vin, il en accepta une larme. Un bon verre... Puis ils se regardèrent en silence. Ni l'un ni l'autre ne savaient vraiment comment engager la plus simple des conversations entre un père et un fils. Ils musardaient dans les banalités.

Ils se contentèrent de ne rien se dire. Un tacite arrangement venait de se faire. Ils pourraient, à l'avenir, se parler sans façon dans le sanctuaire de Wilfrid J. dont ils s'efforçaient d'exclure Cécile.

Au bout d'un moment, sans avoir abordé aucun sujet d'importance, Maxime se leva et redescendit l'escalier.

Il revint souvent. Il apportait une bouteille. En riant, il disait à Wilfrid J. que, de toute façon, c'était lui qui le payait, le vin. Mais, en retirant le bouchon, il échangeait avec son fils un regard complice qui leur faisait plaisir à tous les deux. C'est ainsi, qu'au fil des jours, ils commencèrent de partager une secrète revanche : casser du sucre sur Cécile. Et c'est ainsi que Wilfrid J. découvrit avec stupéfaction que son père haïssait sa mère depuis de nombreuses années. Il apprit que si, lui, Wilfrid J. était prisonnier de sa jeunesse, lui avait été prisonnier toute sa vie.

C'est ainsi qu'il comprit enfin que, si son père lui avait fait prendre conscience de son incapacité à choisir sa vie, c'était pour l'avertir, le prémunir des conséquences de sa propre inaptitude à décider de son destin.

C'est ainsi que Wilfrid J. apprit à aimer son père. En détestant sa mère.

Maxime hésitait. Maxime cherchait des mots qui ne lui venaient pas, qui laissaient son propos dans l'antichambre de la parole. Il avait accepté une seconde larme de vin en tournant autour d'un pot que Wilfrid J. ne parvenait à deviner. Puis son père dut glisser sur le bord de sa piscine parce que, très vite, avec une sèche concision, il expliqua à son fils que sa vie à leurs crochets n'était pas acceptable. « Tu n'as pas encore l'âge de dépendre complètement de nous. Tu ne peux pas te contenter de te laisser vivre avec de l'argent de poche. Tu dois faire face à ta vie et être maître de tes moyens ! et bla et bla... »

Maxime ne pouvait pas se résoudre à confesser à Wilfrid J. que cet argent de poche, il devait le demander à sa femme avant de le donner à son fils. Maxime haïssait l'idée de quémander auprès de Cécile. Cécile jouissait de ce pouvoir, elle ne manquait jamais de rappeler à son époux que son fils était à son image, dépendant, sans bien, et, de plus, improductif.

Il expliqua donc à Wilfrid J. que son étude lui avait assuré le peu d'autonomie qui suffisait à sa dignité. Il lui laissa ainsi comprendre aussi que cette autonomie, Wilfrid J. se devait de l'acquérir. Non pas tant parce qu'elle était indispensable à son fils, mais parce que cela mettait à mal celle qu'il s'était bâtie. Wilfrid J. pigeait et se lassait des redondances du propos. Ce fut donc lui qui suggéra à son père la solution que ce dernier était venu lui proposer. « En gros, tu es venu me proposer du travail. »

Un sourire d'acteur comique s'épanouit sur le visage de Maxime qui se lança dans le panégyrique de la situation qu'il lui proposait. « Tu travailleras pour l'étude, tu y auras même ton bureau. Mais tu n'auras pas à y venir car toute ton activité se fera à l'extérieur. Ce sera comme à l'époque où je vous faisais voyager, Mathilde et toi, mais cela se fera à Paris, dans les archives. Il suffira que tu viennes pour me présenter le fruit de tes recherches. Ce ne sera pas difficile et tu pourras continuer de te livrer à tes randonnées dans la ville. Il suffira que tu remplisses de temps en temps une mission, un dossier. Tu gagneras ton argent, ce ne sera plus une affaire d'argent de poche..., et bla et bla... »

Wilfrid J. comprenait mal que son père eût pu éprouver tant de difficulté à lui expliquer un stratagème aussi simple. Il ne voulait pas se sentir à ce point complice de son père. L'opportunité proposée lui convenait, elle remplissait la coupe vide de ses jours d'une préoccupation familiale. Il se contenta d'accepter sur le ton de l'homme raisonnable à qui l'on propose une solution de bon sens.
Son père en avait fini. Il ne souhaita pas trinquer d'une troisième larme de vin et partit en donnant rendez-vous à Wilfrid J. le lendemain à neuf heures, à l'étude.

C'est ainsi, qu'entre deux coups de rouge, Wilfrid J. s'embarqua pour un métier qui l'ennuyait, pour une activité sans avenir, dans la grisaille de dossiers amoncelés au langage purulent de précautions que n'égayait que la profusion extraordinaires de coups de tampons effrénés. Il eut entre ses mains un acte qui en portait cinquante-trois sur deux feuilles... Comment pouvait-on consacrer cinquante-trois fois un obscur contrat bardé de réticences et d'exceptions qui en faisaient une prose sournoise et piégeuse ?

Il se retrouva assis à un bureau qui tournait le dos à une fenêtre sans horizon, face à des murs habillés d'armoires bourrées de dossiers dont les couvertures orange égrenaient des numéros sans signification. Sur le bureau, une lampe à dôme de métal obscurcissait le plafond et éclairait le vide d'un sous-main vaguement taché.

Son père était arrivé depuis longtemps quand il prit possession de ce bureau. Maxime le salua négligemment, chargeant une assistante d'installer Wilfrid J. avant de s'enfermer derrière sa porte matelassée pour régler une succession où se pressaient une horde d'endeuillés anxieux. Un cas de venue au jour qui remettait sérieusement en question l'instable équilibre d'un patrimoine convoité. Dans son cubicule, Wilfrid J. ne se sentait pas à l'abri de cette âpreté suspicieuse. Chaque dossier renfermait sa propre menace, serrant entre ses couvertures affadies par le temps le fiel des familles, l'aigreur des ressentiments, l'usure des unions, la charpie des patrimoines, le poisseux des compromis. Wilfrid était seul dans sa pièce, mille yeux chassieux de cupidité le cernaient. Ces yeux n'étaient rien comparés à ceux de Madame Michelard, la gardienne du temple, en charge du standard, du secrétariat et de ce qui était supposé être l'accueil.

Madame Michelard n'arrivait jamais et ne repartait jamais. Elle faisait corps avec son comptoir. Sa voix qui partait en grande partie de son nez cornait des phrases ampoulées qui refoulaient dans son téléphone l'outrage des sollicitations les plus diverses. Sa main, s'enfonçant dans une manche de chemisier vaguement blanc dirigeait d'un ongle verni les visiteurs vers quatre chauffeuses inconfortables au détour de l'entrée. Madame Michelard trônait sur l'intimidation qu'exercent les employés inamovibles des officines inquiétantes. Sans même avoir échangé un mot avec Wilfrid J., elle le plongeait déjà dans des abîmes pusillanimes. Il n'osa même pas lui demander quelques feuilles de papier pour faire semblant d'écrire. Lorsque, vers six heures, après une longue journée de vide qu'il n'avait pas même interrompue pour aller déjeuner, il prit son parti de s'évader, il n'avait pas revu son père, Madame Michelard gardait toujours l'entrée, visiblement absorbée par la frappe de papier à tamponner.

Au dîner, son père lui demanda poliment s'il avait passé une bonne journée. Il répondit « excellente ! »

Jour après jour, son rendez-vous avec son petit bureau et l'oisiveté se répéta sans qu'on lui confie la moindre mission. Derrière sa porte fermée, il devint adepte des mots croisés et de longs articles de journaux ennuyeux. Personne ne venait frapper et, le midi, les quelques employés renoncèrent vite à l'inviter à se joindre à eux pour aller au « self ».

Wilfrid J. préférait mourir de faim que de pousser un plateau dans ces établissements qui sentent l'eau de vaisselle, où les voix se noient dans un vacarme d'inox et de pyrex dans une atmosphère de fatigue et d'oppression. On n'y était personne, on y allait pour manger, pas pour déjeuner. Il préférait s'éloigner vers une terrasse et solitaire, boire un ballon de rouge en croquant un vague sandwich, seul, mais assis à une table et servi par un loufiat fort en gueule qui avait pris le temps de le regarder ne serait qu'un instant.

Son père finit par le convoquer dans son bureau. Wilfrid J. avait acquis la certitude qu'il faisait partie des dossiers numérotés sur ses murs. Il s'était installé dans sa position d'employé au mitard. Son esprit et son cœur se parcheminaient. Il faisandait. Maxime trônait devant le même grand bureau de « style » qu'il lui avait toujours connu, environné de vitrines et d'objets de prix, des objets qu'on ne rapporte jamais chez soi. Son bureau, Wilfrid J. s'en rendait soudain compte avec une touche d'ironie, avait la superficie de l'ensemble des différents autres bureaux réunis et il était bien le seul à donner sur l'avenue et ses arbres et non pas sur la cour profonde et grise.

Comme son père s'enquerrait chaque soir de la qualité de vie de son fils et que ce dernier avait l'hypocrisie de ne pas lui répondre qu'il dépérissait dans son mitard, on sauta toute forme de préambule. Maxime poussa vers Wilfrid J. un dossier orange orné du titre « 65H-963 » et lui lança : « Occupe toi de ça ! »

S'occuper de ça ? Son père avait l'air pressé. Il s'était déjà retourné vers l'écran d'un ordinateur dans une scrutation soucieuse. Où était l'homme qui montait en secret échanger des confidences avec son fils ? Il était vrai que, depuis qu'il avait emprisonné Wilfrid J. dans son petit bureau, il n'était plus remonté. Mais, en dépit de ce revirement, Wilfrid J. se sentait en droit et en devoir de savoir ce que pouvait être le ça du dossier 65H-963.

Il s'enquit donc auprès de son père de la nature du ça recherché. « Demande à Michelard, elle te dira ». Maxime n'avait pas détourné les yeux de son écran. Wilfrid J. ramassa le dossier orange et quitta le bureau à reculons comme s'il prenait congé de l'empereur de Chine.

Madame Michelard lui fit une démonstration éclatante de ses talents pédagogiques. « Regardez à la cote 52, y a deux filiations à éclaircir ! »

Et comment on éclaircit les filiations de la cote 52 ? « Est ce que je sais, moi ? au greffe, je sais pas ! »
Wilfrid J. ouvrit le dossier comme un étudiant en médecine ouvre son premier cadavre. Les tripes fanées du dossier étaient, il s'en rendit enfin comptées, répertoriées. Il finit par trouver un document sur lequel deux noms n'étaient suivis d'aucun des commentaire qui accompagnaient les autres noms. Du fait de cette honteuse vacuité, la feuille n'était ornée d'aucun cachet, d'aucun gaufrage, d'aucun tampon rouge. La mission de Wilfrid J. consistait donc à trouver de quoi remplir les deux cases insolemment vides du formulaire afin que ce dernier pût recevoir son lot de coups de tampon.

Wilfrid J. enfourna le dossier dans sa sacoche et partit à la recherche de ses deux filiations. Bien sûr, il savait quoi faire. Il l'avait fait maintes fois. Mais, coincé dans le métro, puis assis dans les couloir sombres de l'administration, il se sentait perdu, déchu, humilié. Il se rappelait ses escapades avec Mathilde et Anna, ses assauts aux archives les plus exotiques, leurs triomphes des langues gutturales. Traverser Saint Pétersbourg dans un taxi dérapant dans la neige à la recherche d'un certificat centenaire dans un palais de marbre avait un autre panache que la ligne 4 du métro. Les sourires entendus de Mathilde trompaient autrement l'ennui que a compagnie de clercs en costumes de confection usés et cols de chemises douteux. Retrouver un Tolstoï ou un Monsieur J. reluisait d'un autre romantisme que deux membres du dossier 65H-963.
Sa soudaine mission le sauvait moins de l'inaction qu'elle ne le plongeait dans un gouffre de nostalgie. Il allait se résoudre à la fuite quand on appela son numéro.

Il pénétra dans un bureau où trônait une Madame Michelard en chef, une quintessence obèse du triomphe administratif, la perfection bureaucratique. Une personne qui ne parlait pas et se contentait de tendre la main (ongles vernis, gros bracelet qui pendouille, manche de chemisier bien serrée) pour se saisir de l'indispensable sésame : un dossier. « Ah, cote 52, deux filiations incomplètes. Je peux pas tamponner ça ». C'était bien pour cela qu'il était venu. A défaut de pouvoir s'expliquer, il capta le nom du bureau des archives concerné par la cote 52 du dossier 65H-963. Il partit donc à l'assaut des escaliers et des couloirs piranésiens de l'édifice pour aboutir dans une reproduction à très grande échelle de son propre bureau. Déserte.

La salle devait faire plus de vingt mètres de côté. Elle était aussi très haute car un petit escalier menait à une galerie qui courrait tout autour. Le long des murs, des escabeaux montés sur des glissières, permettaient d'accéder aux dossiers classés à plus de deux mètres du sol. Au milieu, un tout petit bureau, le sien à peu de choses près, la même lampe, le même sous main, les mêmes quelques feuilles inoccupées.

Il resta un long moment, hésitant entre le seuil et l'intérieur de la salle que n'éclairait qu'une verrière souillée de crottes de pigeon, tout en haut et des boules de verre blanches suspendues tout autour.

« Bonjour ». Il se retourna pour découvrir qui venait de le saluer d'une petite voix douce. Au bout d'un instant il se rendit compte que se tenait tout près de lui une minuscule jeune femme. Elle se tenait si près de lui, peut-être aussi surprise que lui sur le seuil de la salle, qu'il ne songea pas tout se suite à baisser les yeux vers cette tête toute brune qui lui arrivait un peu au-dessus du nombril. Elle était asiatique, le teint hâlé du Sud, la finesse extrême des traits et le sourire qui lui plissait le haut du nez et faisait presque disparaître ses yeux dans un trait entre ses paupières.
« Je m'appelle Hâ. Et vous ? »

Un rien étonné, mais le cœur en vadrouille devant cette apparition, il répondit, tout en s'excusant de son intrusion. Elle lui demanda, soudain sérieuse, s'il était venu pour une recherche de filiation. Oui. Elle lui prit son dossier et, assise à son bureau, entreprit de l'éplucher. « Cote 52 », avait-il envie de lui dire, mais il préférait la regarder ans l'interrompre.
« Cote 52, il manque deux filiations », déclara-t'elle sans appel.

Avec une agilité et une rapidité de petite souris, elle se dirigea vers un ange de la salle, poussa un escabeau et y grimpa. Il remarqua qu'elle portait des sandales avec des talons très hauts qui ne l'empêchaient en rien de se déplacer et de grimper. Elle revint avec un dossier qu'elle ouvrit sans hésiter pour y trouver deux documents fripés et écornés que leur séjour prolongé dans le dossier avait comme repassé. D'une écriture aussi fine qu'elle était menue, elle remplit les deux cases de la cote 52. Tout cela n'avait pas pris cinq minutes. Wilfrid J. se tenait devant elle, son dossier refermé à la main.

« C'est très facile à trouver quand on connaît le classement. C'est dommage, il ne vient pas beaucoup de monde ici. Alors je m'ennuie un peu ».

Elle était directe et le regardait droit dans les yeux. Wilfrid J. venait de tomber amoureux fou d'une minuscule vietnamienne qui s'appelait Hâ et dont il ne savait absolument rien.
« Dépêchez-vous, le bureau d'enregistrement va bientôt fermer »

Il aurait voulu lui proposer de la retrouver, tout à l'heure, puisque les bureaux allaient fermer... Se rencontrer dans un café et faire connaissance. Mais les mots ne sortaient pas. Elle lui enjoint d'une voix plus impérieuse de se dépêcher. Il partit faire tamponner sa cote 52 et rentra chez lui avec un rêve plein la tête.

Le lendemain, il déposa le dossier sur le comptoir de Madame Michelard qui fit mine de ne pas le voir. Puis il s'installa à son bureau, heureux de n'avoir rien d'autre à faire que de se souvenir de Hâ. La journée s'écoula ainsi. Puis le reste de la semaine, puis la semaine suivante, puis le mois entier. Le souvenir restait aussi vivace. Il revivait ces quelques minutes dans la salle d'archives en l'embellissant. Il invitait Hâ dans un café et elle lui racontait sa vie et ils vivaient un amour fulgurant. Puis l'ennui revenait avec l'inaction, les mots croisés et les longs articles de journaux ennuyeux.

Puis un nouveau dossier avec une cote cinquante et quelque chose et une filiation manquante atterrit de nouveau sur son bureau. Il vérifia qu'il était aussi beau que possible en se contemplant dans la glace des toilettes, rajusta sa cravate et mit le cap sans tarder vers la salle des archives au bout des couloirs. Déserte. Il entra.

« Monsieur, il est interdit d'entrer dans cette salle quand il n'y a personne !
- Pardonnez-moi, mais je ne le savais pas.
- C'est pourtant inscrit à l'entrée.
- Mais je pensais trouver ici quelqu'un que je connais.
- Ah bon ? qui ?
- Mademoiselle Hâ...
- La vietnamienne ? Elle a fini son stage, elle est retournée chez elle faire ses études ! »

Le type semblait avoir vécu toute sa vie dans cette salle. Grand, dégingandé, il semblait qu'il y eut besoin d'escabeaux à glissière pour faire l'ascension de son corps. Il avait les yeux morts et un visage de dossier.
Wilfrid J. lui remit le dossier qu'il examina avec le même soin que Hâ. Comme Hâ, il constata le trou dans la case des filiations. Comme Hâ, il escalada les murs de la salle, rapporta son propre dossier, l'ouvrit, le compulsa, trouva la fiche idoine et reporta les informations nécessaires dans la case vide. Puis il rendit à Wilfrid J. ce qui lui revenait. Sans un mot.
Cela avait pris une petite heure. Une petite heure pendant laquelle Wilfrid J. essayait d'imaginer à travers ce grand être grisâtre un petit enchantement fugace et à tout jamais enfui.

Aucun chagrin ne laisse autant de traces que ces étoiles filantes de notre vie.
La vie de Wilfrid J. reprit son cours monotone. Privé de la liberté d'arpenter la ville, il se mit à tirer le temps de son inaction avec la résignation d'un prisonnier. Il gagnait effectivement sa vie, au prix de quatre murs ternes. Ses escapades aux archives, c'était bien le seul travail qu'on lui confiât, maintenant qu'aucun lutin vietnamien ne l'y attendait, prenait le tour de nonchalantes promenades qu'il faisait traîner au point que Madame Michelard lui en fit l'observation aigre. « Vous êtes allé en Chine le chercher ce renseignement ? »
Non, pas en Chine, mais peut-être au Vietnam.

L'ennui lui gâtait l'esprit. Mathilde s'en rendit compte. Mais au lieu de le soutenir et de lui apporter son énergie et son charme, elle se contenta d'espacer ses visites. Du fond de son bureau, Wilfrid J. voyait le monde s'éloigner. Il s'embourbait dans la monotonie des soirées moroses que distillaient ses parents. Le silence des dîners clôturait ses journées de solitude et ses nuits étaient autant de plages vides.

Il se demandait parfois ce que ce serait d'être jeune sans toute l'expérience de la vie. L'idée n'avait certes pas beaucoup de sens, mais elle meublait ses rêves. L'incroyable lassitude de se sentir jeune, sans espoir de réviser la copie de sa vie le mettait en peine. Non pas qu'il eût souhaité retomber dans l'impotence de ses années de vieillesse extrême, mais de pouvoir regagner l'avenir et la liberté de ses cinquante, voire quarante ans. Son angoisse plongeait ses racines dans un terreau qui se raréfiait. On peut tout changer quand on n'a pas vécu. On ne peut plus rien changer quand seule l'enfance constitue l'horizon, avec sa dépendance, ce corps qui ne cesse de s'étioler, cet esprit qui se fond dans le vague de l'ignorance et la naïveté.

Puis, tout au fond de lui, il avait le regret d'une somme d'irréparables erreurs qui l'entraîneraient dans un ventre abhorré sans espoir de rémission.

CHAPITRE 24
LE NON DE LA ROSE

Les visites aux archives, bien qu'épisodiques, se répétaient assez souvent pour que Wilfrid J. s'habituât au rituel qu'imposait le maître du lieu. C'est ainsi, qu'au fil de ses visites, il oublia la présence de Hâ. Il n'oublia pas Hâ, elle peuplait ses rêves comme d'autres fantômes de son existence. Mais il oublia qu'il pouvait s'attendre à la trouver là. C'était donc le laborieux fonctionnaire qui constituait l'horizon de ces visites.

L'homme le faisait attendre dehors, prenait l'air important pour le faire entrer et décomposait ses gestes à l'extrême pour obtenir ses informations. Mais l'homme était un homme comme un autre. Wilfrid J. ne tarda pas à comprendre qu'il ralentissait ses gestes pour ralentir le temps. Méticuleux et tatillon, l'homme s'en montrait plus compétent. La facilité expéditive de Hâ démontrait que, pour elle, il existait une vie en dehors des archives. La lenteur de l'homme était tout l'inverse. Cet être tout en morceaux emboîtés ne vivait que pour ses chères archives. Au lieu de lui déclarer, en quelques instants : « et voilà », il préférait compulser, vérifier, suivre, pister, raisonner et conclure. Chaque recherche prenait l'apparence, par ses soins, d'une enquête décisive.

Au début, bien sûr, il garait pour lui le cheminement de ses convictions. Mais il ne tarda pas à s'en ouvrir à Wilfrid J., lui indiquant de ses longs doigts les complexes articulations des généalogies. La plus élémentaire des filiations lui paraissait suspecte, receleuse de secrets inavouables. Devant le doute amusé de Wilfrid J., il le pria d'attendre un peu et il exhuma plusieurs dossiers dans lesquels il lui montra de sinistres machinations généalogiques qui faisaient surgir des ancêtres inopinés et avides. Naviguant entre ses dossiers largement ouverts sur une grande table, il ressemblait à une araignée gérant sa toile. Ses grands bras embrassant des perversités innommables dissimulées dans de discrets entrefilets. Puis il voulut lui montrer des machinations autrement plus ténébreuses, transformant les registres en scènes de crimes au réalisme terreux. Bon gré, mal gré, Wilfrid J. se laissa emporter dans les arcanes lugubres des mystères familiaux.

« Ils aimeraient tous descendre du roi Priam, de Charlemagne ou de Salomon, mais ils descendent avant tout de la terre qui leur a donné le jour, déclarait-il d'une voix sinistre, mais moi je vois d'où ils viennent et je les renvoie dans leur vrai passé ».

Il n'était pas rare que les récits de l'homme fissent frissonner Wilfrid J. La salle entière devenait un palais d'intrigues murmurantes. L'homme y était le gardien du purgatoire. Venu pour un quelconque nom, il restait des heures à compulser tous les cas similaires qui s'étaient révélés des crimes odieux. Il repartait le cœur plein de suie et de cendres fétides, par les couloirs désertés et ombreux.

Il finit par apprendre que cet homme avait un nom, même un prénom, Cyrille. Ils finirent au café, au soir vacillant, devant un verre de vin, au son des histoires entremêlées du gardien des filiations.

Pour rien au monde Cyrille n'eut sorti un dossier de la salle, mais Wilfrid J. constata qu'il n'en avait pas besoin. Il connaissait un nombre incalculable de cas par le détail et les lui retraçait avec une précision de mathématicien. Les arcanes des familles étaient des formules, des équations, dont il décelait les erreurs de calcul pour en conclure des machinations odieuses.

D'abord déboussolé par la narration étrange de Cyrille qui reliait les noms et les liens de parenté comme on relie des variables par des opérateurs, il finit par se familiariser avec ce langage qui conduisait à « si A est cousin par alliance au premier degré de C et que C est fils puîné de D, alors E est ... ». Il s'extasiait devant la limpidité d'équations filiales que Cyrille ne savait qu'exprimer par des formules. Lui, il entrevoyait, au détour des formules, des esprits, des fantômes et des décors aux ombres et pesanteurs inquiétantes.

Cyrille n'avait jamais dénoncé personne, tout au plus s'était-il contenté de rectifier ou de pointer l'erreur (le crime odieux) dans les documents qu'on lui soumettait avec l'espoir plus ou moins vain que la vérité éclaterait. De fait, il était bien rare que ses subtilités n'aient jamais fait lever un sourcil de notaire ou de juge. Cela ne l'affligeait pas. Il lui suffisait d'avoir simplement fait état de la perfection de ses formules.

Wilfrid J. était touché par ce chevalier blanc des profondeurs des archives. La recherche discrète et vaine de son Graal l'affectait. Il se sentait porteur de messages codés qu'il se devait de transmettre.

Mais Madame Michelard n'eut jamais daigné faire simplement mine d'y jeter un œil. Elle se contentait de vérifier que la case idoine était bien remplie. Maxime était, pour sa part bien trop imbu de la rigueur de ses propres analyses pour tenter de décoder les abstractions de Cyrille. Au bout du compte, il eût fallu un procès ou un juge vigilant pour s'émouvoir de ces découvertes herméneutiques.

Wilfrid J. tenta bien d'aviser son père des talents de Cyrille, mais ce dernier, avant tout irrité de se trouver un concurrent dans son talent de généalogiste, pointa les références sans objets des réflexions de l'archiviste : « Et quel intérêt y a-t-il à savoir qu'il ne descend pas de César ? »

Il était clair que le savoir de Cyrille ne connaîtrait jamais le renom qui lui était dû. Ce triste écueil du destin chagrinait Wilfrid J. avec d'autant plus d'âpreté qu'il s'interrogeait lui-même sur l'empreinte qu'il laisserait lui-même dans le flux de l'histoire.

Il s'en ouvrit à Cyrille, un soir qu'ils étaient assis derrière la vitre d'un café et que, dehors des bourrasques de neige faisaient marcher les gens courbés et chancelants dans l'haleine glacée crachée par le boulevard Sébastopol et la rue de Rivoli, entre les bouches salvatrices du métro.
Il lui expliqua qu'il devait écrire, faire état de ses connaissances, redessiner l'histoire aux lumières de ses mathématiques généalogiques. En face de lui, Cyrille tenait son verre au bout de sa longue main, dans un angle bizarre qui donnait l'impression que tout l'emmanchement ne demandait qu'à se défaire. Mais, miracle, il arrivait à boire. Il contemplait Wilfrid J. du haut de son regard gris et cave. La lumière n'apparaissait dans ces gouffres d'ennui que lorsqu'il exprimait un désordre généalogique résolu. Mais quand il s'agissait de la vraie vie, il retournait à sa désespérante grisaille.
Non, Cyrille ne saurait jamais écrire une ligne qui ressemblât à une phrase. Cyrille avait l'esprit à l'image de son corps, juxtaposé, incapable de se raconter, de se fondre dans le lit d'un récit complet. Cyrille était hérissé d'idées et de connaissances. La salle des archives était son architecture. Il n'imaginait pas que son esprit pût se plier à l'ordre d'un propos continu.

C'est ainsi qu'il convainquit Wilfrid J. d'être le porteur de son propos, d'être l'écriture par laquelle ses idées trouveraient leur unité. Il ne chercha pas proprement à persuader Wilfrid J. de prendre la plume, Mais devant l'insistance de ce dernier à donner corps à ce savoir en vrac, il ne put que suggérer que ce fut Wilfrid J. qui s'attelât à lui donner un sens, une direction, une raison d'être.

À tout prendre, entre passer de longues journées à faire des mots croisés et lire des articles ennuyeux et écrire une thèse aux conséquences décisives sur la conception de l'histoire, Wilfrid J. ne balança pas. Il venait de se trouver une occupation parfaitement compatible avec son mode de vie.

Le titre de la thèse était sans équivoque, il se devait de refléter les fondements de la pensée de Cyrille, bien que ce dernier ne consentît même pas à partager la paternité de l'œuvre. Ils convinrent donc d'un titre en accord avec les ambitions du propos. Pourquoi pas : « Rôle des désordres généalogiques dans la production de la diversité ethnique et ses conséquences historiques et anthropologiques ».

Cela sonnait comme un titre de thèse. Sous des dehors cuistres à souhait, ils se proposaient de reconstruire une tour de Babel. Ils avaient un titre, ils disposaient des connaissances, il ne restait qu'à pondre l'ouvrage. Les deux complices burent abondamment à leur projet. Cyrille partageait avec Wilfrid J. un goût inconsidéré pour le vin rouge.

Mathilde avait tant espacé ses visites qu'elle ne venait plus du tout. Elle ne s'était pas séparée de Wilfrid J., elle s'était contentée de sortir de sa vie par une porte dérobée. Wilfrid J. prolongeait si longtemps ses discussions avec Cyrille qu'il ne rentrait bien souvent que très tard le soir. Il eût été bien en peine de savoir si, oui ou non, quelqu'un avait sonné à sa porte.

On ne l'attendait plus non plus à dîner car il ne daignait plus même prévenir de son absence ou de sa présence. Cela importait peu. Ni son père ni sa mère ne semblaient porter la moindre attention à sa présence à cette formalité fourchetale convenue et profondément ennuyeuse.

Il rentrait tard, éméché, affamé, et il ne s'étonnait pas de trouver dans le frigo une assiette garnie qu'il dévorait sans la réchauffer avant de monter se jeter sur son texte. Dans ses combles, il se contentait d'écrire et de dormir pour se ruer le lendemain dans ce bureau où on l'avait plus ou moins oublié. Peu importait qu'il eût une vérification de filiation ou non à effectuer. Dès le début de l'après-midi, il prenait le chemin des archives où l'attendait Cyrille, son lot de dossier prêt à déverser son lot de turpitudes.

À ce rythme, les pages s'accumulèrent vite, formant dans le flux encore incohérent du propos, une féconde théorie qui plongeait ses racines dans le bronze des âges antiques.
Les deux compères s'accordaient avec enthousiasme à créer des liens familiaux et à en renier d'autres sous des prétextes qui prenaient leurs sources autant des incroyables connaissances de Cyrille que des emballements suscités par le vin rouge. La rigueur de Cyrille, quand il se trouvait dans sa salle d'archive, cédait souvent ma place à des supputations inspirées quand il buvait cul sec son troisième ou quatrième verre. Wilfrid J. n'en était pas à faire la distinction entre ces deux niveaux essentiels de l'analyse.
Le directeur de thèse, un homme qui venait de franchir la barre des soixante quinze ans, qu'ils avaient rencontré tout près de là, à la terrasse d'un café, près de la fac d'Histoire, avait endossé le projet comme on s'empare d'un bâton de maréchal, tout en les accompagnant dans leurs libations.

Wilfrid J. commença sa thèse au son du bouchon.

Il rentra un soir, terriblement ivre et inspiré. Il repoussa d'un geste auguste de laboureur aux semailles les quelques feuilles qui se trouvaient sur son bureau et d'une écriture nerveuse, assez illisible, il fit la preuve que Jules César descendait par la main gauche de Ramsès II, ce qui avait des conséquences incalculables sur le rôle historique de Michael Jackson. Dans la poubelle se froissa une lettre de Mathilde qui avait ponctué sa signature d'une minuscule tache de sang. Mathilde avait réussi à entrer, circonvenant la concierge, à défaut de devoir affronter une belle mère ou un beau-père méprisés. Elle avait attendu, rongée par le désespoir d'être livrée à ses seuls démons. Puis, minuit venu, elle avait écrit, écrit, écrit. Pour donner plus de sens aux mots qui se diluaient dans leur flot désespéré, elle s'était piqué l'index pour que sa signature, seule, fût un message intense. Puis elle s'était enfuie comme une voleuse vers son désenchantement.

Mathilde aimait Wilfrid J.
Mathilde ne vivait que de l'espoir insensé que Wilfrid J. serait à nouveau l'homme dépourvu mais riche d'espoirs qu'elle avait tant adoré. Mathilde

ne supportait pas qu'il eût pu tout sacrifier à la honteuse facilité de se plier à la loi de parents indifférents. Elle s'agrippait à sa seule raison d'être : être soi-même à n'importe quel prix.

Wilfrid J. balaya son bureau des feuillets inutiles. Il écrivit jusqu'au matin, gouverné par l'inspiration, ce qu'il était persuadé d'être le génie créateur. Au matin, ivre de fatigue, à défaut de l'être par le vin qui s'était dissipé, il se rendit au bureau. La femme de ménage passa et vida la corbeille.

Peu de thèses furent écrites en si peu de temps. Wilfrid J. pondit en deux ans plus d'un millier de pages qu'il mit peu de temps à relire. Satisfait de lui-même, il n'eut aucun mal à convaincre son directeur de thèse que son propos était une contribution essentielle à l'histoire de l'humanité et de la civilisation. L'énorme opus fut donc peu remanié et devint rapidement un énorme volume profondément indigeste.

Au fil de l'ouvrage, la preuve était faite que Winston Churchill partageait des liens évidents de parenté avec Mao, que les inconvenances de Néfertiti n'étaient pas étrangères avec la naissance de Gandhi et que Shaka Zoulou ne pouvait être que le descendant de Moïse. En d'autres termes, la victoire de Napoléon à Marengo n'était pas étrangère à la décision de Truman d'atomiser Hiroshima.

D'interminables arborescences commentées et soulignées de rouge manifestaient les incohérences généalogiques de l'Histoire. Il était clair désormais que si Hitler et Ben Gourion avaient su qu'ils étaient jumeaux par alliance, on eût épargné bien des tragédies à l'humanité.

Wilfrid J. peaufinait son ouvrage. Beaucoup plus dans sa mise en page que dans la rigueur de ses analyses. Cyrille relisait l'ouvrage avec des réserves qui lui mangeaient le cœur. Mais il avait déjà découvert que Wilfrid J. devenait irritable quand on le remettait en question sur le fond. Il se contentait de suggérer des remises en page. Cyrille commençait aussi de s'interroger sur un aspect qu'il n'avait jamais révélé à Wilfrid J. : il adorait aussi les supputations hasardeuses… juste pour voir. Hitler et Ben Gourion… Mais était-il temps d'aviser Wilfrid J. sur certaines incongruités. Et puis, Cyrille ne devait pas soutenir de thèse, lui.

Le directeur de thèse fut un peu plus difficile à convaincre. Mais la bibliographie, plus de cent pages de références, lui suffirent. Fallait-il qu'il vérifie si toutes ces références existaient vraiment. Fallait-il exhumer des ouvrages en bas latin qu'il se sentait incapable de lire ?

Au poids du papier et de la bibliographie, Wilfrid J. pouvait soutenir sa thèse. Banco.

Maxime lut la thèse. Il la lut avec une attention vigilante d'expert, mais aussi avec toute l'affection qu'il ne savait exprimer à l'égard de ce fils insaisissable et étrange. Maxime fut tout simplement horrifié par les théories qu'il voyait développées dans ce torrent de balivernes paranoïaques. Il hésita longuement. Mais il était seul. Cécile n'était pas sa confidente et il craignait de devoir recourir à ses confrères. Il se reprocha de ne plus rendre visite à son fils, là-haut, là où pouvaient exister les confidences. Mais se convainquit facilement qu'il avait fait tout ce qui était en son pouvoir pour son fils qui ne tarderait pas à dépendre vraiment de lui. Alors, il serait temps de lui inculquer les vraies valeurs de la vie.

C'est ainsi que la thèse de Wilfrid J. fut admise en soutenance et que la cérémonie put avoir lieu.

Démontrer, preuve à l'appui, que l'histoire du monde est le fruit de fausses déclarations et que les destinées de l'humanité sont le fruit de détournements d'héritages sur plusieurs millénaires était un thème excitant en soi. Arriver, par un détour généalogique qui valait ce qu'il valait, mais cent pages de bibliographie pesaient de tout leur poids, que l'humanité actuelle descendait en droite ligne des fredaines d'un cousin de Nabuchodonosor, était un sujet qui excitait la presse en recherche de sensations. D'autant plus que les conséquences étaient incalculables : Le président des Etats-unis était un Iranien de pure souche !

Le grand amphithéâtre de la Sorbonne était comble. Des écrans avaient été installés dans la cour de l'université et la foule, sagement canalisée par un service d'ordre vigilant, se massait jusque sur le boulevard Saint Michel. Les chaînes de télévision de nombreux pays avaient garé leurs camions de retransmission un peu partout aux alentours.

C'est ainsi que Wilfrid J. fit son apparition dans un concert intensif de médias et de foule avide de sensations.

Il fut conduit sous forte escorte jusqu'au pupitre où on l'invita à présenter sa soutenance. En face de lui, sept professeurs, dont un historien du MIT et deux professeurs, l'un de Jérusalem, l'autre du Caire, l'écoutèrent. Derrière lui, les gradins bondés, murmuraient comme une ruche au crépuscule.

S'il avait écrit sa thèse au fil d'une plume enfiévrée, en proie aux frénésies de l'ivresse et de l'enthousiasme, il avait composé sa soutenance comme une symphonie à la rigueur classique et aux contours parfaitement définis. Il savait, par intuition, que si l'on avait parcouru ses mille pages, on l'écouterait pour chacun de ses mots.
Il cisela sa présentation et, comme un acteur expérimenté, n'avait-il pas dirigé des restaurants, il déclama sa théorie devant un auditoire captivé.
Il sut introduire la part du doute, assener les révélations, supputer avec inquiétude des liens effarants, se référer à des sources douteuses avec tout le doute qu'il fallait et, finalement amender sa thèse de la réserve du « si c'était vrai ? »
En quarante minutes, soutenues par la projection d'arbres généalogiques étranges et troublants, il parvint à contenir le silence et la détresse du public et du jury. Il se sentait Schliemann découvrant Troie, il redessinait les contours de l'humanité. Il acheva son discours par une péroraison sur la tolérance et l'unité de l'humanité que des errances notariales avaient menée au génocide.
Maxime, discrètement assis au coin de l'amphithéâtre faisait la gueule, mais il ne pouvait s'empêcher de penser que son fils avait un certain génie.

À la fin de la présentation, il y eut une pause, chacun devait reprendre son souffle après un tel discours. Le jury disparut dans ses coulisses, le public brouhaha et se rua sur les boissons et les friandises. L'amphithéâtre prit un aspect de fête foraine, de théâtre de variétés. Wilfrid J. resta à son pupitre, tendu, vigilant, échauffé pour ce qui était le véritable enjeu, les questions du jury.

Un quart d'heure se passa, puis les sept juges reprirent leur place pendant que la salle revenait lentement au silence.

C'est à ce moment qu'une porte de l'amphithéâtre résonna et que, du haut de la salle, une jeune femme apparut. Wilfrid J., tout à son attention, ne tourna pas la tête. Elle était tout de noir vêtue, un long manteau ouvert, une robe de latex moulant, des bas résille, des brodequins noirs de quelconque armée, un collier clouté et de nombreux anneaux percés sur son visage et son corps. Ses cheveux noirs flottants contrastaient avec sa peau d'un blanc de linceul scarifiée en de nombreux endroits au point qu'on voyait le sang perler à l'angle des griffures.
Un silence s'abattit sur la salle qui ne fut plus envahie que du bruit lourd de ses pas. Elle tenait à deux mains, tendue devant elle, une rose d'un rouge intense.

C'est alors que Wilfrid J. se retourna et contempla l'apparition.
Mathilde. Une Mathilde qu'il ne connaissait pas, l'œil flamboyant et vide à la fois. Une Mathilde de mort et de vie. La Mathilde qu'il aimait mais aussi un être dont il ignorait tout, descendait lentement les escaliers de l'amphithéâtre. Elle avança jusqu'à son pupitre et, d'un geste implacable, elle planta la rose écarlate dans le verre d'eau plein qu'on avait disposé à son intention.

La foule murmura. Un frémissement d'admiration commença de se diffuser, puis mourut. La rose, dans le vase, était bien écarlate, mais elle laissait se diffuser dans le vert ce qui la rendait tant écarlate. L'eau du verre se mit à rougir de nuées rouges.
Lentement, de la rose écarlate, s'écoulait une nuée de sang qui dessinait des volutes d'une morbide volupté dans le verre tandis que Mathilde, droite dans ses atours noirs tournoyait sur elle-même devant l'assistance comme une Salomé de désespoir. Il ne faisait aucun doute que le sang de la rose ne provint pas des entailles qui scarifiaient son visage.
Wilfrid J. la suivait du regard, silencieux, impuissant, immobile, désespéré. Le sang avait empli le verre de son onde rouge. La rose semblait se dresser au cœur d'une indicible blessure et Mathilde tournoyait, le regard perdu, dans un cri, une souffrance inimaginables.
Wilfrid J. se retrouvait là, figé par le protocole, brûlé par sa passion, foudroyé par le changement d'apparence de Mathilde.
Le jury était soudain dessillé de la magie de la présentation.
Le public hésitait, incapable de faire la part de la magie étrange et de la réalité désespérée.
L'ensemble de la scène oscillait sur la pointe aiguë d'une aiguille de devenir que le moindre effondrement entraînerait vers la tragédie. Et le

verre déborda, répandant son sang mêlé à de l'eau sur le pupitre, noyant les feuilles de l'exposé de ses teintes diluées mais mortifères.

Et Mathilde prit la parole.
« Vous qui êtes là, d'où vous vient cette passion de venir d'ancêtres illustres ?
N'êtes-vous pas vous-mêmes. Vous faut-il avoir chez vos aïeux quelque héros qui donne à votre vie un sens, une destination ? Eussiez-vous eu César dans votre héritage, vous n'en seriez pas plus César. Vous n'êtes que vous-mêmes. Vous n'êtes ni mes frères, ni mes sœurs, vous n'êtes que vous-mêmes et je ne suis que moi-même. Que m'importe si, comme vous tous, je descends de Moïse ou d'Assourbanipal, je ne suis ni Moïse ni Assourbanipal et, au plus profond de moi, je m'en fous.
Tout cela, tout ce que Wilfrid J. vous a dit n'a pas la moindre importance. Moi je l'ai aimé pour ce qu'il était, lui et lui seul. Je ne l'aime plus pour lui et lui seul car il n'a pas su se regarder comme un être humain, singulier et fier e ce qu'il était.
Il vous propose cette caricature d'unanimisme où nous serions tous le reflet de chacun. Moi, il ne me convient pas de ressembler à quiconque. Moi, je suis moi et mon corps, comme mon âme, m'appartiennent.
Si je veux que l'on voie mon corps, mon sexe, mes marques, c'est parce que je veux qu'on les voie.
Si je veux disposer de mon corps, de mon âme, c'est parce que, moi, je le veux.
Même s'il me restait un peu du sang de Ramsès, je me contrefiche de ce sang, parce que mon sang est le mien.
Rappelez-vous Voltaire et dites-vous que le sang de vos ancêtres est sous terre avant de courir dans vos veines.
Je viens de passer trois ans privée de tout ce qui avait un sens pour moi et vous voudriez que je me retrouve dans une quelconque reine de Saba dont je n'ai rien à faire ?
Je suis sure que cette reine de Saba devait être quelqu'un de bien, mais je sais simplement que les restes de mon amour gisent aux pieds de sa recherche aussi inutile que dépourvue d'intérêt pour ma propre existence, pour celle de ce pompeux imbécile. Regardez le, il croit qu'il sera moins seul, moins niais, moins incapable quand il se sera découvert une parenté avec Agamemnon. Mais, tout le monde se fiche d'Agamemnon !
Ne voyez-vous pas qu'il n'a inventé toutes ces théories que pour échapper à l'essentiel : ce qu'il est vraiment, lui, et qu'il ne doit à aucun Ramsès, Priam ou Suleyman magnifique ou pas.

J'aimais Wilfrid J. quand il n'était que Wilfrid J.
Je ne l'aimais déjà plus autant quand il a décidé de ne plus être que le fils de ses parents.
Voici ce que je pense de lui, maintenant qu'il veut me faire croire qu'il est la cuisse de Jupiter ! Cela me fait une belle jambe ! Voyez donc !»

De la poche de son manteau flottant, elle fit jaillir un rasoir avec lequel elle s'entailla profondément la cuisse dans un jet de sang et un hurlement de la foule. Elle se tint debout quelques instants, essayant de fixer Wilfrid J., avant de s'effondrer, inconsciente, dans son désastre de rouge et de noir.
Wilfrid J. fit un pas vers elle, il s'agenouilla, tenta de lui prendre la main, aveuglé par des larmes de chagrin, de honte, d'impuissance. Mais elle garda la force de le contempler dans les yeux. Elle murmura du plus fort qu'elle put : « Non ! » et des mains fermes retinrent Wilfrid J. de saisir dans ses bras la personne qu'il aimait plus que sa vie.

Les mains qui le tenaient, le firent reculer vers l'assistance, renversant les premiers rangs de pupitres par une force implacable et dans un vacarme qui retentit profondément sous la coupole. Regardant son épaule, Wilfrid J. vit que ces mains étaient brunes, longues et ornées de bagues d'argent aux motifs magiques. Il ne voyait plus Mathilde, mais son regard fut sidéré par la haute silhouette qui le contemplait à travers les années. Ce noir altier, mince comme un fauve affamé, le cheveu ras, le visage sculpté dans le palissandre luisant, cet homme jeune mais ciselé, scarifié par la vie et les cultes étranges, cet homme était Alex. Un Alex que les ans avaient épuré pour n'être plus qu'un symbole vivant. Au fond de ce visage siégeaient des yeux qui n'avaient pas changé et dont Wilfrid J. se rendait compte qu'ils lui avaient immensément manqué. Des yeux qui pénétraient dans l'âme, des yeux doux et fermes, des yeux qui défiaient le temps, plongeaient dans les mystères de la vie et de la mort.

Wilfrid J. comprit soudain qu'Alex n'avait disparu toutes ces années que pour lui. Alex ne s'était retiré de sa vie que pour entrer dans une autre existence. Alex était e mystère de Mathilde, celui d'Anna, il était la part occulte de ce bonheur dont une partie lui avait toujours échappé.

Ils n'échangèrent aucun mot. Leurs yeux se pénétrèrent et Wilfrid J. tourna de l'œil. C'était tout ce qu'il lui restait à faire. Il le fit très bien.

La soutenance fut suspendue. Le jury fut tant fasciné par le sang qui envahissait le verre qu'il prit soudain conscience d'un mal pernicieux qui s'insinuait par les pores d'une apparente beauté du vrai. En d'autres termes, il sentit que tout cela n'avait ni importance ni vérité profonde. En d'autres termes, encore, le jury fut complètement persuadé que Wilfrid J. s'était contenté de jouer de leur sagacité au détriment de leur savoir. Le jury, insulté et choqué décida de ne pas accorder de doctorat à un personnage aussi douteux que Wilfrid J.

Cyrille, dissimulé aux confins des gradins, se retira. Il ne reverrait jamais Wilfrid J., dût-il pour cela fuir au bout du monde. Son directeur de thèse sut se défausser avec suffisamment de duplicité pour ne jamais être suspecté de sympathie pour cette imposture.

Quand Wilfrid J. revint à lui, l'amphithéâtre était désert. Il ne restait que lui, romantiquement affalé devant la tribune, devant les pupitres renversés. Alex, drapé dans un long manteau noir dont il avait ramené les pans devant lui, comme s'il avait froid, le contemplait depuis le troisième rang de la salle impressionnante, statue parmi les statues de sages.

Wilfrid J. voulut parler. Il ne lui venait à l'esprit que de confuses excuses et un flot de questions. Mais Alex, hiératique comme les maîtres de pierre, leva la main pour lui intimer un silence nécessaire.

« Si tu n'as pas su, c'est que tu n'as jamais cherché à savoir. Pourtant tu aurais dû apprendre. N'as-tu pas sillonné le monde à la recherche de ces vérités qui se cachent dans les grimoires, dans les jungles, dans les détours des ruelles, dans les palais décrépis.
Tu as passé des années à concocter cette tisane fétide pleine de figures momifiées. Et pendant toutes ces années à chercher au milieu des Darius et des pharaons, tu ne t'es simplement pas posé la question qui comptait plus que tout.
Quand j'ai connu Anna, j'ai vite su que son âme recélait un mystère. Mes sens magiques furent alertés. Elle ne pouvait pas être cette simple femme sans passion qu'elle voulait paraître. Elle portait en elle les signes d'une terrible affection. Toi, tu ne te passionnais que pour ton monde romanesque. Elle, elle cherchait à effacer une blessure qui n'attendait que de s'ouvrir. Cette blessure, c'était Mathilde.

C'est pourquoi je suis retourné au pays. Il fallait que j'interroge les anciens sur mon soupçon. Je suis parti cinq ans et j'ai appris ce qu'il me fallait savoir sur ce qui précède la venue au jour.

Les anciens m'ont appris le secret d'Anna qu'Anna elle-même ne connaissait pas.

C'est ainsi que je fus là quand Mathilde vint au jour. Toi, tu ne pouvais même pas imaginer qu'elle arrivait. Je crois que tu vendais tes œufs au monde entier. Moi, il fallait que je fusse là.

Tu ne t'es jamais vraiment posé la question de savoir pourquoi elle était venue au jour si jeune. Tu t'es simplement contenté de croire qu'elle arrivait au terme d'une maladie qui fait rajeunir ceux qui la portent.

Mais moi, je savais que Mathilde ne viendrait pas au jour comme il fallait. Mathilde portait sa mort en elle, comme cela se voyait au fond de l'âme d'Anna. Les anciens m'apprirent que ceux qui venaient ainsi au jour risquaient d'errer entre les mondes. Tu te rappelles nos histoires de zombis ? Il fallait que j'évite cela.

Je te devais cela car, moi-même, un ancien m'avait éveillé à la vie alors que je risquais d'être un mort-mort. Il m'avait arraché à la fascination de la mort et m'avait recraché dans le monde des vivants. Mathilde risquait de venir au jour de la même manière et d'effacer à tout jamais l'histoire d'Anna et la tienne.

Quand je tenais mon bistro, tu m'avais redonné le goût des autres. Je t'appréciais car tu étais ni pédant ni prétentieux. Tu étais simplement fou de tes rêves. J'aimais cela car tu baignais dans un monde magique. J'avais envie que tu triomphes des ombres qui peuplent la vie.

Je ne l'ai pas fait simplement pour toi, rassure-toi, je l'ai fait parce que c'était ce que je croyais mon destin.

Quand Mathilde est venue au jour ? c'était bien pire que ce que j'avais appris ou imaginé. Elle ne voulait pas de la vie et elle désirait plus que tout demeurer dans le rêve infini de la mort. L'idée de devoir vivre lui causait une souffrance inimaginable. Elle avait jailli de la terre et je la voyais racler la terre pour y retourner. Personne n'était venu, pas même Anna. J'étais seul avec cette vision dans un cimetière éloigné, dans un village perdu au centre de la France. Vois-tu, je m'interroge encore sur les raisons qui t'ont poussé à ignorer tout cela. Les pyramides et les portes d'Ishtar sont bien loin quand c'est notre propre vie qui est concernée.

J'ai arraché Mathilde à la terre et j'ai hurlé les prières que m'avaient enseignées les anciens. Elle était déjà très belle, si jeune. Elle se débattait dans mes bras en regardant la terre de la tombe éclatée. Mais je la tenais.

Elle était bien plus belle que la reine de Saba, mais toute son âme la tirait vers les ombres de la terre.

Elle cessa de se débattre par épuisement. Elle était profondément malade et je savais qu'il faudrait de longs mois avant que le mal l'abandonne, que le cancer qui la rongeait s'épuise dans sa cellule d'origine. Mais j'avais triomphé de la malédiction qui empêche les morts de devenir des vivants.

J'avais un petit studio, pas loin du café. C'est là que je l'ai transportée et que je me suis occupé d'elle pendant de longs mois. Je ne lui ai jamais connu aucune famille. Toi non plus. Ceux qui viennent au jour ainsi ont rarement de famille. Ce sont des réprouvés, des êtres impurs qui portent la honte sur les leurs. Alors on ignore leur venue au jour pour ne pas avoir à admettre la honte et le désespoir.

C'est aussi pour cela que tes parents s'en sont tant défiés. Il savaient. Ton père était curieux, mais ta mère…

Il ne m'a pas fallu bien longtemps pour découvrir que je n'avais qu'à moitié réussi. Mathilde, souffrait de ne venir que de rien. Elle se convainquait de n'avoir aucune raison d'exister. Anna ne suffisait pas à donner un sens à sa vie et j'étais celui qui l'avait arraché à sa paix. Il fallait que je l'empêche de se redonner la mort. Cela pouvait survenir à n'importe quel moment.

Les anciens m'avaient prévenu que cela pouvait se produire. Alors je la soignais et lui redonnais, avec des potions et des prières qui n'existent que chez nous, le goût d'exister.

Cela pouvait survenir à tout moment. Mais je l'avais persuadée qu'elle risquait de grandes souffrances à se laisser aller. Elle revenait toujours quand elle sentait que son attirance pour la mort lui revenait. Je devais, avec une patience infinie, la dissuader de se mutiler et de se livrer à des rites mortuaires où elle risquait de s'engouffrer. Elle me revenait pleine d'images de mort et de sang et je devais la ramener à la vie au prix d'efforts infinis et, parfois même, d'une grande dureté. C'étaient des cures de vie où je convoquais les esprits et toute la sagesse qu'on m'avait enseignée. J'y consacrais une énergie sans nom. Mais, sans but et sans attachement, j'étais condamné à perdre cette bataille. Il fallait que je vous fisse vous rencontrer.

Mais comment convaincre une personne comme elle de rencontrer un imbécile qui cuit des œufs pour la moitié de la planète ? Il te fallait un supplément d'âme. Il fallait que tu souffres un peu pour qu'elle reporte sur toi la tendresse qui jaillissait de ses souffrances. je lui racontais des histoires. Elle était si sensible aux contes de fée. As-tu

jamais su à quel point les contes de fées la touchaient, surtout les histoires tristes ? C'est ainsi que je lui instillai l'idée d'un héros ruiné plein de rêves romantiques. Quand j'appris que tu étais ruiné (avant que tu ne le saches toi-même car, moi, je suis les cours de la Bourse, il faut bien que je gagne ma vie), je sus que le moment était venu. Il ne fut pas difficile de la mettre sur ton chemin. Elle savait à peu près tout de toi. Et cela marcha bien au-delà de mes espérances.
Pendant des années, je fus convaincu que Mathilde était sauvée et que, par voie de conséquence, je l'étais et toi aussi. Je m'attendais à te retrouver et à tout te dire.
Mais tu n'étais pas exactement celui que j'avais imaginé. Jamais tu ne prêtas assez attention à ses disparitions. Pudeur, laxisme, discrétion, indifférence, pudeur, égoïsme ? Je m'attendais à te voir surgir. Tu ne te confinais que dans ta propre inquiétude sur ton petit destin. Tu me déçus beaucoup. Je ne voulais pas te voir. Je n'eusse accepté de te rencontrer que si tu avais osé découvrir notre sanctuaire.
Elle s'inquiétait tant de toi qu'elle n'osait jamais demeurer assez longtemps pour guérir. Alors je la laissais aller. Anna m'aidait beaucoup en s'attachant à elle. Mais Anna disparut et tu te laissas embrigader par tes parents au lieu de te consacre à Mathilde.
Et nous voilà ce soir. Ce fatras que tu as pondu n'est que la preuve ultime que tu n'as jamais su t'intéresser à l'essentiel.
Elle te laisse avec Ramsès. Moi aussi ».

Mathilde disparut à tout jamais, Alex aussi. Elle laissa dans le cœur de Wilfrid une blessure mille fois plus profonde que l'entaille de sa cuisse, une peine mille fois plus intense que le sang de la rose. Alex s'évanouit comme une fumée au milieu d'une clairière nocturne.

Jamais Wilfrid J. ne put saisir le sens du désespoir de Mathilde. Le récit d'Alex le laissait dans un désarroi intense, mais il se sentait démuni, dépendant, esclave de circonstances qu'il ne pouvait plus surmonter. Le courage de se confronter au mystère de la vie de Mathilde lui manquait, il venait trop tard. Elle s'était vengée par désespoir en le lui faisant jaillir en plein visage, le jour où il croyait à sa propre gloire.

Mais il était bien tard pour que Wilfrid J. accédât à la sagesse profonde de la vie.

CHAPITRE 25
ADOLAISSANCE

Wilfrid J. atteint l'adolescence. Recalé dans son doctorat, il dut se contenter de n'être que qu'un jeune boutonneux terriblement dépendant, esclave du bon vouloir de parents qui doutaient de lui. Pire, il se sentait seul et peu aimé. En cela, il n'avait pas complètement tort.

Emprisonné dans la vie que lui concédaient ses parents et boursouflé d'une souffrance infinie, il brûlait de partout de l'impuissance de ne pas pouvoir réécrire son existence. Sa chambre, là-haut, était l'épicentre e son désespoir. Il s'y réfugiait avec fureur.

Enfermé dans ce qu'il désignait comme son nid d'aigle, il menait une vie d'acète, comme toutes les fois où il se remettait douloureusement des blessures qu'il avait reçues. Il s'y déplumait consciencieusement, sautant les repas, ne se lavant plus, vautré sur un lit sale, les eux rivés sur un plafond dont la peinture s'écaillait et lui évoquait d'arides déserts propices à son Hégire.

Il avait barricadé sa porte et orné la serrure de lourds cadenas et d'une chaîne dont la contemplation lui apportait l'assurance qu'aucune intrusion ne troublerait son spleen et ses rêveries. Ces rêveries qui revivaient mille fois ce qu'il n'avait su vivre. Il fallait revenir très loin et bifurquer rue de Seine, assis sur un banc, entre une fille trop bien élevée et un Antillais taciturne. Dans ses rêves, il était omniscient et finissait toujours par arracher la vérité au patron et à faire pleurer sa fille. Il pouvait alors prendre les choses en main et corriger le destin. Mais le rêve mille fois répété s'achevait au cœur du désert blanchâtre que lui renvoyait le plafond. Mille fois rejoué, son destin résistait à changer, il ne connaissait d'alternative que l'échec où l'égarement dans le chott de sa solitude.

Le bric à brac qui l'environnait sombrait sous la poussière et les toiles d'araignées. Il pénétrait dans son adolescence comme une momie.

Il passa de longs jours, des semaines sans descendre. Il lui arrivait la nuit d'entrouvrir sa porte pour découvrir un plateau de bouffe froide qui avait pu être là depuis des jours. Il dévorait avec ses doigts et replaçait ses reliefs sur le seuil, soulagé d'être de nouveau seul avec son néant. Il se sentait presque heureux d'échapper aux bruits et à la lumière qui s'insinuaient dans son gourbi claquemuré. Au bout d'un temps, il prit cela pour un destin.

C'est alors que la porte éclata.

Un serrurier massif et barbu, un Monsieur Arkadine et en tablier de cuir, une barre de fer à la main, recula, effaré pour laisser s'encadrer Cécile. Elle s'incrustait dans la lumière comme une silhouette fantastique, le tableau en pied de la comtesse Batory. Droite, raide, le visage vide de toute émotion, elle dressait le bilan de ce qui s'étalait devant ses yeux sans broncher. Elle resta là un moment, puis elle tourna les talons, suivie de son sbire, non sans avoir déclaré d'une voix neutre : « Wilfrid, je t'attends en bas ».

Resté seul devant la béance de son monde, Wilfrid J. le sentit s'échapper en longues volutes à travers l'huis démolie. Il ne restait là que lui et son mobilier crasseux. Il se sentit épouvantablement sale. Sa capacité de résister s'était enfuie avec les ombres de son isolement. Il n'y avait lieu que d'obéir. Il chercha des vêtements dans ses tiroirs car il était nu. Et, après avoir revêtu une tenue assez décente pour l'escalier de service, il entreprit l'expédition.

Arrivé dans l'appartement de ses parents, il retrouva sa mère assise dans le canapé du salon. Le seul signe d'humanité qui habitait Cécile était un grand verre de whisky posé sur le guéridon, à sa droite. Hiératique, certes, mais avec l'appoint d'un remontant. Il se tint devant elle dans des hardes douteuses, les cheveux raidis par la crasse lui balayant les épaules. Un « va prendre un bain » d'une neutralité péremptoire fit office de bienvenue. Il obtempéra, retardant ainsi la confrontation d'une bonne heure. Il put ainsi contempler son corps amaigri qui lui rappelait la sénilité et ses cheveux bruns qui formaient des plaques empesées autour de son visage. Sa peau grisâtre était constellée de plaques et de morsures d'araignées. Il se trouva vraiment sale. Si sale que deux bains ne furent pas de trop pour que son enveloppe charnelle retrouvât le lustre, la couleur et la souplesse qui convenait à ses vingt ans.

Il enfouit ce qui restait de lui-même dans un ample peignoir blanc aux armes d'un hôtel de luxe des rives du lac de Côme, puis, moite et parfumé, entreprit, pieds nus, son retour au salon.

Le verre de whisky était toujours plein.

« Nous parlerons ce soir, au dîner, quand ton père sera là. En attendant, tu t'installeras dans la chambre du fond. Elle est préparée. Tu comprendras que tu ne peux pas rester là-haut ».

Rester là-haut ? Maintenant que la porte avait été détruite. En effet, Wilfrid J. ne pouvait rien objecter à la sagacité de cette remarque. Il supputa également que cette remarque n'avait pas seulement trait à l'état de la porte. Il prit le chemin de la chambre « du fond » avec l'enthousiasme d'un prisonnier qui se rend au trou.

Comme trou, la chambre du fond n'était pas un cul de basse-fosse. C'était une assez grande pièce aux murs blancs et meublée comme une chambre d'hôtel. Il y avait tout, on n'était nulle part. Le lit, large et bordé par une femme de chambre compétente, sortait d'une bibliothèque, face à un mur sur lequel était accroché un paysage de port de pêche. Dans les rayons de la bibliothèque s'alignaient des livres reliés, de ceux qui se commandent par abonnement et qu'on ne lit jamais. Il ne manquait qu'une télévision et un minibar.

Cet environnement aurait dû l'épouvanter, mais, bien propre dans son peignoir, il se contenta de se vautrer sur le lit et constater que le plafond ne s'écaillait pas.

Une jeune fille proprette, en tablier blanc se glissa dans la pièce et posa sur la commode une pile de vêtements. « Madame me dit que vous devez faire à peu près la même taille que Monsieur ». Wilfrid J. était condamné à entrer dans la vie dans les vêtements des autres.

Quand le soir fut venu, il fut réveillé de sa somnolence par une clochette qui indiquait le dîner. Il avait entendu mille fois cette clochette, mais ne s'était jamais senti convoquer par son tintement. Il saisit soudain que, désormais, sa vie allait s'organiser autour d'une clochette.

Il fit le chemin qui, dans le vaste appartement, le conduisait à la salle à manger aux parfums de plats de riches et de bougie odorante, en remontant son pantalon qui flottait autour de sa taille. Il s'était attaché les cheveux avec un élastique et, de face, il ressemblait à un jeune homme de bonne famille.

La table était dressée pour trois personnes. Son père et sa mère étaient déjà assis, il ne lui restait que la place libre, au mi-temps de la longue table ovale entre ses deux parents qui occupaient les bouts. Une vague rumeur de musique classique, de celles qui habillent les murs avant d'entrer par les oreilles, compensait l'absence de conversation et festonnait les bruits de fourchette résonnant dans la pièce trop grande et trop vide.
Le repas était à l'avenant. Propre, léger et facile à oublier. Wilfrid J. mangea chaud ce qu'il trouvait devant sa porte, froid, les jours qu'il avait faim. Chaud, c'était quand même meilleurs.

Après la charlotte aux framboises, son père se tamponna la bouche avec sa serviette immaculée, avala une gorgée de vin et contempla son fils. C'était, après-tout ce rituel, la première fois que Maxime regardait vraiment son fils. De toute évidence, il cherchait ses mots, il cherchait même un moyen d'établir un improbable contact. Cécile restait en dehors de tout cela, témoin attentive de ce qui allait se produire et dont il ne faisait aucun doute qu'elle était l'instigatrice.

« Mon cher fils, commença Maxime, avant un long silence, ta mère et moi avons pris un certain nombre de décisions. Regard en coin inutile vers la reine mère. Il se trouve que nous avons laissé se développer une situation tout à fait regrettable. Nous aurions dû intervenir plus tôt, mais nous avions le plus grand respect pour ton chagrin (mon œil !). Je pense que ta mère a eu le courage de prendre les dispositions qui s'imposaient. Nous t'aimons trop pour te laisser dépérir ainsi. Tu es notre fils (ah bon ? Hélas). Nous devons remplir nos devoirs à ton égard et te mener avec tout notre amour vers une enfance heureuse ».

Il aligna ainsi un nombre incroyable de phrases de la même teneur, le regard plongé dans le vague. Wilfrid J. l'écoutait avec autant d'attention qu'il avait ouï la musique pendant le repas. Il attendait la véritable information, celle qui allait gouverner sa vie, et cette dernière ne venait pas. Maxime tapissait la salle à manger de propos auxquels personne ne croyait.

Ce fut donc Cécile qui, de guerre lasse, porta l'estocade en quelques sentences proprement calibrées avec la voix de ceux qui ne supportent pas la controverse.
« Mon cher enfant, je pense qu'il est temps que tu mènes une vie normale. Cette chambre que tu occupais ne correspond pas à ce qui convint à un adolescent qui entre dans sa vie familiale. J'ai, nous avons, ton père et moi, décidé de te prendre avec nous pour pouvoir nous occuper de toi comme il convient. Ce qui t'appartient, là-haut, nous en ferons le tri et tu pourras conserver ce à quoi tu tiens plus particulièrement. Mais il n'est plus question que tu t'enfermes dans ces horreurs.
Il est temps pour toit de vivre une vie normale et de t'adapter à notre mode de vie qui est normal. Donc, il est logique que tu habites désormais avec nous et que tu t'installes dans la chambre du fond. À en voir l'état dans lequel je t'ai trouvé, tu as tout à gagner à vivre près de nous. Je pense que tu dois, désormais, vivre décemment et rester un jeune homme présentable ».

Elle continua son énumération de règles de vies avec une rigueur glacée que ne compensaient guère les incises supposées affectueuses. Il ressortait de son propos qu'elle était aussi heureuse de l'avoir près d'elle que s'il avait été un cloporte géant. Mais elle obéissait à des normes de vie qui dépassaient de loin son libre-arbitre.

Wilfrid J., à l'entendre, bouillait du désir de lui envoyer en pleine face qu'il était un homme libre, pas une fonction sociale. Mais il se sentait engoncé dans le ciment de son anxiété. Il lui suffisait de se lever, de jeter sa serviette et de prendre la porte pour aller courir le monde avec lui-même. Mais Wilfrid J. était lui-même. Et il se contenta, à la fin du discours de sa mère, de répondre d'une voix blanche : « oui Maman ».

En disant cela, il refermait sur lui-même les portes de sa vie. Il acceptait la contrainte comme il avait toujours accepté la contrainte, tout en se disant, in petto, qu'il serait toujours temps de ne pas respecter ces règles. Il en voulait beaucoup plus à son père qu'il n'abominait sa mère. Maxime adoptait une stratégie de yaourt. Cécile disait ce qu'elle pensait. Il était plus proche des aspirations de son père, mais avait de l'estime pour la force de sa mère. Cécile était tout ce qu'il haïssait. Il lui reprochait à peu près tout ce qu'il savait d'elle. Mais il avait perdu toute estime pour son père.

C'est ainsi qu'il quitta la table, sans un mot, simplement avec une douceur polie, pour se rendre vers sa chambre d'hôtel où il allait passer une première nuit en dehors de lui-même. Il dormit pour la première fois depuis longtemps sans même songer à reconquérir sa vie. Il ne reconquerrait jamais sa vie. Il fallait songer, désormais, à abandonner son existence, à laisser sur le bord du chemin tous ces signes et tous ces objets qui en avaient fait l'essence. Où pouvait bien donc être son Méphistophélès ?
Wilfrid J. dormit cette nuit-là comme la première nuit qu'il avait passée chez Anna : sans passé, sans idée de ce qui allait advenir de lui, totalement dépendant de ce que les événements feraient de lui. Il dormit tranquille.

Il fut lui-même surpris de la facilité avec laquelle il se fondit dans l'existence facile et monotone que s'étaient construits ses parents. Maxime, en notaire généalogiste, gagnait admirablement bien sa vie et Cécile n'avait aucune idée de ce que pouvait être le besoin. La vie, dans l'appartement qu'il ne quittait jamais, était conçue pour que rien ne pût s'y produire. Et rien ne s'y produisait. Il était même impossible de se souvenir des repas. Ils se ressemblaient tous, alternant les ingrédients, mais pas les saveurs. L'ordre des choses était établi et il convenait simplement d'obéir à la clochette.
Comme il se devait, poussé par son environnement, Wilfrid J. renoua avec la propreté, avec les gestes mécaniques d'une vie ordonnée et il devint un parfait convive de soirées silencieuses où la petite femme de chambre servait le dîner dans la seule rumeur d'un concert classique ripoliné.

Il eut même le loisir de passer quelques nuits indifférentes avec la petite bonne qui rêvait de prince charmant. On changea la petite bonne pour une tchèque un peu mure et ventripotente quand Cécile soupçonna les frasques ancillaires de son fils. Tout était propre, efficace et facile à nettoyer.

C'est ainsi que Wilfrid J., après de longs mois à s'être complu dans cet environnement décervelé, se prit à en sortir et à s'aventurer de nouveau dans le monde réel.

Il sortit de l'appartement comme un convalescent, comme un touriste perdu sort de son hôtel protégé pour découvrir la cité grouillante qui l'entoure. Cette bourrasque de réalité lui redonna toute son énergie perdue. La ville s'étalait à ses pieds. Il s'engouffra dans ses miracles. Un vent furieux de liberté lui fouetta le visage.

Il devint gothique.

Il ne devint pas le héraut brucknérien d'un médiévalisme encaustiqué. Il se contenta de devenir à la mode de ce qui pouvait heurter ses parents tout en le rapprochant de l'image ultime que lui avait offert Mathilde. Quitte à l'avoir vu disparaître de sa vie, il se prit à lui ressembler. Lui ressembler, c'était une chance de la rencontrer, de se trouver à nouveau près d'elle et, assurément loin de cette vie amidonnée qui lui donnait le tournis.

Il n fit pas dans la demi-mesure. Les affiches de musique Heavy Metal s'accumulèrent sur les murs de sa chambre, bousculant la gravure hôtelière, au rythme des piercings et des tatouages ésotériques. Il bannit toute couleur de son habillement, au profit d'un noir profond qui envahit aussi sa chevelure. Il était brun, certes, mais pas assez noir. Il se fit des cheveux couleur de cauchemar.

C'est ainsi qu'il apparut, soir après soir, plus ténébreux, plus cliquetant, plus blême, à la table familiale. De sa chambre s'exhalaient des rythmes furieux et des hurlements qui semblaient l'apaiser. Cécile se félicitait que sa chambre eût été au fond d'un couloir et, avec un stoïcisme inattendu, faisait mine de ne rien remarquer à sa mise. Au fond, chaque gothification de son fils lui signalait qu'elle menait le jeu et que Wilfrid J. n'avait d'autre ressource que de porter sa révolte sur lui-même.

Maxime contemplait tout cela avec un flegme ambigu. Lui qui avait astiqué son comportement à l'extrême pour complaire à cette épouse qui présidait sans pitié à sa destiné, vivait par procuration les outrances de son fils. S'il était loin de partager son goût pour les rangées de fermetures à glissières et les chaînettes reliant la narine à la ceinture, il ne pouvait que se réjouir de l'exaspération de Cécile. S'il faisait chorus à ses vitupérations, il tempérait l'atmosphère par une indulgence ironique. Son attitude déplaisait autant à sa femme qu'à Wilfrid J.. Mais il n'en avait cure. Spectateur de sa propre existence, Maxime s'enlisait dans une passivité opportuniste qu'il trouvait bonne à prendre. Cela valait tout aussi bien que de jouer au bridge avec des ennuyeux.

Wilfrid J. se faisait un devoir d'apparaître à chaque repas et picorait dans son assiette les seuls aliments qui fusent conformes à de mystérieux rituels qui changeaient tout le temps. Il mastiquait ce qu'il consentait à picorer avec des bruits étranges est des mouvements de bouche que ses divers anneaux et piercings ne suffisaient pas à expliquer. On est un vampire ou une ghoule ou l'on ne l'est pas. Exaspérée et feignant le haut-le-coeur, il arrivait que Cécile prît la fuite. Cela se produisait surtout quand Wilfrid J. adoptait le rituel sang... ne lécher que le sang de la viande... ou dépecer le bifteck entier avec ses dents. Maxime demeurait à table, un vague sourire hésitant sur ses lèvres. Son fils, alors, désertait le repas avec fureur. Un point partout.

Peu après, les stridulations de la musique Heavy Metal clôturait l'incident alors que Maxime repliait sa serviette et s'acheminait, déconvenu, vers le salon et les reproches silencieux de sa femme.

Maxime n'avait pas cherché à proposer à nouveau un travail à son fils. L'expérience de la thèse manquée et des exactions généalogiques de Wilfrid J. lui avaient paru une menace suffisante pour éloigner ce dernier de toute activité sérieuse. Et puis, il y avait l'apparence de ce dernier... très inadaptée à son environnement.

Il en résultait que Wilfrid J. vivait dans l'oisiveté la plus totale, chichement appointée par l'argent que Cécile se résignait à lui verser. Si ce n'était pas la misère, c'était quand même trop peu pour s'offrir l'apparence qui convenait à un adepte du gothisme absolu.
C'est ce qui poussa Wilfrid J. à explorer son nouveau monde et à y chercher quelque occupation lucrative. C'est donc aussi ce qui le poussa à explorer les alentours de la Bastille où de nombreux lieux semblaient exhaler les remugles de ses nouvelles passions. Il devint bien vite un personnage de ce monde.

Il faut dire qu'il avait retrouvé sa vieille redingote et qu'il l'avait fait teindre en noir avant de la couvrir de zips et que, sur ses cheveux soigneusement étirés de brillantine noire, il avait posé un haut-de-forme de satin noir. Un pantalon étroit moulait tant ses jambes qu'il ne pouvait avancer à petits pas sur des bottines trop étroites. Une canne d'ébène surmontée d'un crâne crochu en argent martelait sa marche. On entendait ainsi de loin venir cet étrange fantôme qui n'avait guère besoin de fard pour paraître hâve.

Disparaissant tard le soir, il se dirigeait à pied à travers Paris pour hanter son nouveau monde, terrorisant les promeneurs quand ces derniers ne se tordaient pas de rire à sa dégaine. Mais une fois qu'il avait descendu les marches des nombreux caveaux qui jalonnaient les rues de traverse, il devenait le héros de la nuit et des bandes obscures qui dansaient dans la quasi-obscurité sur des rythmes hurlants.
Adepte d'un Bloody Mary très épicé et très alcoolisé, il s'approchait des filles avec des lèvres rougies et une haleine éméchée. Il dut remporter quelques succès avec des succubes adeptes d'être tenues en laisse, mais il finissait trop ivre pour en garder le souvenir. Peu importait car il trompait ainsi son ennui et trouvait toujours une mauvaise âme pour l'abreuver.

Il revenait au matin pour dormir jusqu'à midi et apparaître au repas avec des traits tirés et une vague nausée qui lui faisait repousser, un à un, tous les plats proposés.

Il crut plus d'une fois reconnaître Mathilde dans le clignotement erratique des spots et des stroboscopes. Il se précipitait vers le lieu de l'apparition, mais, quand il ne s'affalait pas sur un obstacle inattendu ou qu'il ne parvenait tout simplement plus à se redresser, son pantalon et ses bottines trop étroits le ralentissaient trop pour qu'il parvînt à temps à l'endroit où le fantôme avait surgi. Il se retrouvait seul dans la mêlée des corps spasmodiques perdus dans les fumées. Les premières lèvres noires, le premier regard charbonneux d'une fille en collier de doberman le consolait de son illusion. Il devint fameux pour ses fantômes. Il n'était pas rare que l'on provoquât l'illusion pour alimenter son fantasme et observer ses efforts désespérés pour regagner sa belle perdue. C'est ainsi que des sosies de Mathilde, renseignés par ses confessions spleenétiques, surgirent çà et là, au gré de ses apparitions. Au bout de peu de temps, il vécut ses nuits à l'ombre absente de celle qu'il avait perdue. Il se fit une raison et n'en fut que plus assidu dans les tombeaux frénétiques de la nuit bastillaise.

Mais ce qui le rendit définitivement célèbre fut sa peinture. En cherchant sa redingote, il avait remis la main sur ses miniatures soigneusement empaquetées et que Mathilde avait renoncé à prendre avec elle. Il les avait contemplées en soupirant, longuement, découvrant sur chacune des spectacles frémissants. Le souci du détail, la finesse des traits, la taille réduite des peintures susurraient des abominations. Il se rappelait les avoir composées sous la pression morbide de Mathilde. Il savait que chacune était une conjuration. Mais Mathilde n'était plus là pour conjurer quoi que ce fût. Il les conserva un long moment, à l'abri d'un placard pour, en des moments de désespérance s'abreuver de la douceur du souvenir que démentaient les scènes représentées. Chaque petite icône était une prison pour les fulgurances noires de celle qu'il aimait. Désormais, il ne restait que les prisons.

Poussé par la nécessité de payer de lui-même pour vivre ses nuits, il se résolut à emporter sa collection dans son temple favori. Il en apporta d'abord trois qui furent immédiatement exposées. Puis il fit don de tout le reste. Le succès de ses œuvres fut immédiat. Une cave leur fut consacrée, attirant une foule de curieux attifés de noir et de chaînes. Sa gloire, et celle du lieu, fut tant sans partage, qu'il fut décrété invité à vie dans l'établissement qui devint son quartier général. Sa gloire fut encore augmentée quand il refusa catégoriquement de se remettre à peindre. L'œuvre devenait par ce refus une relique essentielle, un emblème définitif des nuits gothiques de Paris.
Il passa donc ses nuits entre les sosies et les fantasmes de celle qu'il avait perdue. Il était heureux.

La police le retrouva dans un caveau squatté du Père-Lachaise. Une petite vieille qui arrosait ses plantes avait entrevu le bout de ses bottines et prévenu le gardien qui avait prévenu la maréchaussée. Une opération de police avait été organisée pour se saisir de la bande qui venait souiller le repos éternel et laisser des canettes de bière et des graffitis sataniques dans ce lieu de joie et d'espoir. Il était devenu notoire qu'une secte d'adorateurs des morts-morts sévissait et troublait les cérémonies de venues au jour.

On se saisit de lui et on le mena sans ménagement au commissariat. Il fut bien incapable d'expliquer sa présence ni de désigner avec qui il était venu. Son ivresse et ses propos vagues dissuadèrent les enquêteurs de le questionner plus. On admit plutôt qu'on lui avait joué un tour, ce qui n'était pas très éloigné de la vérité. Une bande de fêtards avait simplement jugé opportun de l'amener rencontrer l'âme de sa chère aimée et de conjurer les esprits de la faire venir au jour à nouveau. Il avait dû accepter sans trop hésiter et l'expédition avait été entreprise. La nuit s'achevant, le groupe s'était lassé de ses incantations et s'était égayé, le laissant cuver là, avec le peu de charité que l'on connaît au peuple des noctambules.

Avec une candeur exquise, il conta ses frasques et fit la liste de ses lieux favoris. C'est ainsi que son établissement favori fut fermé et que ses peintures furent saisies comme pièces à conviction. Dans un coffre scellé, elles rejoignirent l'Arche d'Alliance pour l'éternité, dans un entrepôt perdu dans une banlieue grise.

Wilfrid J. tenta quelques apparitions dans ce qui restait ouvert de ses caves favorites. Mais le bruit de ses exploits l'avait précédé et l'on ne le trouva décidément pas assez gothique pour y être admis.

Ni Cécile, ni Maxime n'apprécièrent d'être convoqués à la police et de devoir justifier de leur éducation. Ils lui en firent part dans une de ces réunions sur les canapés, avec le verre de whisky à la droite de sa mère. Cela tenait en peu de mots moroses et sentencieux. Mais il était clair que Wilfrid J. ne serait plus gothique. Il fut nettement circonvenu de revoir sa tenue, ses habitudes alimentaires, la décoration de sa chambre, ses goûts musicaux et sa façon de s'alimenter. Il fut également averti que sa consommation d'alcool devait être revue à la baisse et son apparence globale à la hausse.

Et puis, il avait dix-huit ans, il s'apprêtait à ne plus être majeur. Il était donc temps qu'il se prépare à passer son bac. Un enfant qui n'avait pas son bac ne pouvait pas prétendre à une éducation décente.

Wilfrid J. cessa donc d'être gothique. Il retrouva sa chambre d'hôtel, une pile de manuels ennuyeux et Mozart, Haydn et Vivaldi.

CHAPITRE 26
ENFANCE ET DÉPENDANCE

Wilfrid J. obtint son bac sans enthousiasme. Il y avait travaillé par désoeuvrement et l'avait passé comme une visite médicale. La célébration de l'événement fut morose et compassée. Ce diplôme qui garantit à tout un chacun qu'il aura une enfance fructueuse se révélait pour lui la clé de sa cellule.

À défaut de pouvoir se draper dans ses attifements gothiques, il avait dû renouer avec les frusques de son père, désormais vraiment trop grandes. Puis on l'avait habitué à se vêtir convenablement. Rien que l'idée !
Cécile triomphait. Maxime était rassuré. Wilfrid J. se ratatinait.

On célébra ses dix-sept ans avec faste. Tout ce que les relations de ses parents comptait de respectable et de bien sur lui fut invité. On mit des rallonges à la table et une foule d'étrangers se pressa pour féliciter ses parents d'avoir un fils aussi brillant et bien éduqué. Wilfrid J. tint son rang avec une résignation qui passa pour une grande sagacité. À sa droite, à table, on assit une jeune fille de bonne famille qui lui souriait derrière un appareil dentaire qui lui servait de casque de base-ball. Il avait envie de lui faire mal. Il se retint de tout esclandre et débita des platitudes à tous les endimanchés qui l'entouraient. Il savait que Cécile n'hésiterait pas aux représailles les plus sordides à sa moindre incartade. Il éprouva soudain de la pitié pour son père. Il fallait qu'il fût bien amoindri pour que sa nature ne resurgît pas. Il se forgea donc une armure de solitude pour se préserver des postillons de sa convive de droite et des propos maurassiens de l'assemblée. Manger, il fallait se concentrer sur le fait de manger. Il mangea donc.

La fête dura des heures. Il souffla ses bougies et dut danser avec des femmes trop mures trop maquillées, trop parfumées qui lui soulevaient le cœur. L'idée de valser avec Mathilde l'effleura, mais c'était avec sa voisine en appareil dentaire qu'il se retrouva à se dandiner sur un truc à danser qui avait eu du succès l'été dernier, à Cannes. Il pria pour que tout cela cessa. On devient religieux à moins que cela.

Parmi les mesures préventives que sa mère instaura, l'interdiction de quitter la maison nuitamment fut celle qui humilia le plus Wilfrid J. Il s'était résigné à sa tenue, au rythme des repas, au nettoyage de sa chambre, à la destruction de sa discothèque Heavy Metal. Mais il sut que la prison se refermait sur lui quand il tenta de sortir et que cela lui fut interdit. Il n'eût su où aller, mais la possibilité de s'affranchir de cet environnement cartonné lui semblait essentielle. Elle lui état interdite. Il ne lui restait que de se trouver face à lui-même dans cette chambre impersonnelle où trônait à nouveau une gravure encadrée, cette fois-ci, un paysage de Bretagne, avec un chalutier en cale sèche.

Il trouva refuge dans ses études et dans la fréquentation d'un lycée huppé du seizième. Il tenta bien d'y distiller quelques idées noires, mais les lycéens astiqués qui l'entouraient n'y comprenaient rien et se détournèrent de ce mouton noir qui raflait les meilleures notes, simplement parce qu'il avait de l'imagination. Sa plus grande satisfaction fut de persécuter son professeur de sport par une rage suicidaire à s'essayer au saut de l'ange quand il ne savait même pas rouler sur lui-même. A chaque saut acrobatique, il finissait à l'infirmerie, le bras ou la rotule démises. Le malheureux professeur frémissait de le voir venir et Cécile devait le récupérer, clopinant, à l'infirmerie. Il fut donc dispensé e sport.
À la troisième explosion, on le dispensa de travaux pratiques de physique-chimie. La rage qu'il mit à disséquer un rat, faisant gicler le sang et en dépeçant sauvagement l'animal lui valut les foudres de son professeur de sciences naturelles. Wilfrid J. se débarrassait des matières qui l'ennuyaient en s'y montrant un danger public. Cela lui permit de se consacrer aux seuls domaines qui stimulaient encore son imagination : la littérature, la philosophie, l'histoire et les arts plastiques.

En peu de temps, il se créa l'aura d'un poète maudit, adepte de Baudelaire, de Rimbaud et de Lautréamont. Conforme au programme, adapté sélectivement à son environnement, il sut se protéger de la banalité des idées pour s'approprier l'écume de ce que distillait l'ennui des leçons convenues. Si on lui demandait pourquoi il échouait aux matières qui ne lui convenaient pas, il s'adornait du fait d'être le fils d'un généalogiste et de n'être bon qu'à ce que son père excellait à être.

Il n'éprouvait que peu de goût pour l'enseignement qu'on lui apportait. À fond, il savait que toutes ces leçons n'étaient rien qu'un lent désapprentissages qui le destinait à l'ignorance. À quoi pouvait bien servir d'étudier Kant et Hegel quand il était certain qu'un an plus tard il aurait ignoré jusqu'au nom de ces penseurs réticuleux. Pourtant, il se prit d'une passion pour l'un des plus ennuyeux et des plus moroses, un certain Fichte, un homme qui, d'une plume grise, lui suggérait un grand mystère qui le faisait rêver. Poussant une réflexion ultime sur la relation entre l'homme et la réalité, il finissait par décréter que cette dernière n'était qu'un fantôme de notre imagination. C'était un pain blanc pour Wilfrid J. qui se prit à rêver que sa vie n'était qu'une illusion et que Mathilde, in fine, faisait partie de lui-même. Cette vision le réconforta si profondément qu'il se prit à aimer sa vie comme il ne l'avait jamais aimée. À défaut de pouvoir agir comme il l'entendait, il pouvait rêver tout à sa guise. Il lui suffisait de rêver à Mathilde… Il lui suffisait de songer à Anna. Que lui importaient désormais que sa mère l'emprisonnât dans son fond de couloir ? Il lui restait de façonner ses rêves à l'aune de ce qu'il aimait. C'était lui l'a priori. Pour le reste, cela n'avait plus d'importance.

Il oublia Kant, Hegel et même Fichte. Mais il n'oublia pas que ses rêves étaient la source de sa réalité. Il venait de trouver la clé de son évasion. Il pouvait, désormais, vivre avec ses deux parents, pourvu qu'il pût rêver. Cela fit de lui un bon élève, quoique un peu dans la lune. L'idée que rien n'existait qu'il n'eût engendré avec sa propre pensée lui ouvrait la porte de ses souvenirs et de son immense blessure. Il lui suffisait donc de s'imaginer près du parfum de Mathilde, écouter leur musique les yeux clos, de se souvenir de sa fille, d'Hassan, d'Alex de tous ceux qui étaient chers à son cœur, pour qu'ils existent et l'entourent de leurs bras de vent. Sa chambre était donc l'espace vide dans lequel les fantômes de sa vie pouvaient le rejoindre. Son seul souci était qu'il fallait sortir de la chambre pour manger des fantômes de nourriture, rencontrer des fantômes de parents et se rendre dans un fantôme de lycée. Ce n'était pas si cher payer car il lui restait ses nuits… et les cours de math.

Il fallut peu d'années pour que les philosophes fussent remplacés par les petites voitures et les soldats de plomb. Mais, même si l'ennuyeux philosophe prussien disparut de son savoir, il n'oublia pas que le monde n'était que le rêve qu'il s'en faisait.

À douze ans, il était devenu un enfant un peu renfermé, mais toujours bien disposé. Il avait appris à contourner les conflits et à éviter le contact avec trop de gens pour s'octroyer la part de rêve qui lui permettait de s'emplir des tendresses dont le monde réel se montrait bien chiche. Il était présent, il se tenait comme on devait se tenir et ne proférait des avis que lorsqu'on les sollicitait. Jamais. Il eût pu devenir un objet de fierté pour Cécile, n'était sa fichue tendance à être dans la lune. Douze ans. Son anniversaire. À sa droite une cousine avec les dents en avant. Il valait mieux rêver.
Puis, en face de lui, une gamine de même pas dix ans, une gamine qui le regardait fixement. Une gamine qui n'était même pas venue avec ses parents. Wilfrid J. la regarda intensément. Elle le regarda intensément. Elle ressemblait à ses rêves. Il ne put même pas lui dire un mot car elle était repartie. Personne ne put lui expliquer qui elle était et pourquoi elle était là. L'avait-il bien vue ? Son père était soucieux, Cécile irritée. Il ne parvint pas à savoir qui était cette gamine qui l'observait de l'autre côté de la table avec sa queue de cheval et ce regard qui lui manquerait jusqu'à la fin de ses jours.

Wilfrid J. prit soudain conscience que de plus en plus de choses manquaient à son entendement. Il demanda, pour la rendre plus réelle, comment s'appelait la petite fille assise devant lui. On la confondit d'abord ave sa voisine de droite. Puis d'une voix indifférente, son père lui asséna, je crois qu'elle s'appelle Mathilde. Wilfrid J. eût bien aimé avoir Mathilde pour voisine de table. Puis il retourna rêver dans sa chambre.
Les jours, les semaines, les mois passèrent. Pour Wilfrid J., ils prenaient une singulière apparence de tous se ressembler, les saisons devenant des changements lents et inéluctables de ce qui semblait ne jamais devoir changer. Le temps devenait implacablement lent.

Au fur et à mesure que le temps se ralentissait, Wilfrid J. se sentait pris dans la prison de cette mère qui exerçait sa dictature sur sa vie et de ce père qui ne savait le protéger. Cécile régentait le monde dans lequel il se trouvait. Son père se contentait de partir et revenir d'un autre monde, celui de son travail. Il apparaissait de temps à autre dans l'éternité des journées et des semaines. Gentil et indulgent, mais si peu important dans la rigueur imposée par sa mère. Wilfrid J. commença de prendre son père pour un visiteur dont il appréciait l'affection sans le tenir pour une composante essentielle de son existence. Ce qui était essentiel, c'était de survivre dans le monde que sa mère avait tissé autour de lui.

Il lui fallait composer avec cette femme qui ne lui offrait jamais une caresse, jamais un geste de tendresse et qui était si prompte au reproche et à la punition. Attentive aux détails jusqu'à l'obsession, Cécile avait réglé la vie de Wilfrid J. sans laisser la moindre place à l'affection. Wilfrid J. se réfugiait dans sa chambre et ses rêves qui ne cessaient d'être « l'autre réalité ». Mais chaque instant où il devait se trouver en sa présence lui semblait un danger, une intrusion maléfique dans l'harmonie qu'il s'imaginait. L'un et l'autre s'épiaient, aux aguets de la faille qui lui permettrait de porter le coup fatal, d'imposer sa différence, sa volonté de ne pas s'appartenir. Si Cécile se rengorgeait de son rôle de bonne mère, Wilfrid J. se berçait de pulsions homicides qu'il lui fallait bien renoncer à assouvir.

Dans le secret de sa chambre, il faisait des dessins qu'il grabouillait de rouge. Puis il faisait disparaître la silhouette qu'il avait tracée pour dissimuler sa vengeance. Cent fois, il mutila l'image de Cécile. Découvrant sa corbeille pleine de feuilles maculées, elle se contenta de lui recommander d'utiliser les deux côtés de la feuille pour ces gribouillis. Pourquoi pas ?

Wilfrid J. apprit ainsi à éviter cette femme altière et élégante qui se complaisait à l'exhiber comme un singe savant. Hors du havre de l'école, elle était le monde dans lequel il se trouvait. Il lui fallait simplement survivre et se plier aux règles. « Il dessine très bien ! Wilfrid ! apporte donc quelques-uns de tes gribouillis ! ». Wilfrid J. se hâtait de faire disparaître la silhouette pour apporter des abstractions involontaires qui faisaient s'extasier des bourgeoises sans goût. Qui eût pu décrire l'ennui vengeur de ses dix ans ?.

Les vacances surgissaient par surprise, au fil du beau temps qui revenait. Elles s'accompagnaient d'un rituel qui, s'il était immuable, semblait à Wilfrid J. un grand saut dans l'inconnu. On lui promettait la mer et le soleil, mais lui n'y voyait qu'une intolérable intrusion dans ses habitudes. La mer, le soleil ? Qu'avait-il à faire avec la mer et le soleil, lui qui avait passé sa vie à préférer la nuit ? Il n'avait, tout d'abord, la première fois, pas très bien compris qu'on enfermât tant de choses dans des valises et que l'on prît interminablement la route pour aboutir dans une ville excitée

de gens avides de se baigner et de ne rien faire. Puis, dès que se fut installé le souvenir de ce genre de voyage, l'idée de repartir pour cette inéluctable plage battue par le vent et les vagues lui rappelait qu'il allait devoir passer des semaines dans la promiscuité circonspecte de ses deux parents, abandonné, le jour durant, à un club de plage plein d'enfants hargneux et de moniteurs décervelés, contraint à des acrobaties aussi répugnantes que vertigineuses. Rien ne lui déplaisait plus que les toboggans et les jeux de ballon. Le soir, il s'agirait d'attendre la fin d'interminables dîners pour se voir consigné sur un lit de camp dans la chambre de ses parents. Autant crever !
Les vagues qui s'affalaient devant les parasols, les rangées de corps avides d'un soleil qui les faisait brûler, l'odeur rance des crèmes en tout genre, les cris des familles bardées de mioches hystériques, les châteaux de sables bouffés par la marée pleine de varech et de méduses crevées, l'odeur de beignets recuits et refroidis, tout lui répugnait. Il se débattait avec sa serviette pour éviter le sable et les relents iodés de la marée lui rappelaient qu'il détestait les oursins.

Les repas étaient la plus intolérable des épreuves. Il lui fallait se tenir bien à table au milieu de vacanciers hétéroclites qui se gavaient du menu désespérant qu'offrait un buffet avantageux autant que monotone d'une cuisine recuite et sans esprit. Tout cela n'était qu'une cantine mesquine dissimulée par des montagnes d'une décoration prétentieuse et incomestible.

Malgré son âge qui avançait, Wilfrid J. ne pouvait complètement oublier comment, en d'autre temps, il avait saisi des cités lointaines à bras le corps pour se fondre dans les parfums lointains de coutumes exotiques. Il lui restait la saveur des chambres où il se retrouvait en fusion dans les bras qu'il aimait. À quoi ressemblait donc ce baiser sur le front dans la chambre avec vue sur la mer, cette perspective du lendemain avec des enfants de son âge ? Aussi docile qu'il fût, Wilfrid J. se cabrait à l'idée des vacances et de leur cortège de contraintes et d'efforts inutiles. Il vivait la plage comme une relégation, l'océan comme la menace de se noyer dans un répugnant néant.

Il sentait, par-dessus tout, que, si Cécile exultait à l'idée des vacances, elle y entraînait aussi Maxime avec une certaine répugnance. Il n'était pas rare qu'il pût entrevoir son père le contempler à travers le grillage qui l'emprisonnait dans l'enfer des activités. Mais jamais Maxime n'avait eu le courage de le faire sortir de son enclos pour l'entraîner vers une hypothétique aventure. Maxime, flegmatique et résigné, se contentait de contempler. Alors Wilfrid J., rencogné au plus loin des toboggans et des agrès, se prenait à d'outrancières tragédies où sa mère se ferait dévorer par quelque monstre de Jules Vernes ou un Godzilla salutaire. Mais Cécile avait la vie aussi dure que la réalité peu de prise sur le rêve. Les vacances étaient un métronome d'épreuves fastidieuses dont il sortait épuisé, enfin rassuré de pouvoir s'enfuir loin du plaisir des autres.

La rentrée des classes, malgré son cortège de contraintes, ressemblait à un salut. C'était une aventure qui n'appartenait qu'à lui. Un autre monde, sans Cécile et sans Maxime. La rentrée des classes était sans cesse plus facile. L'école était son Tombouctou, son Eldorado, ses sources du Nil. Son sac à dos bien bardé, il s'enfuyait en courant de la maison familiale pour aborder les rivages anonymes de la cour de récréation et du préau solitaire.

Cécile qui l'eût rêvé scout ou écolier anglais, l'attifait d'une casquette, de culottes de velours et de chaussettes hautes à revers. Cela faisait mourir de rire les autres gosses. Mais il ne se souciait pas plus de ce détail qu'il n'avait rougi de se promener dans les tenues les plus étranges au cours de sa vie. Son seul souci était qu'il devait être en butte de quolibets pour une tenue imposée par sa mère. Il sut toutefois mettre fin aux assauts des autres gosses par quelques horions qui les dissuadèrent de jeter deux fois sa casquette par-dessus le mur de l'école. Il était comme il était et personne n'avait le pouvoir de l'humilier plus avant.

Installé à son pupitre, en compagnie d'un autre gamin un peu copieur, un peu pleurnichard, mais sans grand danger, il se plut à se trouver en classe à écouter le maître seriner le savoir qu'il savait qu'il oublierait bientôt. Ce qui le surprenait le plus était que personne ne semblait se rendre compte de l'inutilité patente de l'école. Pourquoi passer son temps à apprendre ce qu'on oublierait nécessairement dans l'année qui venait ?

Il s'ouvrit de ce souci philosophique à son instituteur qui fut bien en peine de lui répondre. Mais, ce dernier, impressionné par sa réflexion, décréta que Wilfrid J. était supérieurement intelligent pour son âge. Cela lui valut maintes facilités et maints passe droit qui rendirent son séjour à l'école infiniment plus agréable que les interminables attentes que sécrétait sa vie à la maison. Respecté des petits cogneurs et de ses maîtres, Wilfrid J. se bâtit une tour d'ivoire qui le préservait, le jour durant, de la sirupeuse acrimonie de sa mère.

Il digérait ses leçons avec la rage que lui procuraient l'ennui et l'intuition dont ses capacités incommoderaient sa mère. N'avait-elle pas maintes fois servi le thé à ses semblables en geignant sur le mérite qu'elle avait à détenir un fils qui n'était que l'héritier des limites de son époux. Depuis quand le père était-il l'enfant de l'homme ? Wilfrid J. hésitait entre la rage de l'humilier par une imbécillité qu'on eût pu lui imputer et la revanche d'être simplement le meilleur. À son âge, il ne pouvait se résoudre qu'à n'être que ce qu'il était et à se laisser porter par ce qui advenait. Personne ne pouvait le tenir pour responsable du fait que ses leçons lui semblaient incroyablement faciles à apprendre et que l'enseignement dispensé par l'école accumulait les évidences et les truismes. Il expédiait ses devoirs et ses leçons et, épuisé mais content, s'abandonnait à sa rêverie.

C'est ainsi qu'il eut huit ans et le prix d'excellence.

Cet exploit n'améliora pas sa vie, loin de là. Cécile se prit à le considérer comme un génie et n'eut de cesse que de l'exhiber à ses relations, plus précisément l'ensemble des femmes qui, à son instar, vivaient assez de leurs ressources pour se passionner pour le bridge et l'Earl Grey. Elle fit de Wilfrid J. un singe savant qu'elle convoquait à tout va pour réciter pêle-mêle des poésies, des théorèmes et des noms de villes. Rien ne pouvait exaspérer plus Wilfrid J. que de se voir convoqué à ces assemblées qui lui coupaient le fil du rêve et l'obligeaient à un devoir de récitation aussi fastidieux qu'humiliant.

Il tenta de se soustraire à l'épreuve par la surdité, mais Cécile vint le chercher par l'oreille. Il tenta l'amnésie et le balbutiement, mais sa mère y remédia par d'humiliantes invectives. Il osa même le gros mot malencontreux, mais cela lui valut une sérieuse taloche quand les invitées furent parties. Rien ne semblait devoir le soustraire à ses numéros de cirque mondain quand il trouva une solution inespérée : il s'évanouit. Il ne le fit pas exprès. Il se contenta de trébucher et de tomber en se cognant la tête. Sa mère bondit pour prendre soin de lui et, instinctivement il se fit faible et impuissant. Cécile s'affola, transformant l'auditoire en une volière d'inquiètes en panique. Wilfrid J. s'attendait à une vengeance une fois les invitées parties, mais il eut l'incroyable surprise de la trouver à son chevet, le bout des doigts sur son front pour y chercher une trace de fièvre. Pas de fièvre, seulement une fragilité incontrôlable.

Wilfrid J. comprit qu'il avait découvert la faille. Désormais, il serait fragile. Le médecin convoqué pour un diagnostic, fleurant peut-être le stratagème, sûrement irrité par les exigences de la mère, sûrement complice de ce qui pouvait protéger le gamin, décréta qu'il était fragile et que l'incident, sans grande gravité, pouvait se reproduire à tout moment sans qu'on y pût mais. C'est ainsi que Wilfrid J., à l'âge de huit ans, après des décennies sans l'ombre de la moindre défaillance, devint un enfant fragile qu'il fallait ménager.

Cette fragilité se manifesta en diverses circonstances. En particulier quand il y avait des endives à manger, une fable de La Fontaine à déclamer ou une inscription à quelconque club d'activités de vacances qui répugnaient particulièrement à Wilfrid J.
Elle se manifesta aussi en cas de contrôle de maths, d'ennui trop prolongé, ou encore de besoin inopiné d'une affection trop chichement dispensée.

Wilfrid J. était-il vraiment « fragile » ou, parvenu à ce terme de sa vie, était-il devenu si sensible aux marques d'affection dont ses malaises lui permettaient de bénéficier ? Il s'engouffra par la porte de cette fragilité et, parfaitement conscient du revirement que cela occasionnait chez sa mère, en profita autant qu'il put.

En peu de temps, tout ce qui l'avait tant opposé à sa mère fut balayé par les précautions et l'inquiétude attentive que cette fragilité suggérait en elle. S'il dut souvent se résoudre à se coucher tôt, il ne mangea plus d'endives. Il n'avait fallu qu'un coin de tapis mal placé pour éveiller chez cette femme intransigeante, un sursaut de maternité irrépressible.

Maxime ne fut pas si dupe. Accusé implicitement d'une nouvelle imperfection de sa lignée, il dut se résoudre à être rendu indirectement responsable du fait que leur enfant n'avait pas la vigueur du sang maternel. Ce petit rien, cette insignifiante tare qui lui incombait comme un reproche de plus dans l'interminable litanie des reproches dont l'accablait son épouse, scella en lui un ressentiment sournois à l'égard de son fils. Wilfrid J. n'y perdit pas grand-chose, mais il sut ressentir que les derniers lambeaux de sa complicité avec son père étaient définitivement envolés.

La vie de Wilfrid J. se modifia insensiblement. Il devint, bien malgré lui, la propriété de sa mère, un être fragile qu'elle protégeait comme un fauve préserve sa portée. Rien de ce qui pouvait lui être le moindre danger ne pouvait l'atteindre. Elle veillait à son existence avec une attention féroce et sourcilleuse au point que ses moindres agissements étaient l'objet de ses supputations les plus inquiètes.

S'il sentait que cette vigilance s'atténuait trop, Wilfrid J. tournait de l'œil. S'il se trouvait un rien trop envahi, il pétait le feu. Tout était une question de dosage. Il n'en demeurait pas moins que sa vie commença de se dérouler presque exclusivement sous l'aile impérieuse de sa mère. Celle-ci ne le cédait à l'école qu'à regret et en abreuvant ses maîtres de recommandations extravagantes. Elle l'amenait au dernier moment et le récupérait dès qu'il surgissait sur le seuil de l'école, lui prenant la main et nettoyant son visage avec un mouchoir qu'elle avait préalablement imbibé de salive. Wilfrid J. abhorrait ces toilettes animales. Mais il ne cherchait pas à fuir car c'était le prix de sa tranquillité. En tout cas, à domicile.

À l'école, il était devenu la bête noire de ses camarades qui n'avaient pas tardé à repérer le manège et brocardait ses tenues, ses cheveux plaqués à la brillantine, son aspect astiqué, son parfum de talc. Les bandes qui se formaient dans la cour de récré, menées par de petits durs un peu crasseux, mais vêtus comme il se devait, ces bandes n'avaient de cesse de prendre d'assaut cette figurine de porcelaine que les surveillants devaient isoler sous le préau ou, à tout le moins, aussi près d'eux que possible. Les garnements parvenaient parfois à ravir Wilfrid J. à la vigilance des adultes et à lui faire subir toutes sortes de sévices dont il revenait crotté, écorché et les vêtements en lambeaux. Aucunes représailles ne les eussent découragé de mener leurs raids. Wilfrid J. essayait bien de tenir son rang, mais il avait découvert bien vite que sa cause était perdue. Il échangea bien quelques coups de pied et ramponneaux avec les autres, mais la sagacité qu'il lui restait le convainquit d'adhérer à son rôle de victime fragile. Il apprit à s'évanouir, à pleurer en hurlant, à rendre la vie impossible à ceux qui oubliaient de le protéger. Aucun maître n'eût voulu se trouver confronté à sa tigresse de mère pour avoir manqué de vigilance.

Wilfrid J. était tranquille, en sécurité, bien propre et bien protégé. Mais il était aussi prodigieusement seul. Posséder les jouets les plus coûteux était une compensation bien médiocre au fait de ne pas pouvoir gagner un calot aux parties de billes, de ne pas pouvoir imaginer d'immenses batailles galactiques avec d'autres gamins nourris de dessins animés. Il s'amusait avec des jouets inertes, dans l'horizon solitaire de ses propres rêveries. Si Cécile organisait un goûter pour animer son anniversaire où célébrer quelque événement, l'appartement demeurait désert, les ballons flottant dans le vide, les gâteaux inentamés. On ne venait pas chez Wilfrid J. et on ne l'invitait pas non plus. Wilfrid J. retournait dans sa chambre et s'immergeait dans son ennui peuplé de rêves confus qui s'effilochaient avec les années. Son monde était une couette profonde qui assourdissait les rumeurs du monde. Où qu'il fût, il lui semblait qu'un rempart feutré se dressait entre lui et la réalité. Il s'ennuyait énormément, mais la vie était hors d'atteinte.

Il songeait, puisant dans des bribes de souvenir, que le monde n'existait que parce qu'il le rêvait. Il se reprocha de rêver si mal. Pourquoi, puisqu'il lui suffisait de rêver, ne pouvait-il pas se façonner un monde dans lequel il serait libre, où il pourrait faire tout ce qu'il voulait, où il aurait des amis. Puis il abdiquait en regrettant que l'enfance ne fut qu'un lent abandon de tout ce qui donne un sens à la vie, une retraite inexorable hors de l'agitation et de l'avenir. Quand on est enfant, on ne sert à rien, on doit se contenter d'attendre une fin qui ne fait que venir à petits pas.

Un matin, qu'il était parqué dans une classe pendant que les autres enfants hurlaient dehors sous un soleil radieux, il remarqua qu'une petite fille, tout aussi astiquée que lui, en robe à smocks et souliers vernis se tenait à l'autre bout de la salle. Elle était plongée dans un livre plein d'images avec une couverture bariolée. Elle ne sortait son pouce de sa bouche que pour repousser une mèche rousse qui lui brouillait la vue, puis elle se remettait immédiatement à le pomper avec application. Wilfrid J. La regarda longuement. Elle semblait ne pas lui porter la moindre attention. Toutefois, Wilfrid J. avait l'œil, son regard bifurquait par instants pour vérifier qu'il ne s'approchait pas. Il s'approcha.

« Tu lis quoi ?
- Laisse-moi tranquille !
- C'est quoi ton livre ?

- Ça te regarde pas.
- Moi aussi j'ai des livres.
- Et qu'est-ce que tu veux que ça me fasse ?
- Je pourrais te prêter mes livres.
- C'est pas des livres comme celui-là.
- Montre !
- Arrêêêteuu !
- Je veux juste voir.
- Tu verras pas, c'est pas un livre de garçon !
- C'est quoi un livre de garçon ?
- C'est un livre où il n'y a pas de filles.
- Tu sais même pas lire.
- Si je sais lire ! C'est seulement que j'ai pas mes lunettes.
- Tu as des lunettes ?
- Tiens regarde !
- Elles sont vraiment moches.
- Et toi tu as les cheveux gras !
- Non c'est de la brillantine.
- Berk ! »

C'est ainsi qu'il devint l'ami d'une petite rouquine à lunettes qu'on empêchait de sortir car elle n'y voyait quasiment rien sans ses lunettes. Elle avait un an de plus que lui et le lui faisait bien savoir en le persécutant autant que possible sur tout ce qu'il était en train d'oublier. Elle s'appelait Mathilde et, peut-être à cause de ce prénom qui lui fit frémir le cœur, il tomba éperdument amoureux de la petite chipie.

Il se mit à attendre chaque récréation avec impatience et se précipitait dans la classe déserte où, inlassablement, la gamine déchiffrait un livre plein d'images et de couleurs pastel. Elle daignait parfois lever le nez de son bouquin mais, le plus souvent l'invectivait d'un « Arrêêêteuu ! » furieux. Pendant ces vingt minutes, il se sentait transporté dans un monde d'aventures et de passion. Il la sauvait du Yeti en plein Himalaya, la sortait des griffes des Jivaros et lui faisait traverser l'Orénoque à dos de crocodile. La petite Mathilde se contentait d'être là, refermant parfois son livre avec un air las pour l'écouter élucubrer. Dès que la sonnerie retentissait, elle le plantait là pour foncer dans sa classe sans un mot, sans la bise espérée. Il voulut lui toucher les cheveux mais un « Arrêêêteuu ! » féroce l'en dissuada. Cela n'avait pas d'importance, ses cheveux, il les avait touchés mille fois en rêve et il savait qu'ils étaient doux et qu'ils sentaient bon.

Il n'osait pas s'ouvrir de cette passion auprès de sa mère qui regardait les autres enfants avec suspicion et dégoût. Pour elle, tout ce qui fréquentait un lieu aussi public que l'école communale, était objet de réprobation et d'une insidieuse concurrence à son attachement exclusif. Mais elle ne put manquer de remarquer les regards en coin de sa fille, à la recherche de sa belle sur le seuil de l'école, juste pour reprendre une larme de passion.

Une heure après, interrogatoire sirupeux à l'appui, elle savait tout et se félicitait haut et fort que Wilfrid J. eût une petite copine. Le lendemain, il se précipita dans la classe de ses passions. Mais il n'y avait personne. Personne le matin, personne l'après-midi. Il l'entrevit dans les rangs. Il reprit espoir, mais ni le jour d'après, ni les jours suivants, elle ne reparut pour la récréation. Il parvint enfin à se trouver seul avec elle dans un couloir. Elle le regarda comme s'il était un rat surgi des égouts : « Ta mère, elle a dit à la mienne que c'était pas bien qu'un garçon et une fille soient seuls dans une classe, sans surveillant, alors on m'a mise dans une autre classe. Comme ça, moi je suis tranquille pour lire ».

Le monde enchanté de Wilfrid J. en prit un grand coup. La protection rassurante que lui avait donnée sa mère se mua en une prison de fer odieuse et frelatée. Il eût voulu qu'elle soit morte.

Aller à l'école ou rentrer à la maison, c'était aller d'un isolement à l'autre, c'était quitter une prison pour une autre. Où qu'il fut, il n'était rien d'autre qu'un pantin de chiffon, une porcelaine trop fragile, un orphelin pathétique que sa mère récurait à coup de mouchoirs imbibés de salive. On lui arrachait ses Mathilde en le dépeçant. Il ne lui restait que ses rêves et sa mère y jouait immanquablement le rôle de l'ennemie sans pitié dont il devait triompher pour le salut du monde.

Il se rebiffait devant les assauts de Cécile pour le couver et le couvrir de ses filandreuses tendresses. Il n'avait de cesse de souiller ses vêtements et de jeter l'opprobre sur son apparence. Mais Cécile ne se souciait guère de ses rebuffades. Elle se contentait de l'astiquer à nouveau, soir et matin pour, qu'en toutes circonstances, il ressemble à un petit garçon modèle, une abstraction qui ne dépendait que d'elle-même.

Si son père faisait mine de le prendre dans ses bras et de lui insuffler quelque virile énergie, elle le lui reprenait vivement en accablant Maxime de reproches sur sa brutalité et son manque de bon sens. Ce dernier renonça à prendre soin de son fils. Il cessa même complètement de s'y intéresser. Wilfrid J. lui apparaissait comme un avatar de cette épouse qui encalminait son existence dans un ennui étouffant, une mer des Sargasses de monotonie. Il ne sut rien de l'histoire de la petite Mathilde. L'eût-il su qu'il n'aurait pas bougé le petit doigt. Il préférait bien plus s'évader chaque matin au plus tôt pour s'immerger dans les péripéties généalogiques pour revenir tard partager l'inévitable rituel d'un insipide dîner. Maxime n'était pas homme à se dresser contre sa femme pour sauver son fils du naufrage.

Comme Cécile l'avait pressenti, la révolte de Wilfrid J. fit long feu et, au fil des semaines il sombra à nouveau dans la glu rassurante de sa protection cannibale. Il redevint le petit être fragile habillé de propre et bien coiffé qui était la seule image qu'elle lui concédait. Et la passivité d'un ennui sans fin reprit ses droits.

On célébra l'anniversaire de ses six ans. Une fête meringuée et sans enfants, sans turbulence, pleine de cadeaux aussi coûteux qu'ennuyeux. C'est à cette occasion que sa mère put lui annoncer, triomphalement, qu'il avait six ans et, désormais, il n'aurait même plus à se rendre à l'école.

Certes, Wilfrid J. n'aimait plus beaucoup l'école. Il n'y retrouvait que les quolibets des autres enfants et le cœur serré de sa classe déserte. Mais l'école, c'était aller autre part. L'école, c'était la porte ouverte sur l'horizon et le monde lointain. Il apprit donc la nouvelle avec un intolérable désespoir.
Désormais, il n'arrivait pas à vraiment se le figurer, il devrait n'exister que par les yeux et la bonne volonté de sa mère. Il était prisonnier du bout du couloir, de la brillantine, du talc et des mouchoirs imbibés de salive. Il ne lui restait plus que de devoir supporter de ne faire qu'un avec un vampire.

Cécile ne comprit vraiment pas comment une si bonne nouvelle pouvait le faire éclater en sanglot et s'enfuir dans sa chambre. Ce gamin était d'une ingratitude exaspérante.

Maxime siffla d'un trait un grand verre de champagne.

CHAPITRE 27
NÉ EN

Cécile eut été une femme heureuse si la vie lui avait offert au moins une chance de vivre un conte de fée. Mais la vie s'en était bien gardée et les épreuves s'étaient accumulées pour qu'elle se contraignit à construire autour d'elle un monde qui ressemblait si tant soit peu à ses aspirations.

Elle savait bien que tout cela n'était qu'une illusion et que ses simulacres d'existence cossue lui pesaient autant qu'elle les faisait peser sur les autres. Mais elle se contenait dans son rôle et protégeait sa destinée à grands renforts de règles strictes. La vie de Cécile était un purgatoire, il était logique que celle de ceux qui partageaient sn existence en fut un aussi. Et au purgatoire, on ne rigole pas. Du moins si l'on a espoir d'en sortir un jour.

Cécile s'était retrouvée l'épouse d'un homme sans le sou et obsédé par une quête de racines sans grand fondement. Si elle hérita de la fortune de son milieu, elle fut radiée de ce milieu dès l'instant où elle s'était retrouvé en compagnie de cet homme au regard d'acier qui la faisait songer à un prince de l'Ancien régime.

Pour autant, elle avait dû subvenir à ses besoins et renoncer à ses fantasmes de châteaux et de randonnées à cheval dans d'immenses propriétés. Elle est issue d'une grande famille qu'à prononcer le nom, il fallait se racler la gorge. Ses espoirs furent vite déçus quand elle découvrit de quoi était composée la parentèle de son époux. Le pire fut atteint avec Wilfrid J. et encore plus avec les étrangetés de Mathilde qui semblait bien être stigmatisée d'irrémédiables tares.

Elle portait à Maxime un amour sourcilleux et exigeant qu'il ne lui rendait que du bout des dents. Ses efforts pour déroger n'y faisaient rien et, malgré qu'elle en eût, elle devait, jour après jour passer une vie en marge de deux mondes où elle ne trouvait pas de place.

L'étude de Maxime ne survivait que parce qu'elle y versait régulièrement des subsides indispensables. Chacune de ses oboles avait un effet désastreux sur leurs relations. Maxime avait, pour sa part, la vanité de croire qu'il pouvait mener à bien son entreprise. Chacun, dans un jeu désastreux, s'efforçait de se construire un personnage à la mesure de ses frustrations. Ce subterfuge semblait les rassembler alors qu'il ne contribuait qu'à les opposer. Cécile sut bien vite que son époux la haïssait. Il ne la haïssait pas ouvertement car il avait bien trop besoin d'elle, mais il l'exécrait en silence, sourdement, en affichant les signes d'une extrême civilité.
Pour sa part, elle lui opposa un environnement et une compagnie au formalisme guindé, dont les règles immuables lui semblaient être garantes de pérennité.

Ils se trompaient mutuellement dans l'ennui et les bonnes manières. Ni l'un ni l'autre n'avaient le goût des passions brûlantes et des aventures extraconjugales. Lui, parce qu'il savait trop lui devoir un mode de vie confortable. Elle, parce qu'elle espérait un jour triompher par la vertu de l'opprobre dans laquelle elle s'était trouvée jetée. A aucun moment ces deux-là n'avait simplement songé à la liberté.

Elle avait, depuis très longtemps cédé à un alcoolisme discret qu'elle maîtrisait assez pour que son époux ne la soupçonnât jamais d'être pompette. L'eût-elle été qu'il n'y aurait pas fait attention. Bien des fois, son silence et sa raideur lui évitaient de tituber ou de balbutier. La cuisinière avait appris de longue date à se débarrasser des bouteilles vides avec une discrétion affligée. Elle était bien la seule qui éprouvât une sorte de compassion pour cette patronne insondable.

Pendant de longues années, elle dut se résigner à l'excentricité de Wilfrid J. Elle fut même bien longue à admettre le fait que ce personnage improbable pouvait n'être rien d'autre que son propre fils. Puis le déclic se fit, une fois que Wilfrid J. fut seul, inéluctablement lié à elle par une inévitable filiation. Cette idée lui répugna considérablement. Elle ne pouvait concevoir que sa relation avec Maxime aboutirait à ce trublion.

Puis, l'envol des années lui fit soupçonner que Wilfrid J. était à l'image de son père, faible et malléable sous le couvert de sa singularité. Il lui suffisait donc d'agir avec lui comme elle avait agi avec Maxime, l'enfermer dans un cocon de règles de vie. Cette perspective lui redonna une grande part de son énergie et de sa volonté de rendre le monde conforme à ses aspirations. Elle savait que Maxime ne saurait s'opposer à une telle entreprise, qu'au contraire, il se sentirait réconforter de n'être plus la seule pâte à modeler de la maison.

Elle entreprit donc d'aimer son fils. Et ce ne fut pas chose facile.
Le jeune homme était rétif et sujet à des excès qui mettaient l'ordre des choses dans des périls inimaginables. Mais Cécile avait pour elle une volonté à nulle autre pareille. Elle viendrait à bout de ce chat écorché.

Il n'avait pas eu besoin d'elle pour perdre Mathilde. Au fond, elle éprouvait pour sa bru une sorte d'estime rétrospective. Cette fille avait triomphé d'à peu près tout, y compris de ce qu'elle était. Cécile ne pouvait souffrir de se trouver mêlée à sa destinée indigne de son aristocratique lignée, mais, à l'échelle de ses épreuves et son intolérable destinée, elle avait su se battre et garder son rang. Elle avait porté une enfant qu'elle avait su aimer et avait épargné à Wilfrid J. l'angoisse de sa malédiction.
Non, Mathilde ne pouvait faire partie de son univers, mais, au moins, elle était estimable. Cela ne l'empêcha pas d'œuvrer dans l'ombre pour briser le lien qui la liait à Wilfrid J.
Mathilde était un obstacle à son ultime dessein, Mathilde devait disparaître. Mathilde disparut. Par précaution, elle fit aussi le ménage, plus tard, dans la salle de classe de la récréation.

Cécile put enfin prendre possession de son bien le plus précieux. Elle rogna les ailes de Wilfrid J. et l'enroba d'une affection excessive qui n'était pas seulement le fruit d'un pur calcul. Fidèle à ses habitudes et à ce qu'elle savait d'expérience être le meilleur moyen d'y parvenir, elle oeuvra depuis l'extérieur, pour pénétrer peu à peu jusqu'au cœur de son enfant.

Elle commença par le faire entrer dans l'appartement, puis elle s'attacha à sa chambre, puis à son aspect extérieur pour, enfin, n'avoir plus que son cœur à investir. Et tout se déroula exactement comme elle l'avait prévu. Wilfrid J. ne résista jamais, il se laissa, peu à peu, absorber, devenant à la fin, l'exacte image de ce qu'elle voulait qu'il fut : une gravure intemporelle d'enfant sage totalement soumis à sa seule passion.

Il n'y avait qu'une seule ombre au tableau, une ombre immense et impitoyable. Parvenue au cœur de l'enfant, elle découvrait qu'il la haïssait. Mais Cécile n'était pas à un tel détail près. Elle était persuadée que le temps jouerait inéluctablement pour elle et que, tôt ou tard, ce minuscule petit être n'aurait d'autre ressource qu'elle pour puiser de l'amour. Il lui suffisait d'attendre et de ne jamais renoncer.

Elle se trompait.

Wilfrid J. était devenu un tout petit enfant dont les dents avaient commencé de se résorber. Son langage s'était aussi lentement appauvri et il ne savait plus que regarder les images des livres qu'il déchirait. Il avait besoin que l'on surélève son siège pour participer aux repas d'une cuiller éclaboussante. Désormais privé d'école, il avait établi ses quartiers dans sa chambre encombrée de gros jouets et de peluches. Wilfrid J. vivait dans l'espace confiné que sa mère lui avait alloué et ne se posait plus la question de s'en évader. Il se contentait de donner la main et de se laisser emmener là où on voulait bien l'emmener. Et Cécile n'était pas femme à lui faire fréquenter les bacs à sable.

Wilfrid J. était un enfant obéissant quoique parfois imprévisible par la vigueur de ses réactions. Naviguant dans le sillage de sa mère, il choisissait avec soin les moments pour saigner du nez ou s'oublier sans sa culotte. Il allait de soi que c'était mieux quand Cécile recevait. Sa docilité n'avait pas de limite. Il ne se dressait jamais contre les volontés de sa mère. Mais il semblait éprouver la plus grande satisfaction à renverser son assiette ou sa timbale d'argent quand on l'asseyait à table parmi les invités. Ce n'étaient, bien sûr, que des accidents qu'il se gardait de trop recommencer. Si bien qu'on ne savait jamais trop si une catastrophe aurait lieu ou non. Pouvait-il sa mère ne pouvait se résoudre à le quitter des yeux et devait donc se résoudre à l'imprévisibilité du risque qu'il faisait planer sur sa vie mondaine.

À la fin de ses exploits, elle surprenait parfois son petit regard planté dans le sien. Un petit regard qui ne disait rien. Enfin qui disait simplement qu'il la voyait. Wilfrid J. était désormais bien trop petit pour lui tenir de longs discours. Alors il se contentait de planter ses yeux dans les siens et de la voir le voir la voir… à l'infini.

Maxime eut bien été partisan d'engager une nounou, une bonne âme qui eût pris soin de son fils. Mais Cécile avait refusé d'abdiquer la moindre parcelle de sa possession. Elle voulait ramener Wilfrid J. à sa seule personne, enfin détenir la totalité d'un être, sans la moindre concession. Alors elle prenait le risque et misait sur chaque moment de la vie avec la rage d'un joueur qui perd.

« Sais-tu, mon petit bonhomme que tu es à moi, complètement à moi ? Tu es tellement à moi que tu finiras en moi. Et alors tu ne feras plus que ce que je ferai, moi ! »

Wilfrid J. plantait ses yeux dans les siens et elle croyait y reconnaître une flamme qui la brûlait de l'intérieur. Mais il ne se rebiffait pas et, pour rien au monde, il n'eût désobéi à celle qui lui prodiguait, en dépit de tout, chaleur et confort.

S'il la suivait partout, jamais il ne venait vers elle à la recherche d'un câlin. Cécile n'avait que peu de dons pour les embrassades et elle se passait volontiers d'effusions avec son enfant. Elle se contentait de ce qu'il fut propre, bien vêtu et convenablement nourri. Wilfrid J. ne semblait pas éprouver non plus une très grande passion pour les tendresses excessives. Qui voulait le prendre dans ses bras le voyait se tortiller comme un chat pour échapper à l'infantilisme des adultes. Il préférait de loin s'asseoir à l'écart et observer les adultes dans ballet de gestes et de mots compliqués.

Les jouets ne l'amusaient guère, il ne touchait que rarement ses peluches et ne s'émerveillait pas de grand chose. Wilfrid J. préférait observer et épier sa mère jusqu'au moindre de ses gestes. Cette observation était le plus généralement silencieuse, sérieuse, distante. Au point que ceux qu'il observait ainsi éprouvait le sentiment d'être les animaux d'un zoo.

Calme et taciturne, il ne pleurait ni ne criait jamais. Il savait s'adresser aux gens d'une petite voix douce qui lui valait tous les consentements. On ne semblait jamais rien craindre de lui, jusqu'aux imprévisibles catastrophes qui souillaient une robe, une cravate, une nappe ou détruisait n'importe quel objet fragile malencontreusement à sa portée.

Le secret de Wilfrid J. était qu'il était imprévisible.

Sa présence inévitable, son étrange douceur et les catastrophes qu'il risquait de susciter provoquaient une gêne croissante chez les invités qui espaçaient leurs visites et tentaient de trouver une contenance à son égard. Cécile, qui n'eût jamais levé la main sur lui et qui répugnait à élever la voix, passait tantôt pour une sainte, tantôt pour une mère trop faible. En tout cas, Cécile passait surtout pour une personne difficile à fréquenter.

Maxime avait à peine trente ans et, en fringuant athlète, prompt à chercher son plaisir, il avait pris l'option de déserter son foyer pour partager son existence avec des gens comme lui que l'atmosphère de l'appartement rebutait. Ainsi, Cécile usait sa beauté et sa jeunesse dans un tête-à-tête interminable avec le regard de son enfant, au fond d'une demeure déserte.

Les rares apparitions de son père tournaient presque toujours mal. Maxime voulait s'approcher de sa jolie épouse, profiter de ses sens et faire parler la vigueur de sa jeunesse. Mais Cécile le repoussait, brandissant Wilfrid J. comme rempart de sa vertu. Maxime croyait lire dans les yeux de l'enfant ce qui ressemblait à une joie mauvaise. Cela suffisait à le faire partir en claquant la porte et, souvent à s'absenter pour plusieurs jours.

Alors, il ne restait qu'eux deux.

La cuisinière, après de nombreuses années de loyaux services avait rendu son tablier et, prétextant qu'il était temps pour elle de rentrer dans sa famille, avait fui ce tête-à-tête extravagant.

Wilfrid J. contemplait sa mère et sa mère ne voyait que lui. Elle était sure de le posséder, il était sûr de la posséder. Chacun faisait peser sur l'autre l'intensité d'une indicible volonté. Ni l'un ni l'autre ne se craignaient, assuré qu'il était e s'acheminer vers son propre triomphe. Leur bataille était feutrée, miellée des signes d'une affection distante mais intense. Les heures immenses qu'ils passaient à ne jamais se séparer les liaient indissociablement. Il ne la quitterait plus , il ne la lâcherait plus. Il tournait ensemble dans une spirale ombilicale. Chaque instant la rapprochait de la possession ultime, chaque instant le rapprochait d'une revanche dont il avait perdu le souvenir.

Plus personne ne venait fréquenter ce maelström. Pas même Maxime qui habitait à son étude et cherchait dans d'autres bras des issues à ses passions. Ils étaient deux, simplement deux confinés dans la chambre du fond, le jour comme la nuit à resserrer les nœuds de leur affrontement.

Quand Cécile sortait, son bébé dans les bras, les cheveux décoiffés et la robe en désordre, les passants s'écartaient et se retournaient inquiets. Même à l'extérieur, ils émettaient une rage qui faisait sourdre l'inquiétude. Seule au monde avec les yeux de Wilfrid J., elle buvait et alignait les bouteilles vides dans la cuisine. Il n'y avait plus personne pour les faire disparaître et personne non plus à qui les cacher. Alors Cécile se négligeait. Elle conservait à la chambre du fond un semblant de propreté, laissant le reste de l'appartement à la poussière et au désordre.

Elle ne mangeait plus que la même nourriture que son enfant. Des pots qu'elle partageait avec lui, accompagnés de whisky. Puis, la nuit durant, entre deux sommeils, elle le regardait dans la pénombre, apaisée qu'il eût les yeux fermés.

C'est ainsi que Maxime les retrouva, nus, endormis, face à face, les yeux fermés contemplant les yeux fermés. Autour d'eux gisaient des vêtements souillés et des pots à moitié vides. Une odeur épouvantable régnait dans la pièce surchauffée aux fenêtres bien fermées, aux rideaux tirés.

Il ressortit avec la nausée et appela les secours.

Cécile et Wilfrid J. furent transportés dans un hôpital où prit assez soin d'eux pour ne plus être en danger. Mais on dut se résoudre, en dépit des réticences des psychiatres à les garder ensemble. Ils hurlaient l'un après l'autre et il devenait évident que Wilfrid J. approchait trop dangereusement le moment de sa naissance pour qu'on pût le tenir à distance de sa mère. C'est ainsi que, pendant de longs mois encore, sous la surveillance inquiète d'infirmières attentives, ils continuèrent de tisser leur lien et de s'affronter du regard.

Maxime se sentait amplement responsable de qui était arrivé et tentait, tant bien que mal, de réparer les dégâts. Vertement réprimandé par les autorités, il s'en était tiré à bon compte et n'était pas poursuivi. Il n'en demeurait pas moins qu'il se sentit mauvais père, mauvais époux, mauvais homme. Alors il vint quotidiennement à l'hôpital, puis à la maternité essayer de faire don de sa présence. Ni Cécile ni Wilfrid J. ne firent jamais attention à lui. Ils vivaient dans leur seule confrontation.

Chaque jour, il pouvait, désormais dans une chambre proprette qui donnait sur un parc ombragé, observer en contre-jour sa femme donner le sein à son bébé qui ne la quittait pas des yeux. Il trouva que Cécile était vraiment très belle. Elle avait des airs de madone, ses yeux plongés dans ceux de son enfant, elle exhalait un indicible amour. Il eût pu ne pas être là tant la mère et l'enfant ne faisaient plus qu'un dans ce geste merveilleux. Pour la première fois, il eut le sentiment qu'il était amoureux de sa femme.
Cécile ne remarquait pas sa présence. Elle ne remarquait rien que a présence de Wilfrid J.
Elle demeurait silencieuse des jours durant et le bébé ne pleurait jamais, ne poussait des cris que si on tentait de l'éloigner de sa mère. Les médecins se satisfirent de cette situation qui leur évitait bien des soucis et, finalement, permettait à la mère de prendre soin de son enfant. Ils ne pouvaient espérer mieux.

Les jours s'égrenaient avec une douce monotonie. La mère et l'enfant reprirent couleur et santé et l'on se prit à oublier les circonstances dramatiques de leur arrivée. À les voir ainsi, au coin de la fenêtre, dans la légère blancheur des voiles qui les protégeaient, on songeait à une peinture flamande. On vint même les prendre en photo pour illustrer l'amour d'une mère et de son enfant. Les infirmières qui venaient prendre soin d'eux quittaient la chambre avec une larme d'émotion. Les maternités souffraient cruellement d'une image de désolation, d'abandon, de désespoir. Et soudain, cette mère et cet enfants surgis des fanges de la folie leur administraient l'exemple ineffable de la beauté de la vie.

La photo de Cécile et de Wilfrid J. fut affichée avec pour titre : « Naître aussi est un acte de vie ! »
On offrit l'affiche à Cécile qui la contempla longuement. Elle ne parlait presque jamais et ne prononça donc pas un mot. Elle se contenta de laisser errer sur ses lèvres un étrange sourire qui provoqua un malaise dans l'assistance.

Wilfrid J. n'avait pas la moindre conscience de là où il se trouvait. Il ne pensait plus, tout à ses désirs à ses besoins que lui pourvoyait généreusement la personne dans les bras de laquelle il vivait. Wilfrid J.

n'éprouvait plus ni d'amour ni de haine, ni d'ennui ni de joie. Wilfrid J. tétait, dormait, sentait une odeur familière. Tout au fond de lui demeurait un minuscule pincement, une pulsion primitive qui lui faisait ne jamais quitter un seul instant le regard bleu, au-dessus des seins.

Cécile, elle sentait son corps avoir faim de ce petit être qu'elle aspirait à prendre en elle. C'était à elle, c'était une partie de son corps qui devait la rejoindre. Il lui semblait n'avoir vécu que pour se retrouver entière et ne plus jamais laisser aller ce qui lui appartenait. En attendant de dévorer cette minuscule vie, elle ne la quittait pas des yeux, la couvait et échangeait son lait contre son regard.

Tout l'été passa et, quand les feuilles eurent jauni aux arbres, il devint pressant de procéder à l'accouchement. Le bébé, lové contre le ventre de sa mère cherchait désespérément un moyen d'entrer à l'intérieur de sa mère. Depuis quelques jours, il ne regardait plus les yeux de sa mère. De fait, il ne regardait plus rien. Il était temps de lui montrer le chemin.

Les accouchements étaient un moment pénible pour les familles. En général, il convenait de consoler les parents, d'affirmer que le petit être disparu serait bien mieux là où il allait se rendre. On expliquait qu'il continuerait de vivre pour toujours en nous et que le chagrin devait s'accompagner de joie et d'espérance. Il était rare pourtant que l'on ne se retrouvât pas avec des mères en pleur et des pères désespérés. La fin de la vie ne parvenait pas à se parer de bonheur.

Mais avec Cécile, il ne semblait pas que l'on dût faire l'effort des consolations. Elle semblait tant attachée à son bébé que l'idée de le recevoir en elle lui procurait de la joie. Le psychologue de service prit bonne note de cette intéressante disposition d'esprit qu'il tenterait d'insuffler à de prochaines patientes.

On mena la mère et l'enfant en salle d'accouchement et s'apprêta à aider la nature faire son ouvrage. Dès que Cécile fut mise en position, on approcha le bébé pour procéder comme il convenait. Mais les choses allèrent beaucoup plus vite qu'on ne l'avait prévu. Wilfrid J. échappa aux mains expertes de l'accoucheur et se précipita tête la première dans le ventre de sa mère. Quelques secondes plus tard, son dernier orteil disparaissait.

L'assistance poussa un grand cri de surprise. Jamais un accouchement ne s'était produit aussi vite, avec tant de rage et de volonté de la part du bébé. Mais Cécile poussa un plus grand cri encore.
« Tu es en moi, tu es à moi, tu es en moi, tu es à moi ! »

On n'accorda pas une grande attention à ses paroles.

Wilfrid J. était entré en Cécile comme un félin se jette sur sa proie, il avait enfin trouvé la faille ultime de sa mère. Comme il n'avait plus le sens de la parole, il ne put que ressentir l'exquise satisfaction d'être enfin maître de la citadelle. Désormais, il présiderait de l'intérieur à la solitude de sa mère.

Cette joie vengeresse lui donna un orgasme puis il cessa d'exister.

CHAPITRE 28
PROLOGUE

L'ambulance fonçait à tombeau ouvert, sirènes hurlantes dans la nuit pluvieuse. Le chauffeur, le nez collé contre le pare-brise, râlait contre tout : la pluie, la circulation, les terre-pleins, la distance insensée à parcourir par ce temps, le fait qu'on les fît travailler un soir de Noël.

À côté de lui, un ambulancier baraqué fumait cigarette sur cigarette, emplissant la cabine de fumée. Le conducteur râla donc aussi contre les clopes. L'autre ouvrit la fenêtre juste assez pour prendre une bourrasque de pluie en pleine figure.

On les avait appelés vers minuit et, comme on avait eu bien du mal à trouver un service d'ambulance qui travaillait le soir de Noël, on leur dit que c'était vraiment très urgent.

Ils étaient arrivés dans un appartement vieillot, plein de vieux inquiets qui murmuraient partout. Un médecin d'urgence était près d'un petit vieux couché sur un sofa vermoulu dans un décor de cauchemar. L'ambulancier et le brancardier s'étaient faits la réflexion que les vieux avaient vraiment des goûts bizarres. Ils se dirent aussi que vieux ne rimait pas bien souvent avec ascenseur.

Le vieil homme portait un costume élimé qui semblait d'un autre âge. Il était d'une très grande maigreur. Autour de lui se tenait, à distance respectable, un couple plus jeune bien vêtu, qui n'avait pas l'air à sa place dans cet appartement bizarre et sombre. La jeune femme avait l'air désespéré. L'homme, lui, faisait des efforts pour se donner une contenance, tout en lui tenant la main.

Le médecin prit les ambulanciers de haut, leur reprochant d'avoir mis tant de temps à arriver. Le bonhomme, leur expliqua le médecin, venait d'avoir un infarctus et que chaque seconde comptait.

Il dissuada le couple de les accompagner, leur indiquant simplement l'adresse de l'hôpital où il valait mieux qu'ils ne viennent que le lendemain. Puis il pressa les ambulanciers de se mettre à l'ouvrage.

Alors, ils trimballèrent ce vieux corps sur la civière en se félicitant que les vieux pesassent rarement bien lourd. Ils avaient descendu les quatre étages de ce vieil immeuble en faisant brinqueballer la civière comme ils pouvaient. Le médecin leur criait de faire attention, tout en soutenant comme il pouvait la perfusion qu'il avait posée. Arrivés en bas, ils avaient soufflé. Puis on avait glissé le brancard à l'arrière et le médecin s'était installé à côté du mourant. On pouvait y aller.

Maintenant ils fonçaient à travers le quartier des Batignolles en direction du plus proche hôpital. Le toubib, à l'arrière, faisait tout son possible pour garder le vieux en vie.

Ils manquèrent de percuter une voiture qui déboîtait. Un bus leur bloqua la route. La routine, quoi. La route pour l'hôpital, un soir de réveillon, juste après minuit, était une expédition à haut risque. Les gens rentraient chez eux en se prenant pour le Père Noël.

Puis ils entendirent des coups à travers la cloison. Ils savaient trop bien ce que cela voulait dire. Ils garèrent l'ambulance et allèrent ouvrir les portes arrière.

« Bon, ça va les gars, il est mort.
- Putain, un soir de Noël, ça craint, déclara le brancardier.
- Bof, il était vraiment vieux… Vous avez vu son état ?
- Quand même, reprit le brancardier.
- Bon, il avait un nom ?
- Oui, oui, c'est marqué sur la fiche : un certain Wilfrid J.
- C'est pas courant comme nom !
- Non, c'est pas courant.
- Vous avez vu, il a l'air de se marrer !
- Tiens, c'est vrai ! Bah, ça réconforte quand même.
- Il a dû avoir ça pendant qu'il se poilait…
- Tu sais qu'en mourant, y a plein de gens qui revoient toute leur vie défiler devant leurs yeux ?
- Alors c'est qu'il a eu une chouette vie.
- Y en a même qui disent qu'elle repasse à l'envers.

- Ah tiens ? Alors il a dû être vachement content de naître !
- Ah ah ! »

© 2020, Fleury, Pascal
Edition : Books on Demand,
12/14 rond-Point des Champs-Elysées, 75008 Paris
Impression : BoD - Books on Demand, Norderstedt, Allemagne
ISBN : 9782322237111
Dépôt légal : juillet 2020